DER TOD IST EIN SPIELER AUS GRAZ

TROS
GRAZ-LANDESARCHIV
STRASSENGEL
LKH-GRAZ
GRAZ-MÜNZGRABENSTRASSE

TS WELT
TEIL 1
BILDERBUCHE
BURG LOCKENHAUS
SCHREINLECHNER NIKI

Robert Preis wurde 1972 in Graz geboren und ist dort aufgewachsen. Nach dem Publizistik- und Ethnologiestudium in Wien lebt er heute mit seiner Familie wieder in der Nähe seiner Heimatstadt. Er ist Redakteur einer Tageszeitung und Autor zahlreicher Sachbücher und Romane.
www.robertpreis.com

ROBERT PREIS

DER TOD IST EIN SPIELER AUS GRAZ

DER ERSTE FALL FÜR ARMIN TROST

Kriminalroman

emons:

Bibliografische Information der Deutschen Nationalbibliothek
Die Deutsche Nationalbibliothek verzeichnet diese Publikation in der Deutschen Nationalbibliografie; detaillierte bibliografische Daten sind im Internet über http://dnb.d-nb.de abrufbar.

MIX
Papier aus verantwortungsvollen Quellen
FSC
www.fsc.org
FSC® C083411

Umschlagmotiv und Karte S. 2/3: Niki Schreinlechner, www.nikischreinlechner.at
Umschlaggestaltung: Nina Schäfer, nach einem Konzept von Leonardo Magrelli und Nina Schäfer
Umsetzung: Tobias Doetsch
Gestaltung Innenteil: DÜDE Satz und Grafik, Odenthal
Lektorat: Jana Budde
Druck und Bindung: CPI – Clausen & Bosse, Leck
Printed in Germany 2022
ISBN 978-3-7408-1334-5
Überarbeitete Neuausgabe

Die Originalausgabe erschien 2011 unter dem Titel »Trost und Spiele« im Verlag federfrei.

Für Clara, Emil und Otto

Just let the sun
Shine on your face
Only the darkness blinds your way …

Skin, »Just Let the Sun«
aus dem Album »Fake Chemical State«

Eine Leiche im Nebel

Angeblich erhöht es die Gewinnchancen, wenn man im Morgengrauen bei der Millionenshow-Hotline anruft.
aus Charlottes Tagebuch

Starre, ausgetrocknete Augen. Obwohl bereits jedes Leben von ihnen gewichen ist, scheinen sie noch in den Wald hinauszublicken. Eine Fliege lässt sich auf einer der Pupillen nieder und reibt sich die Vorderbeine.

Erst als sich ein Schatten über Auge und Fliege legt, sucht das Insekt das Weite. Eine Hand wedelt ihm unwirsch durch die Luft hinterher. Die Hand gehört einem in einen weißen Schutzanzug gehüllten Mann, der nun hinter dem Kopf der Leiche auftaucht. Der Spurensicherer geht um das leblose Gesicht herum. Er hat eine Pinzette und einen Plastiksack in DIN-A4-Größe bei sich.

Er ist nicht allein.

Zwei weitere Personen sind ebenfalls ganz in Weiß gekleidet. Eine untersucht den umgestürzten Baumstamm, auf dem die Leiche liegt, die andere den Boden rundherum. Sie arbeiten nahezu lautlos, nur ihre Schritte schmatzen auf dem feuchten Unterholz.

Der Rest der Gruppe steht flüsternd ein paar Meter entfernt auf dem Forstweg. Auch Beamte in Zivil sind vor Ort. Einige durchsuchen die Umgebung, andere scheinen auf etwas oder jemanden zu warten. Ein Polizist löscht alte Kurznachrichten aus seinem Handyspeicher. Jedes Mal, wenn er eine Nachricht vernichtet, ertönt ein kurzes Signal.

Der Tote liegt im Gestrüpp. Genauer gesagt liegt er bäuchlings auf einer Buche, die das Alter oder der Wind irgendwann umgerissen hat. Die Arme des Leichnams hängen links und rechts vom Stamm herunter, der Kopf ist zur Seite gedreht. Das Kinn ist aufgeklappt und legt die Haut darunter, die Wangen und den

Hals in Falten. Sonst sind keine Einzelheiten feststellbar, denn das Gesicht ist derart verunstaltet, dass von seinem Ausdruck, seiner früheren Einzigartigkeit nichts mehr übrig ist.

Die Leiche ist umgeben von einer Art Zelt aus Zweigen und Ästen. Ein lose gebauter Unterschlupf, wie ihn vielleicht Kinder bei einem Wandertag errichtet haben.

Der Tote ist mit einer Jacke bekleidet, die an einen Pelzjäger aus alten Geschichten erinnert. Darunter trägt er ein weites weißes Baumwollhemd, eine Pluderhose in verschiedenen Erdfarben. Klobiges Schuhwerk. Beigefarbene Gamaschen. Gewand wie aus einer anderen Zeit.

Doch all die Farben, die aus der Leiche einmal einen Menschen gemacht haben – all das Bunte, Schrille, Fade oder Graumausige, wie auch immer es gewirkt haben mag –, sie spielen jetzt keine Rolle mehr. Sie sind verschwunden, wurden durch braunrotes eingetrocknetes Blut verdrängt, das nun die gesamte Aufmerksamkeit auf sich lenkt. Es ist überall. Auf dem toten Körper. Auf dem Baumstamm. Auf dem Waldboden. An den Gummischuhen der Spurensicherer.

Die Augen der Leiche stieren indes durch das verzweigte Gehölz auf einen Punkt irgendwo in der Tiefe des Waldes und gleichzeitig in eine ganz andere Welt hinein.

Jeder Buchstabe, den jemand in ein Mobiltelefon tippt, wird begleitet von einem kurzen Piepton. Nach ein paar Sekunden begleiten die Worte »Ach nee« einen ungeduldigen Seufzer.

Die Frau, die das sagt, steckt das Telefon weg und schnäuzt sich. »Haben Sie die Nummer seiner Frau?«

Der Angesprochene bläht die Backen auf und schüttelt den Kopf. »Nein, so gut kennen wir einander wirklich nicht. Will ich auch nie.« Unüberhörbar zieht er Rotz durch die Nase auf und schaut auf die Uhr. »Aber warten Sie noch ein paar Minuten. Dann schaltet er sein Telefon ein.«

Die Frau muss niesen.

Der Nebel tastet mit langen Fingern nach ihren Knöcheln.

Wie ein ganz normaler Familientag beginnt

Ich stelle mir gerne vor, wie es wäre, im Lotto zu gewinnen. Was würde ich dann machen? »Gar nichts, mein Leben geht weiter wie bisher« ist natürlich Blödsinn.

aus Charlottes Tagebuch

Als Armin Trost vor die Tür geht, weiß er, was er will. Aus, Schluss und vorbei. Er wird seinen Schreibtisch räumen, sich von seinen Kollegen verabschieden und seinen Job an den Nagel hängen. Noch heute. Er malt es sich aus wie in einem Film. Also mit Hintergrundmusik. Eine rockige Ballade. Irgendetwas Cooles auf jeden Fall. Etwas, das ausdrückt, dass er Herr über die Situation ist. Ein Typ, der die richtige Entscheidung trifft.

Als Armin Trost vor die Tür geht, fallen ihm außerdem zwei Dinge sofort auf. Erstens ist es viel zu kalt und feucht, um im kurzen Pyjama hinauszulaufen und die Zeitung zu holen. Und zweitens graut der Morgen mit sattem Violett. Das ist das Licht, das noch vor dem Morgenrot auftaucht. Es ähnelt einem frischen, noch feuchten Aquarellbild. Die Kinder nennen dieses Phänomen »Wenn die Engel Kekse backen«.

Trost legt die zehn Meter bis zum Gartentor so rasch wie möglich zurück. Doch er hat die am Zaun angebrachte Zeitungsbox noch nicht erreicht, als er abrupt innehält. Er stellt sich vor, wie kalte Eisfinger über sein Rückgrat streichen. Im Zaun steckt ein Messer, dessen Klinge etwa halb so lang ist wie sein Unterarm.

Trost zögert. Er blickt sich um. Es ist windstill. Im nahen Wald vermeint er, knickende Äste zu hören. Sich nähernde und sich entfernende Fahrzeuge, obwohl er keine Autos sehen kann. Sogar Stimmen glaubt er zu hören. Ein Flüstern.

Doch nichts von alldem passiert wirklich. Keine knickenden Äste, Autos und flüsternden Stimmen, vermutet Trost.

Es ist nur der Wind.

Der Wind kann einem hier am Waldrand alle möglichen Dinge vorgaukeln. Vor allem in der Zwischenzeit – so nennt er die Dämmerung gerne –, in der Zeit zwischen Nacht und Tag. Zwischenzeit.

Er nähert sich dem Messer wie einem Tier, von dem man nicht weiß, was es im nächsten Moment tun wird. Er bemerkt den sonderbaren Griff der Waffe. In den Teil, der aus Holz gefertigt ist, sind feine, kunstvolle Formen graviert. Die Parierstange ist wuchtig geformt, und im Eisenknauf erkennt er flüchtig ein Gesicht, eine Fratze. Die Waffe sieht sehr alt aus. Wie ein Relikt aus dem Lager eines Grazer Antiquitätenladens. Oder wie eines der Stücke in der riesigen Waffenkammer des Zeughauses. Auf alle Fälle passt es nicht in diese Zeit und schon gar nicht in seinen Zaun.

Als Trost näher tritt, bemerkt er, dass die Waffe ein Stück Papier an der Latte befestigt. Ein zerfranstes, vergilbtes Blatt, das aussieht wie ein Teil der Schatzkarten, die man aus Piratenfilmen und Kinderbüchern kennt. Unwillkürlich erinnert er sich an ein großformatiges Bilderbuch, das er als kleiner Bub so oft gelesen hat, bis sich die geklebten Seiten lösten. Es handelte vom Oloneser, von Henry Morgan und der berüchtigten Pirateninsel Tortuga. Von merkwürdigen Typen, die Schiffe anzünden, ihre eigenen Leute bestehlen und letzten Endes selbst irgendwann irgendwo von irgendjemandem massakriert werden.

Wieder blickt Trost sich um. Die Geräusche sind verstummt. Die Kälte kehrt zurück. Ihn fröstelt.

Mit plötzlicher Hast versucht er, das Messer aus dem Holz zu ziehen. Er schafft es erst beim zweiten Versuch, als er mit beiden Händen daran zerrt. Dann steht er einen Augenblick atemlos da. Das Messer liegt schwerer in seiner Hand, als er vermutet hat. Das Stück Papier ist zu Boden gefallen. Er hebt es auf. Es handelt sich um steifes, dickes Material, das sich ziemlich teuer anfühlt. Auf dem Papier ist eine Zeichnung dargestellt.

Ein Baum. An dem Baum ist eine Tafel angebracht. Die Tafel enthält ein Kreuz. Mehr ist nicht zu erkennen.

Nur ein Baum, eine Tafel, ein Kreuz. Sonst nichts.

Ratlos blickt Trost sich noch einmal um. Dann fällt sein Blick auf den weißen Opel Kombi in der Einfahrt, und er rennt hin. Zum Glück hat er am Vorabend wieder einmal vergessen, den Wagen abzuschließen. Er versteckt Messer und Papier unter der Fußmatte auf der Fahrerseite. Danach hetzt er zurück zum Zaun, schnappt sich die Zeitung und eilt ins Haus.

Als er die Tür öffnet, steht Charlotte vor ihm, und er erschrickt.

»Hast du dich verirrt?«, fragt sie mit großen Augen. Sie scheint überraschend munter zu sein, dafür, dass es gerade einmal sechs Uhr in der Früh ist. Ihre Lippen umspielt ein Schmunzeln, und die Augen blitzen ausgeschlafen. Ob sie ihn durch den Türspion hindurch beobachtet hat?

»Nein«, murmelt er und ärgert sich gleichzeitig, überhaupt eine Antwort gegeben zu haben. Seinen Mangel an Schlagfertigkeit kann er allerdings mühelos der frühen Morgenstunde zuschreiben. Er schiebt sich an seiner Frau vorbei ins Haus.

»Schon wieder schlecht geschlafen?«, forscht Charlotte nach und folgt ihm.

»Es geht.«

Drinnen schlägt er die Zeitung auf und nippt am Kaffee. Sie fragt nicht weiter, ein gutes Zeichen. Es wäre ohnedies zu befürchten gewesen, dass er wieder dieselbe Geschichte erzählt: Ein Geräusch hatte ihn geweckt, er musste aufs Klo, danach konnte er nicht einschlafen, bis vier oder fünf, wieder zurück ins Bett, unruhiges Wälzen bis zum Morgengrauen. Das passierte ihm fast jede Nacht.

In der Mitte irgendeines Artikels, der von einer Zechtour, einem Autounfall und einem Baum handelt, reibt er sich mit Daumen und Zeigefinger die Nasenwurzel. Er muss es Charlotte auch beibringen. Das mit dem Job, den er heute an den Nagel hängen wird. Und er hätte es vielleicht auch schon gesagt, wenn ihm nicht ein Messer im Zaun dazwischengekommen wäre. Er muss das erst verarbeiten.

Eine Stunde später sitzen sie alle im Wagen. Jonas hat es wieder einmal geschafft, vom Aufstehen bis zum Einsteigen kein einziges Wort zu verlieren, dagegen hat Elsa in derselben Zeit kaum Luft geholt vor lauter Reden.

Jonas ist fünfzehn und befindet sich gerade in jener Phase, in der er niemanden mehr hasst als seine Eltern. Wenn er mit seinen Jeans, die stets nur das halbe Hinterteil verdecken, und in Turnschuhen, deren Schuhbänder kaum jemals zugebunden sind, über die Schwelle des Hauses tritt, legt sich ein Schatten über sein Gesicht, und er verschanzt sich hinter einer dicken Mauer des Schweigens.

Trost findet, sein Sohn sieht manchmal auch aus wie ein Kloster mit Schweigegelübde; das Gesicht blass wie Steinmauern, die Augen finster wie Beichtstühle. Wenn überhaupt irgendetwas dazu imstande ist, dann ist es nur Jonas' Zorn, der diese Mauern durchbrechen kann. Und Jonas ärgert sich über vieles. Über sein väterliches »Na, was gibt's Neues, Großer?« oder Charlottes »Wie war's in der Schule, mein Schatz?« oder Elsas »Mama, Jonas lässt mich nicht in sein Zimmer«.

Irgendwann jedoch arrangierten sich alle mit ihm, denn solange man Jonas in Ruhe lässt, ihn weder anspricht noch anschaut, läuft alles friedlicher ab. Keine ins Schloss krachenden Türen, keine beleidigenden Wortfetzen, kein böser Blick, der seinen Opfern jahrhundertelanges Unglück bringen müsste.

Trost glaubt zu wissen, was sein Sohn hat: Ihm ist fad. Charlotte würde wahrscheinlich eher annehmen, er sei verliebt, und Elsa – davon ist Trost überzeugt – ist der Meinung, dass Jonas »einfach nur blöd« ist.

Elsa ist aber auch der Meinung, von Engeln beschützt zu werden. Sie spricht immerzu von ihnen, träumt von ihnen und will nur Engel-Gutenachtgeschichten hören. Sie ist ein Kind mit kaputten Strumpfhosen, hellen Augen und Tausenden Fragen.

Sie kommt im nächsten Jahr in die Schule. Wenn er seine Tochter heute ansieht, dann weiß Trost einfach, dass das nicht stimmen kann. Sie kann ganz einfach nicht schon so alt sein. Unmöglich. Er betrachtet sein Gesicht im Rückspiegel.

Während sich sein Atem in Wölkchen auflöst, spiegeln sich Tränen in seinen Augen. Vielleicht weil er gerade gegähnt hat oder weil ihm die Oktoberkälte zuvor zu abrupt entgegengeschlagen ist.

Sie rollen durchs morgendliche Farbenspiel zwischen Zinnober und Ultramarin der nun wirklich Kekse backenden Engel. Die Talsenke, in der sich Trost und seine Familie niedergelassen haben, ist eine Art Wetterscheide, die die seltsamsten Kapriolen hervorbringen kann. Man sieht die Gewitter von Weitem, die verschleierten Regenflächen, die Hagelfronten und Blitzgewitter. Und man kann sehr genau feststellen, welches gefährlich und welches ungefährlich ist. Je nachdem aus welcher Richtung die Wolkentürme kommen. Fast jeder hier hat einmal erlebt, wie es auf einer Straßenseite regnet, auf der anderen aber nicht. Wie der Himmel sich in Gut und Böse teilt und vereinzelte Windböen wüten wie verirrte Hooligans auf der Suche nach Streit.

Im Oktober ist das alles aber ohnedies eher unbedeutend. Richtige Gewitter gibt es hier nur im Sommer. Oktober, November, das sind eher die grauen Monate. Regen, pausenloser Regen. Und dazwischen herrlicher Sonnenschein bei eisig kaltem Wind.

Von der CD dröhnt die Nummer, die sie Elsa zuliebe jeden Morgen spielen: »… Zwei mal drei macht vier, widdewiddewitt, und drei macht neune. Ich mach mir die Welt, widdewidde, wie sie mir gefällt …«

Als sich die morgendliche Aufregung endlich gelegt hat, sie alle aus dem Fenster des Wagens starren und die Scheiben nicht mehr anlaufen, ist nur mehr das Brummen des Kombis zu hören. Natürlich auch das Lied, aber Trost blendet es einfach aus. Sekundenlang sagt niemand etwas. Trost erscheint es wie eine Ewigkeit. Es ist ungewöhnlich. Fast so, als sei etwas passiert.

Charlotte denkt offenbar das Gleiche. Sie werfen einander einen Blick zu, der von Erleichterung zeugt. Die Stille hinter der Musik ist fast beunruhigend.

Beim Fahren tastet Trost mit dem linken Fuß nach dem Messer. Keiner hat es bemerkt. Er spürt seinen Herzschlag in der Schläfe. Wer in Gottes Namen steckt mir ein Messer in den Zaun? Was bedeutet die Zeichnung?

Zuerst steigt Jonas am Parkplatz vor dem Bahnhof aus. Schmutzige Mittelklassewägen auf einer Asphaltwüste, die stellenweise Grünflächen frei lässt, umgeben von Lärmschutzwänden und fünfstöckigen grauen Mietshäusern. Die Leute aus den umliegenden Orten fahren hierher, stellen ihre Autos ab und tingeln mit dem Zug weiter in die Stadt.

Jonas murmelt ein »Tschau« und ist fast schon aus dem Wagen, als Trost ihm nachruft: »Schönen Tag noch!« Doch die Wagentür ist schon nach »Schönen« zugefallen. Mit der Verabschiedung rollen auch die Liedfetzen tralla hopsasa über den Parkplatz.

Jonas wirft sich den Rucksack über die Schulter, ohne sich noch einmal umzudrehen. Trost hat das Gefühl, dass Jonas' Arme zu lang sind und der Kopf zu groß. Als wachse sich alles erst aus. Dabei muss er zugeben, dass der Bub ziemlich gut aussieht. Das lange Haar streicht er sich stets lässig hinter die Ohren; dazu die breiten Schultern wie die eines Schwimmers und der federnde Gang eines jungen Mannes, der offensichtlich gut in Form ist.

Sein Blick gleitet an Jonas vorbei zu einer Gruppe Burschen, die auf Motorrollern sitzen und blauen Zigarettenrauch in die kalte Morgenluft blasen. Ihre Blicke treffen sich. Einer von ihnen, ein schlaksiger Dunkelhaariger, der über der Oberlippe lächerlichen Bartflaum wuchern lässt, sammelt Speichel im Mund und lässt ihn auf den Boden klatschen. Die Geste ist so demonstrativ, als hätte er Trost direkt vor die Fußspitzen gespuckt. Die Burschen haben ihr Gespräch unterbrochen, starren ihn mit gespannten Lippen einen Augenblick zu lang an und stecken dann ihre Köpfe wieder zusammen. Jetzt gibt sich ein anderer lässig und sorgt für einen gelben Speichelpatzen auf dem Boden. Jemand lacht viel zu laut, eine Wolke aus Zigarettenqualm steht eine Sekunde zwischen ihnen, hüllt ihre Gesichter ein und vermischt sich schließlich mit den Atemnebeln. Trost meint zu erkennen, wie einer den Kopf schüttelt und verächtlich in seine Richtung grinst.

Als er den Wagen weiterrollen lässt, schaut Charlotte ihn von der Seite an. Er spürt den Blick.

Vor dem Kindergarten fragt Charlotte: »Willst du nicht mit reinkommen? Elsa freut sich sicher.«

Trost will schon, doch er weiß nicht, wie er dann das Messer unbemerkt in die Manteltasche stecken soll. Er seufzt und macht ein Gesicht, als bringe das seinen ganzen Tag durcheinander. Charlotte zieht sich am Türrahmen festhaltend mit vor Anstrengung rotem Gesicht aus dem Wagen und eilt mit Elsa an der Hand hinein. Sie hat erst die Hälfte der Schwangerschaft hinter sich, doch an ihrem Bauch hat sie bereits schwer zu tragen. Auf lange Diskussionen mit ihrem Mann hat sie wohl keine Lust.

Als die beiden außer Sichtweite sind, dreht Trost Pippi Langstrumpf ab, tastet nach dem Messer und steckt es ein. Erleichtert stellt er fest, dass die Innentasche seines Mantels gerade tief genug dafür ist. Das Blatt faltet er und steckt es dazu. In diesem Moment fällt ihm ein, dass er nicht an die Fingerabdrücke gedacht hat. Er schlägt mit der flachen Hand aufs Lenkrad. »Geh, Scheiße.«

Als Charlotte ein paar Minuten später aus dem Kindergarten kommt, nimmt Trost sein Telefon, schaltet es ein und steckt es in die Tasche zurück. Er startet den Wagen, noch bevor sie einsteigt. Das Messer drückt gegen seine Brust. Die Kälte, die von ihm ausgeht, lässt ihn schaudern.

Charlotte hat noch ein paar Einkäufe zu erledigen, also wird er vor dem Büro aussteigen, und sie wird allein weiterfahren. Am Abend wird er den Zug nehmen. Wieder wird ein Tag vergangen sein. Doch so lange will er nicht warten. Er muss es jetzt loswerden. Er hat es sich seit einer Ewigkeit durch den Kopf gehen lassen. In letzter Zeit ist es immer schlimmer geworden. Er muss sein Leben ändern.

Du kannst es nennen, wie du willst, Lebensmittenkrise oder vom Rackern ausgebrannt. Wenn dich die depressiven Wellen packen, musst du etwas ändern, sonst gehst du daran zugrunde. So hat er sich die Argumente zurechtgelegt. Seit Wochen verhält es sich so, dass es ihn geradezu traurig macht, am Schreibtisch zu sitzen und seine Arbeit zu machen. Ja, traurig. Er hat schon unzählige Berichte in den Zeitungen gelesen, und genauso wie die ebenso unzähligen Tests, die er dort ausgefüllt hat, es beschrieben, fühlt er sich jetzt. Aus. Schluss. Vorbei.

Er holt Luft. »Charlotte?«

Sie sind noch keinen Kilometer weit gekommen, die Ortstafel ist gerade eben aus dem Rückspiegel verschwunden.

»Hm?«

»Ich –«

In diesem Moment läutet das Telefon.

Er schnalzt genervt mit der Zunge und greift mit einer Hand in seine rechte Manteltasche. Als er es dort nicht findet, wechselt er die Hand am Lenkrad und tastet in seiner linken Tasche danach. Das Ding läutet immer noch. Er hat den Standardton eingestellt. Der, der einem anfangs am neutralsten erscheint. Wenn jemand aber hartnäckig ist, wirkt auch dieses Läuten irgendwann so penetrant wie ein Nachbarskind, das den Finger immer und immer wieder auf die Haustürklingel drückt, bis Trost dann schließlich doch vom Mittagsschlaf aufsteht, um dem Kleinen zwischen den mahlenden Zähnen hindurch mitzuteilen, dass Elsa bei der Großmutter sei.

Trost presst ein »Maah …« heraus und tastet weiter. Charlotte hat mittlerweile die Heizung wärmer gestellt. Es ist immer noch nicht richtig warm im Wagen. Trost fühlt das Messer in seiner Jacke. Das Papier. In derselben Innentasche steckt auch das Telefon. Als er es endlich herausgezogen hat, verstummt der Klingelton.

»Bitte …!« Er blickt aufs Display.

Charlotte fragt: »Wer war's?«

»Ach, die Lemberg.«

»Ist das die Neue?«

»Ja, die Neue.«

Danach sagt er eine Weile nichts. Er starrt nur geradeaus auf die roten Rücklichter des Wagens, der vor ihm fährt. Ein großer schwarzer Van, der sich exakt an die Geschwindigkeitsbegrenzung hält.

»Was ist? Willst du nicht zurückrufen?«

»Wozu? Ich bin in zehn Minuten im Büro. Was soll so wichtig sein?«

Er schaut Charlotte an und zuckt wieder mit den Schultern. Sie erwidert seine Geste, blickt geradeaus und murmelt, er müsse es ja selbst wissen.

Er weiß, was sie damit sagen will, atmet hörbar aus und ruft Sekunden später zurück.

Trost bellt: »Was gibt's?«

»Na endlich«, antwortet Lemberg mit belegter Stimme durchs Telefon. Ein ohrenbetäubendes Niesen ertönt.

»Was es gibt«, drängt Trost ungeduldig.

»Entschuldigung, Chef. Wir haben eine Leiche«, sagt sie, während der Wagen über den Autobahnzubringer ins Stadtgebiet rollt.

Auf dieser Seite begrüßt die Stadt ihre Gäste gern auf dreierlei Arten: mit einer mobilen Radarfalle, der Auffahrt zu einem Shoppingzentrum und einer Ampel, die automatisch auf Rot zu schalten scheint, sobald man sich ihr nähert. An der Bushaltestelle dahinter warten graue Gestalten. Zeitungspapier wird über den Verkehrsinseln aufgewirbelt. Der Wind hat den Tag schnell hell gemacht, lässt ihn jetzt aber mit einem schmutzigen Grauton zurück wie ein Spielzeug, dessen er überdrüssig geworden ist. Alles deutet auf einen frühen Winter hin: die kargen Äste, die Mützen, die von der Kälte erstarrten Gesichter.

Lemberg hat Trost noch ein paar Details durchgegeben und ihm angeboten, dass man ihn mitnehmen könne, falls er schon mit dem Bus zur Arbeit unterwegs sei.

Mit den Worten »Vor dem Einkaufszentrum, ja, in zehn Minuten« beendet Trost das Gespräch. Er sieht Charlotte kurz an, und sie schürzt die Lippen.

»Ich nehme an, du gehst nicht shoppen?«

Er lacht müde auf. »Nein.«

»Mord und Totschlag?«

Er reibt sich die Nasenwurzel mit Daumen und Zeigefinger, während er sich in die rechte Abbiegespur einreiht.

Charlotte wiederholt: »Mord und Totschlag also, na bravo.«

Das denkt er sich auch. Heute kann er den Job jedenfalls nicht an den Nagel hängen.

»Ja«, sagt er, »na bravo.«

Ein Tatort ganz in der Nähe

So wie Armin mir von seinem Alltag berichtet, kann ich mir kaum einen faderen Beruf vorstellen, als Kriminalbeamter bei der Polizei zu sein.
aus Charlottes Tagebuch

Mit Fortdauer des Tages nimmt die Kälte zwar ab. Dringt sie aber zu früh am Tag unter die Haut, erwärmt man sich kaum noch. Trost weiß das, steckt die Hände noch tiefer in die Manteltaschen und wartet ab. Irgendetwas sagt ihm, dass es ihm nur zu seinem Vorteil gereicht, wenn er die Dinge diesmal langsam angeht. Der Tag hat bislang kaum Gutes bewirkt, es kann also nicht schaden, sich die Dinge zunächst mit etwas Abstand anzusehen. Er hat keine Lust auf weitere Überraschungen.

Eine lästige Fliege hält einen Polizisten, den Trost nicht kennt, so sehr auf Trab, dass dieser kurzzeitig abgelenkt ist. Als sie weiterfliegt, lehnt der Mann sich an einen Baum. Er schwitzt trotz der Kälte, was kein gutes Zeichen ist. »Der Armenier wird sich sicher den Kopf darüber zerbrechen, ob das ein Säbel oder ein Schwert ist«, sagt er. Er hat sich die Dienstkappe abgenommen. Sein Haar klebt auf der Stirn. Der Hemdkragen ist ihm zu eng, und die Gürtelschnalle ist nicht zu sehen, weil sein Bauch sich darüber stülpt wie das Polster, das man sich beim Fasching unter den Pullover steckt, um einen dicken, lustigen Mann zu mimen. Er mieft säuerlich nach Bier, Knoblauch, Zigaretten und Schweiß zugleich. Es ist Montag, und er riecht nach Wochenende.

Als der Polizist keine Antwort bekommt, dreht er sich um. »Na, was glaubt ihr? Sagt der Armenier Säbel oder Schw…?« Er bricht den Satz ab und wird sofort rot bis unter den Haaransatz. »Herr Armenier«, entfährt es ihm, »ich meine, Herr Trost … Verzeihen Sie, ich habe Sie nicht gehört.« Er wischt sich hastig eine auf der Stirn klebende Locke zurück und setzt sich die Kappe wieder auf.

Trost schaut den Mann gar nicht an. Er weiß, wie die Leute ihn hinter seinem Rücken zu nennen pflegen. Zu verdanken hat er das seinen Eltern, die ihn auf den Namen Arminius getauft haben. Arminius, ein Germanenfürst, der römische Legionen besiegte und vielleicht sogar dieser berühmte Nibelungen-Siegfried war … Er hat nie verstanden, warum um Himmels willen sie ihm ausgerechnet den Namen eines Sagentypen gegeben haben. Seit er denken kann, nennt er sich ohnehin nur noch Armin. Aber hinter seinem Rücken ist er ein anderer. Der Armenier. Da schwingt Ironie mit, aber auch ein bisschen Ehrfurcht. Das bildet er sich jedenfalls immer ganz gerne ein.

Der Polizist hegt wahrscheinlich einen Atemzug lang die Hoffnung, dass Trost ihn nicht gehört hat, doch als dieser an seiner Seite innehält, senkt er den Blick. Trost kennt die Wirkung seiner Anwesenheit gut genug, um zu wissen, dass sich der Mann nicht wohlfühlt.

Nachdem er sich von Charlotte verabschiedet hatte, ist er in den dort bereits wartenden Polizeiwagen gestiegen. Er wurde den Weg zurück bis zur Wallfahrtskirche gefahren, danach den Forstweg hinauf bis aufs Plateau des Kogels. Als der Weg zu Ende war, stieg er aus und ging zu Fuß weiter, bis er neben einem ausgetretenen Pfad auf eine Tafel mit dem Schriftzug »GU563« stieß, der jenen Wanderweg markiert, der die Hügelkette entlang in Richtung Nordwesten führt. Von der sagenumwobenen Höhenburg von Gösting, die einst durch eine Explosion zur Ruine geworden ist, zum noch heute für Vernissagen genutzten Schloss der Plankenwarther mit Blick über steile Hügel, die noch keine Berge sind.

Der Marsch von der letzten Kehre bis hinauf zum Tatort war nicht sonderlich anstrengend, reichte aber aus, um ins Schwitzen zu kommen, bis sich der Wald endlich lichtete und sich die Wege gabelten und eine Ansammlung von Menschen ihm verriet, dass er ans Ziel gelangt war: zu einer seltsam verschnörkelten Buche, die alle in der Gegend nur Bilderbuche nennen, weil Pilger immer wieder Heiligenbildchen an ihr anbringen oder Verliebte ihre Lebensträume in Form von Herzen und Vornamen in die Rinde schnitzen. Neben dem Baum befindet sich ein Schaukasten. Hin und wieder brennt dort eine kleine rote Kerze unter dem Marienbild. Manche Leute bleiben hier stehen und bekreuzigen sich.

Und andere bringen hier Menschen um.

Trost lässt die Leiche nicht aus den Augen. In seiner Manteltasche spürt er immer noch das Messer, das er heute Morgen an seinem Gartenzaun gefunden hat. Seine Stimme ist leise, fast schüchtern, als er sagt: »Wie heißen Sie, guter Mann?«

»Galler, Herr Chefinspektor.« Das Zittern seiner Stimme ist für Trosts geschulte Sinne gut zu vernehmen. »Inspektor Helmut Galler.«

»Sorgen Sie dafür, *Galler*, dass ich nicht gestört werde, ja?«

Inspektor Galler nickt eifrig. Die Erleichterung, ohne Anschiss fortgeschickt zu werden, ist nicht zu übersehen. Dann zeigt er überflüssigerweise auf die Spurensicherer. »Dort drüben liegt die Leiche.«

Jetzt wendet Trost sich ihm doch noch einmal zu und sieht ihn so lange an, bis der Polizist sogar noch eine Nuance im Dunkelrotfarbton zulegt, bevor er sich auf dem Absatz umdreht und zu seinen Kollegen eilt, die gerade das Absperrband entrollen, um den Tatort zu sichern. Zu diesem Zeitpunkt hat Trost bereits vergessen, wie der Mann heißt.

Trost hat alle Informationen der Tatortgruppe bekommen, die zu haben waren. Jetzt steht er vor der Leiche, schließt einen Moment die Augen und atmet tief ein und aus. Er ist fassungslos.

Es würde ihm nichts ausmachen, wenn es nur der Umstand wäre, dass er jetzt nichts empfindet. Nein, er spürt keine Emotion, keinen Ekel, keine Trauer, auch kein Mitleid. Viel schlimmer ist es aber, dass dieser Leichnam kein Interesse in ihm zu wecken vermag. Er ist Polizist, Chefinspektor, sogar Leiter der Mordgruppe im Landeskriminalamt, kurzum Mörderfinder –

aber eine Leiche löst in ihm keinen Ehrgeiz aus. Schlimmer geht es nicht.

So schlimm wie heute war es überhaupt noch nie.

Als er seine Augen öffnet, zwingt er sich, zu rekapitulieren: Vor ihm liegt ein männlicher Leichnam, etwa achtzehn Jahre alt. Dem jungen Mann wurde übel mitgespielt. Laut Spurensicherung waren es mehrere Leute, die auf ihn eingeschlagen haben, wobei noch nicht ganz sicher ist, ob sie ihm das Gesicht bereits vor seinem Tod oder erst danach so schlimm zugerichtet haben. Gestorben ist er jedenfalls daran, dass ihm jemand eine Stichwaffe in den Rücken gerammt hat.

»Schwert«, sagt er halblaut zu sich selbst. »Die Klinge ist gerade, also ist es ein Schwert, kein Säbel.«

Dieses Schwert wurde dem jungen Mann von hinten mit solcher Wucht in den Körper gerammt, dass es sich auch in den Baumstamm gebohrt hat.

Trost hat den Eindruck, dass alles inszeniert ist. Als hätten sie den Mann hierhergezerrt, um ihn genau hier zu ermorden. Der Stamm, findet er, sieht aus wie ein Opfertisch. Trost macht einen Schritt auf die Leiche zu. Er verschränkt die Arme vor der Brust. Nicht nur wegen der Kälte, die ihm von den Knöcheln herauf durch die Glieder dringt. Er drückt mit der rechten Hand auch gegen das Messer in seiner Brusttasche. Nicht auszudenken, was geschehen würde, fiele es wegen einer plötzlichen, unbedachten Bewegung aus der Tasche auf den Boden. Vor den Augen der Kollegen.

In den eingefrorenen Zügen der Leiche liegen weder Schrecken noch Zorn. Es ist ein sehr friedlicher Ausdruck, als sei da jemand ans Ende eines Weges gekommen. Trost schüttelt den Kopf und reibt sich mit den Fingern die Nasenwurzel. Das Ende eines Weges, was für ein Schwachsinn. Als er wieder hinsieht, bemerkt er, dass es wegen der furchtbaren Verletzungen gar nicht möglich ist, so etwas wie einen Gesichtsausdruck des Opfers zu erkennen. War das eben eine waschechte Halluzination?

Er versucht sich zu konzentrieren. Sein Blick gleitet wieder zur Waffe hin. Die von der Tatortgruppe meinten, die Täter seien mindestens zu dritt gewesen. Wahrscheinlich waren es aber noch mehr. Es gibt jede Menge Fußabdrücke, umgeknickte Zweige, aber das ist hier oben ja normal. Schule und Kindergarten machen oft Ausflüge an diesen Ort, der Wanderweg führt direkt vorbei. In einem Baum ist der Schnitt einer Klinge auszumachen, ganz in der Nähe findet sich auch ein Stück jener Pelzjacke, die die Leiche trägt.

Trost betrachtet die Umgebung. Der Junge hat sich gewehrt. Doch sie waren stärker, haben ihn über den Stamm gezerrt, an den Armen festgehalten, und dann ist einer von ihnen hinauf und hat ihm den Todesstoß versetzt. So ähnlich muss es gewesen sein.

Jetzt betrachtet Trost die Waffe genauer, und sein Blick verhärtet sich. Im selben Moment schießt ihm das Blut in den Kopf wie zuvor dem Polizisten, und sein Herz beginnt zu hämmern. Der Griff des Schwerts ist verziert, feine Formen, die sich im klobigen Knauf zu einer Fratze verdichten. Zum Antlitz eines Dämons oder so etwas Ähnlichem.

Am liebsten würde er jetzt das Messer aus seiner Brusttasche holen und die beiden Darstellungen vergleichen. Obwohl das gar nicht nötig wäre. Er ist auch so überzeugt davon, dass der Knauf des Messers, das ihm jemand in seinen Zaun gesteckt hat, die gleiche Abbildung zeigt.

»Scheiße, verdammt, wie kann das sein?«, flucht er. Trost hat den anderen den Rücken zugedreht, so können sie den Anflug von Panik in seinem Gesicht nicht sehen. In seinem Kopf kreist nur ein Gedanke: Ich will weg von hier.

In derselben Nacht eine Waffe in einem Toten und eine in seinem Zaun. Zwei Waffen mit den gleichen Darstellungen … Wieder reibt er sich die Nasenwurzel und kneift die Augen zusammen. Leise feuert er sich an: »Konzentrier dich, Mann! Konzentrier dich, komm schon!«

Er hört die sich nähernden Schritte in seinem Rücken nicht.

Erst die Stimme lässt ihn aufschrecken. »Geht es Ihnen nicht gut?«

Umringt von zwei seiner Kollegen aus der Mordgruppe steht Trost wenig später etwas abseits der Leiche.

Ihm fällt auf, dass Annette Lemberg ihr Kinn in den Kragen ihrer für die Witterung viel zu dünnen Jeansjacke drückt, während sie ihre Hände so tief wie möglich in die Hosentaschen schiebt.

Trost weiß, dass sie sich Sorgen um ihn macht. Zuvor hat er ihre Blicke gespürt, wahrscheinlich war sie verunsichert, weil es von hinten nicht gut ausgesehen hat, dass ihr Chef minutenlang kopfschüttelnd und das Gesicht massierend vor einer Leiche steht. Auch wenn sie erst seit Kurzem bei der Truppe ist, billigt Trost diese Art von Mitgefühl. Sie ist die Einzige, die sich ihm auf diese Weise nähern darf. Eben auf die »Geht-es-Ihnen-nicht-gut?«-Weise. Nicht wie eine Freundin, eher wie eine alte Bekannte.

Vielleicht hat das damit zu tun, dass sie ihre deutsche Herkunft nicht ganz verleugnen kann. Ihre Art zu sprechen entbehrt jeglichen örtlichen Idioms und klingt wie aus dem Fernsehen. Makellos mit Mitvergangenheit. Das macht sie irgendwie zu einem Mittelding aus Außenseiterin und Mittelpunkt. Vielleicht der Grund, warum sie alle nur »die Lemberg« nennen. Da schwingt Distanz mit, aber auch ein wenig Achtung. Trost mag das.

Es ist deutlich zu sehen, dass die Lemberg gegen eine aufkeimende Erkältung ankämpft, die aus ihrer Nase ein rotes triefendes Hindernis macht. Ständig muss sie sich schnäuzen oder so dezent wie möglich aufziehen. Sie sehnt wohl den Moment herbei, wo sie wieder im Wagen sitzen werden. Ihre Turnschuhe sind sichtbar feucht. Sie schreibt unentwegt in ihren Notizblock. Und als er vollgeschrieben ist, tauscht sie ihn gegen einen neuen und kritzelt weiter. Sie blickt kaum auf, und ihre Augenbrauen sind so fest über die Nasenwurzel gezogen, dass sich eine gewaltige Falte zu bilden droht.

Trost denkt sich, sie tut das, weil sie ihn durchschaut hat. Weil sie weiß, dass er ganz und gar nicht bei der Mord-Sache ist.

Sie sieht aus, als würde sie nie wieder zu schreiben aufhören, und Trost hegt sekundenlang sogar den Verdacht, sie weiß bereits, wer der Mörder ist, und schreibt die ganze Geschichte, das Motiv, den Tathergang, einfach alles auf, um ihn später bloßzustellen. Sie hatte Journaldienst an diesem Abend, und sie hat diese allseits bekannte deutsche Gründlichkeit im Denken.

Trost spinnt den Gedanken weiter: Die Lemberg wurde als Erste angerufen, sie fuhr mit dem Dienstwagen hier heraus in den Wald, war am längsten bei der Leiche. Er betrachtet ihr nach hinten gekämmtes und im Nacken zu einem Zopf gebundenes Haar. Eine Strähne hat sich gelöst und hängt ihr in die Stirn. Sie schiebt sie zurück, und ihre Blicke treffen sich.

Trost ist ein breitschultriger, rotbackiger Mann mit dicken Haaren, die rostrot schimmern und eine Neigung dazu haben, strohig zu werden. Große Hände, ein Ehering, dicke, volle Lippen, eine breite Nase, deren Flügel in feine rote Äderchen auslaufen wie ein Flussdelta. Er weiß, dass er gut aussieht. Jedenfalls nicht schlecht. Aber im Moment kommt er sich unendlich unattraktiv vor. Was ist das heute bloß für ein mürrischer, introvertierter Auftritt? Reiß dich zusammen, Mann! Nimm das Zepter wieder in die Hand und wirf dich in die Schlacht wie dieser gottverdammte Arminius im Teutoburger Wald.

Wenigstens schaut Schulmeister ihn nicht an. Der runde Mensch mit seiner Neigung zu Schweißflecken, sobald sich seine Masse in Bewegung setzt, trägt sein schütteres Haar wie auf alten Fotos stets streng aus der Stirn nach hinten geplättet, seine Hände mit den Altersflecken sind so weich, als tauche er sie ständig in einen Tiegel mit Handcreme, und selbst weite Pullover dehnen sich unter der Form seiner Brüste.

Johannes Schulmeister sieht jetzt die Bilder, die er vom Tatort gemacht hat, mit zusammengekniffenen Augen über eine Lesebrille hinweg auf seinem Mobiltelefon durch. Er erweckt den Eindruck, als sei er stolz auf seine Aufnahmen. Ansonsten ist er eher der Typ, der seine letzten Jahre im Dienst damit verbringt, davon zu reden, was danach kommt. Nach dem Arbeiten. Wenn er im Büro sitzt, lässt er sich meist von seinem Tischventilator vermeintlich frische Luft ins Gesicht wehen und schließt dabei die Augen. Er lächelt dann, und man sieht ihm an, dass er in Gedanken weit weg ist. Öffnet er jedoch die Augen, scheint mit dem Lächeln auch all seine Zuversicht zu verschwinden. Das Seltsame an diesem Mann ist seine Schicksalsergebenheit. Er lebt gewissermaßen mit dem Glauben, schon alles erlebt und nicht mehr viel vor sich zu haben. Aus seiner Einstellung, sich in der finalen Lebensphase zu befinden, macht er kein Hehl. Manchmal stichelt er mit Bemerkungen wie »Das Schlimmste hab ich bald hinter mir« und spielt dabei auf die Tatsache an, dass er demnächst in Pension geht. »Bald« heißt in seinem Fall aber, dass er noch gut und gerne zehn Jahre vor sich hat. Schulmeister ist erst Mitte fünfzig.

Trost hat immer ein wenig Mitleid mit ihm. Er denkt sich: Ob er nur so tut, als freue er sich aufs Ende? Aufs Altersheim.

Die Lemberg schreibt wieder. Trost wischt sich einen feuchten Film von der Stirn. Er weiß, wenn er nicht bald etwas sagt, wird Schulmeister gleich damit anfangen, es so aussehen zu lassen, als wisse er alles bereits.

Schulmeister benimmt sich oft wie eine Kindergartentante, die immer alles richten muss. Dabei hat er mit seiner Frau gar keine Kinder. Soweit Trost außerdem in den letzten Jahren mitbekommen hat, wohnt er mit ihr in der ausbezahlten Wohnung seiner Eltern am Stadtrand und liebt die Wochenenden im Schrebergarten über alles.

Werde ich auch so lange bei der Polizei hocken, bis ich krepiere? Werden sie mich am Ende aus meinem Büro tragen? Und: Werden sie das Büro danach lüften müssen und meinen alten Krempel wegwerfen? Er schaudert. Das jedenfalls wird er tun, wenn Johannes Schulmeister weg ist: Krempel weg und lange lüften!

Am Fundort versuchen Polizisten, das Schwert so weit aus

dem Baumstamm zu ziehen, dass man die Leiche bergen kann. Einer steigt auf einen dicken Ast und balanciert zwischen den Kniekehlen der Leiche. Er zieht am Schwert, rutscht aus und fällt. Dabei hat er sich am Bein der Leiche festgehalten, das nun in unnatürlicher Position herunterhängt. Einer von der Spurensicherung flucht und klettert ebenfalls auf den Stamm, indem er sich umständlich an der Zeltkonstruktion aus Ästen festhält. Er zerrt am Schwert, bis die Adern an seinen Schläfen sichtbar werden. Er grunzt, gibt aber nicht auf, und schließlich geben Baum und Leichnam das Schwert tatsächlich frei. Der Mann verliert das Gleichgewicht und fällt ebenfalls herunter. Unten angekommen, rappelt er sich sofort wieder auf und hält die Waffe so stolz in der Hand, als sei es Excalibur und er der sagenumwobene König Artus. Doch eigentlich beachtet ihn gar niemand wirklich. Seine Kollegen betten das Opfer schweigend auf eine Bahre, und mit schnellen Griffen zieht jemand den Reißverschluss des Plastiksacks zu.

Die Lemberg seufzt kurz auf, und Trost bemerkt, dass ihr Blick ein wenig entrückt wirkt. Er versteht plötzlich. Deshalb hat sie geschrieben wie der Teufel. Das grausig entstellte Opfer, das Schwert, das alles hat sie offenbar mitgenommen. Sie hat Trost gar nicht durchschaut, und über den Mord weiß sie auch nicht mehr als er.

Das ist es also. Sie, die perfekte, aufmerksame, strebsame deutsche Kollegin, hat einen Schwachpunkt. Einen gewaltigen, wenn man bedenkt, dass sie für die Mordgruppe ermittelt. Sie tut sich schwer mit dem Anblick von Toten.

Der Anflug eines Lächelns huscht über sein Gesicht. Er senkt den Blick.

Als die Leiche verschwindet, bekommt der Wald ein Stück von seiner Unschuld zurück. Es ist regelrecht zu hören, wie alle aufatmen. Jetzt, wo der aufgespießte Körper weggepackt ist, ähnelt die Umgebung wieder mehr einem normalen Wald an einem normalen Tag.

Trost hat die Arme wieder vor seiner Brust verschränkt. Er

spürt das Messer. Sein Herz rast immer noch, weil er befürchtet, dass jemand seine Aufregung bemerkt. Oder seine archaische Waffe.

Er fühlt, dass die Lemberg ihn jetzt beobachtet. Er räuspert sich und sagt: »Okay. Die Leiche ist keine zehn Stunden alt, wahrscheinlich wurde der Mann gestern kurz nach Sonnenuntergang getötet. Entdeckt hat ihn heute Morgen ein Jogger. Es sind im Wald immer die Jogger, die die Leichen entdecken, nicht wahr?« Niemand reagiert auf seine Bemerkung, die er selbst, nachdem sie ausgesprochen ist, gar nicht mehr so witzig findet. Er räuspert sich erneut und fährt fort. »Es waren mindestens drei Täter, wahrscheinlich vier oder fünf. Ziemlich brutal, ziemlich inszeniert.« Er bemüht sich jetzt, so beiläufig wie möglich zu klingen. »Hat einer eine Ahnung, was dieses Symbol auf dem Griff der Waffe darstellen soll?«

Schulmeister betrachtet das Foto vom Messer, das er mit seinem Handy aufgenommen hat. Dann reicht er es weiter.

Die Lemberg schüttelt den Kopf. »Sieht nach diesen Fratzen auf alten gotischen Kirchen aus. Mehr fällt mir dazu nicht ein«, sagt sie. Sie schnäuzt sich einmal mehr.

Trost erwidert nichts, schaut nur zwischen den Bäumen hindurch in den wuchernden Wald. Seltsamer Ort für einen Mord. Ein Wanderweg. Und nicht nur das: Wenn er jetzt losgehen würde, wäre er in zwanzig Minuten zu Hause. *Noch nie fand ein Mord so nahe an meinem Haus statt.*

Die anderen mustern ihren Chef so lange, bis Annette Lemberg geräuschvoll ihr Gewicht von einem Fuß auf den anderen verlagert.

Schulmeister schaut zwischen ihr und Trost hin und her und entscheidet sich offenbar, zu gehen. »Ich schau mir den Parkplatz unten bei der Kirche an und rede mit einem Förster oder Jäger oder sonst irgendjemandem. Hier scheint es ja sowieso nicht allzu viel Konzept zu geben. Es ist zwar zu befürchten, dass, sollte sich der Mörder nicht freiwillig melden, wir ihn kaum noch kriegen werden, aber vielleicht haben ja die Kollegen von der Fahndung mehr Zug zum Tor. Ihr könnt euch ja noch bis zum Sankt-Nimmerleins-Tag anschweigen.« Er steckt die Lesebrille in die Brusttasche, dreht sich schnaufend um und stapft meckernd davon.

Trost ignoriert die Bemerkungen, sucht stattdessen fieberhaft nach einem Vorwand, den Tatort so schnell wie möglich verlassen zu können. »Frau Lemberg, veranlassen Sie, dass die Presse so lange wie möglich nicht informiert wird. Wenn der Schwertmord herauskommt, ist die Hölle los.«

»Okay, und –« Sie schnappt nach Luft, doch Trost unterbricht sie.

»Und halten Sie Kontakt mit den Leuten von der Fahndung. Es ist zwar unwahrscheinlich, dass sich der Mörder noch in der Nähe herumtreibt, aber wer weiß.«

»Okay –«

»Und …« Er überlegt kurz, ob er ihr vom Inhalt seiner Brusttasche erzählen soll. Von einem Gegenstand, der der Tatwaffe gleicht, als habe ihn derselbe Schmied am selben Nachmittag hergestellt. Wie soll er ihr erklären, warum er ihnen nicht schon viel früher davon erzählt hat? Er könnte es auf seine Vergesslichkeit schieben. Er ist zwar noch keine vierzig, aber dieses Phänomen stellt er ohnehin immer öfter an sich fest. In Momenten völliger Zerstreutheit passiert es ihm sogar, dass er nach dem Kaffeemachen die Milch zurück in die Kredenz und den Zucker in den Kühlschrank stellt. Charlotte bemerkt das auch und nennt ihn dann »mein Alzi«. Es ist ihr aber nicht anzumerken, ob sie sich einfach nur lustig macht oder mitunter doch ein wenig besorgt ist.

Annette Lemberg holt Luft. »Chef, ich will nicht indiskret sein. Aber geht es Ihnen nicht gut?«

Trost starrt sie aus den Gedanken gerissen an. »Was meinen Sie?«

Sie senkt kurz den Blick, was sie wie ein Schulmädchen aussehen lässt, das seinem Lehrer beichten muss, keine Hausübung gemacht zu haben. Sie hat vor nicht einmal einem Jahr die Polizeischule hinter sich gebracht, und das mit geradezu sensationellen Beurteilungen. Nur so war es möglich, dass sie jetzt schon in der Kriminalabteilung gelandet ist.

Nicht nur Trost findet, sie hat Talent, sie stellt Fragen, beobachtet genau, gibt nicht nach, ist frech und wissbegierig. Sie wird es weit bringen, da war er sich von Anfang an sicher. Manchen Leuten sieht man das Erfolgsgen an. Sie haben klare Blicke, das Kinn ist leicht angehoben, und bei jeder Bewegung sind sie etwas schneller als die anderen. Die einzige Möglichkeit, ihnen ebenbürtig zu begegnen, ist, ebenso geradeaus zu blicken. Direkt in die Augen.

Er wiederholt die Frage, ohne zu zögern: »Was meinen Sie?«

Lemberg verlagert das Gewicht von einem Bein auf das andere. »Ich hatte nur das Gefühl, Ihnen gehe es nicht gut, und ich wollte Ihnen meine Hilfe anbieten.«

Trost lächelt. »Das ist lieb, aber nein, danke. Mir geht es gut. Das heißt: Mir wär's recht, wenn Sie hier weitermachen und nach Anhaltspunkten suchen. Bei der Leiche wurde eine Brieftasche mit Ausweisen gefunden. Finden Sie heraus, ob es Angehörige gibt. Verständigen Sie die. Ich fahre inzwischen ins Büro und schreibe einen ersten Bericht für den Staatsanwalt. Den Schlüssel bitte.«

»Wie bitte?«

Trost kann die Ungeduld in seiner Stimme nicht mehr verbergen. »Na, Sie sind doch mit dem Dienstwagen hier? Sie hatten Journaldienst, Sie fuhren mit dem Dienstwagen, Sie haben den Schlüssel.«

Annette Lemberg zieht ihn hektisch aus der Jackentasche und reicht ihn Trost. Als er ihn entgegennimmt, spürt er ihre kalten Finger, will etwas sagen, tut es aber nicht. Stattdessen dreht er sich grußlos um und tastet im Gehen wieder, wie er hofft, unauffällig nach dem Messer in seiner Tasche. Eine Gruppe Polizisten hebt die Hände zum Gruß, als er vorübergeht. Der von vorhin ist auch dabei, wie heißt er noch schnell? Trost hat es vergessen, nickt ihm aber gedankenverloren zu.

Trost weiß, wie unmöglich er sich benimmt. Wieder spürt er Lembergs Blick auf seinem Rücken. Sie fragt sich bestimmt, warum er sie jetzt allein im Wald zurücklässt und die ganze Arbeit machen lässt. Und er weiß auch, dass Schulmeister noch in der Nähe ist. Der Mann beobachtet ihn sicher und sieht dabei in seinem Grant so aus wie dieser Baum, die Bilderbuche. Grau und starr und in Gedanken versunken.

Aber Trost kann nicht anders. Er muss hier weg. Solange er dieses Messer in der Tasche mit sich trägt, kann er keinen klaren Gedanken fassen. Er denkt sich: Sorry, Leute.

In der Seltsamwelt des Tobias Schlierenbaum

Gewisse Dinge muss man verinnerlichen. Zum Beispiel dass man sich einmal am Tag im Internet für die Millionenshow bewirbt. Danach sofort zum Telefon greifen und die Sache telefonisch wiederholen.
aus Charlottes Tagebuch

Er erinnert sich, wie er sich noch gefragt hat: Warum habe ich das getan? Warum lasse ich die Anfängerin am Tatort und stehle mich davon? Er erinnert sich, wie er den Schweißfilm auf der Stirn gespürt und ihn sich mit dem Handrücken abgewischt hat. Er steht vor dem Polizeigebäude und starrt die Fassade an, wie er als Schüler oft seine verhasste Schule betrachtet hat. Von außen glaubt er, die Gänge im Inneren riechen und die Enge der Räume spüren zu können, die in Wahrheit breit und hoch sind.

Die Fassade des Polizeigebäudes liegt im Schatten. Irgendwo dahinter, in einem Büro mit Fenster zum Innenhof, befindet sich sein Arbeitsplatz. Ein schmales Zimmer, dessen hinterer Teil sich im düsteren Licht verliert. Dort stehen sein Schreibtisch, ein veralteter Computer, da sind die Akten und die Bilder seiner Familie an der Pinnwand. Das Foto ist so alt, dass Elsa noch mit Flaum auf dem Kopf in den Armen Charlottes sitzt und Jonas stolz an Trosts Seite steht. Einen Arm hat er um die Schulter seines Sohnes gelegt. Trost hat Lachfalten und trägt noch keinen Vollbart. Mittlerweile sind sogar schon Stirnfalten auszumachen, wenn er seine Kopfhaut spannt, und über den Ohren mischen sich in die Rottöne des Haars einzelne weiße Locken.

Trost zieht das Handy heraus und schaut auf die Uhr. Eine Armbanduhr trägt er seit Jahren nicht mehr. Er blickt die Straße auf und ab und beschließt schließlich, weiterzugehen.

Im Paulustor, einem von zwei Stadttoren, die in Graz noch

erhalten sind, hallen seine Schritte nun hinter ihm her. Als er den vierhundert Jahre alten Durchgang passiert hat, blendet ihn die Sonne. Im Stadtpark zwingt er sich dennoch, aus schmalen Augenschlitzen im Gehen zu den Baumwipfeln emporzuschauen. Der Anblick der kargen Äste beruhigt ihn. Auf einer Parkbank vergräbt ein junger Mann sein Gesicht, und es sieht aus, als verharre er in dieser Stellung schon seit Stunden. Der Tag braucht hier länger, um die letzten Reste der Nacht fortzuspülen.

Am anderen Ende des Parks steht ein altes, unscheinbares Gebäude, das kaum frequentiert wird. Es ist ein grauer Kasten mit ein paar Parkplätzen davor. An grünen Metallstangen hängen Fahrradschlösser, denen die Fahrräder fehlen. An die Wand neben dem Eingang hat jemand mit roter Farbe das Wort »Anarchie« gesprayt. Hinter uralten Flügelfenstern und langen Gängen, Liften und dicken Türen raschelt und rumpelt es manchmal, aber von den Leuten, die hier wohnen, hat Trost noch nie jemanden zu Gesicht bekommen.

Wie immer nimmt er drei Stufen auf einmal, geht hinauf ins erhöhte Parterre und auf der gegenüberliegenden Seite wieder einen Halbstock tiefer ins Souterrain. Dort schaltet er das Licht ein und wartet so lange, bis es auch wirklich flackernd und zuckend hell wird. Sein Weg führt ihn einen weiteren Halbstock in die Tiefe, dorthin, wo man die Nässe kalter Wände spürt. Wo es nach morschem Holz und feuchtem Gewand riecht. Links und rechts, da, wohin das Licht nicht vordringt, tauchen die Schatten irgendwelcher Gegenstände auf, alte Fahrräder, Teile einer Küche, Kleiderständer. Beim Vorübergehen glaubt Trost jedes Mal, ein geheimnisvolles Wispern zu hören. Genau jene Umgebung, die selbst einem hartgesottenen Polizisten das Herz in die Hose rutschen lassen könnte. Und dabei ist Trost gar kein hartgesottener Polizist.

Vor einer grauen Stahltür, wie man sie von Heizräumen und dergleichen kennt, bleibt er stehen. Er betätigt den Schalter rechts von der Klinke und wartet. Als sich nichts rührt und er sich fast schon wieder umdrehen will, um zu gehen, vernimmt er von drinnen ein Scheppern. Auf der anderen Seite geht das Licht an, kurz darauf verdunkelt sich der Spion in der Tür.

Trost steht regungslos da und lässt sich einen Moment lang mustern. Dann öffnet sich die Tür, und ein Typ macht auf, der ihn an den in die Jahre gekommenen verrückten Wissenschaftler aus »Zurück in die Zukunft« erinnert. Nur dass »Doc Brown« in diesem Fall Tobias Schlierenbaum heißt.

Als Trost eintritt, verliert er augenblicklich das Zeitgefühl. So geht es ihm immer, wenn er Schlierenbaum in dessen Kellerreich besucht. Es ist einer jener Orte, die man sich nicht gern allein ansehen würde. Zweifelhaft ist auch, ob die Anwesenheit seines Bewohners dazu beiträgt, sich wohler zu fühlen. Selbst wenn man ihn schon seit Ewigkeiten kennt.

Trost befindet sich in einer Art Vorraum, der von dicken Vorhängen umgeben ist. Eine Stehlampe mit staubigem, vergilbtem Schirm aus Papier sorgt für schummriges Licht, das auf einen bunten Teppich, einen Kleiderständer und eine Schuhablage fällt.

Schlierenbaum tritt zur Seite und lädt Trost mit einer Geste ein, den Vorhang beiseitezuschieben. Trost folgt der Aufforderung und dringt ins Innere der Wohnung vor, wenngleich »Wohnung« eine absolut unzulängliche Formulierung für diese Behausung ist. Er hat das Gefühl, sich in einer Art unterirdischer Klinik zu befinden. Ein Operationsstuhl aus der Nachkriegszeit, vielleicht von einem Gynäkologen, ist umgeben von Beistelltischen und Kästchen, auf denen seltsame Roboterkreaturen und Instrumente herumliegen, als hätte sie dort jemand achtlos und in aller Eile hingeworfen. Eine weitere Stehlampe und einige Gerätschaften, die sehr an eine Zahnarztpraxis erinnern, liegen zweckentbunden zwischen Umzugsschachteln und Kabelknäueln herum.

In der Mitte des Raumes, der die beachtlichen Ausmaße einer Vier-Zimmer-Wohnung hat, befindet sich ein gewaltiger Besprechungstisch, der Schlierenbaum anscheinend als Arbeitsfläche dient. Um eine Mineralwasserflasche herum sind Berge von Zetteln und Büchern gruppiert, dazwischen das skurrile

Stillleben aus dem Innenleben eines Föhns, dem ausziehbaren Rohr eines Staubsaugers und dem Armaturenbrett eines Kleinwagens. Über ihren Köpfen verliert sich das Licht in Dunkelheit und lässt den Gewölbekeller wie eine Kathedrale wirken. Für jemanden wie Schlierenbaum das perfekte Umfeld. Ein Blitz blendet Trost und reißt ihn aus seinen Gedanken.

»Das ist nur meine Willkommenskamera, ich mache von meinen Gästen Aufnahmen, von ihren ersten Eindrücken von meinem Reich, ist nur für eine aktuelle Arbeit, du hast ja sicherlich nichts dagegen, in einer Ausstellung vorzukommen, nicht? ›Surprisitation‹ oder ›Überraschungseffekt‹ oder ›Glupschaugen‹ oder so wird sie heißen. Komm nur rein, weiter, weiter, setz dich, trinken, Decke?«

Trost hat nicht einmal den Versuch unternommen, ihn zu unterbrechen. Schlierenbaum war schon immer so. Bis mit ihm ein Gespräch anzufangen ist, muss er sich selbst erst warmgeredet haben. Das klingt dann so, als würde er unzusammenhängende Worte aus einem imaginären Buch vorlesen. Als fände er den richtigen Tonfall für die jeweilige Art der Sätze erst nach geraumer Zeit. Er spricht ohne Melodie, ohne Färbung. Klar und eintönig und schnell und einen Tick zu leise.

Schlierenbaum ist Künstler, jedenfalls lässt sich der Wahnsinn, der ihn umgibt, wenn er sich tagelang in diesem Kellergewölbe einschließt, mit diesem Wort am besten verteidigen.

Außerdem beschäftigt er sich zunehmend mit okkulten, geheimnisvollen Dingen, die nichts miteinander zu tun haben – mit Außerirdischen, Tempelrittern und Voodoo-Zauberern. Er begründete seine Wandlung in einem Interview einmal mit dem Satz, er habe in der Malerei einfach keine Möglichkeit mehr gesehen, seinen Wahnsinn zu filtern. Irgendwann tauchte er dann endgültig unter. Im wahrsten Sinne des Wortes. Trost ist einer der wenigen, die wissen, wo Schlierenbaum sich aufhält.

»Hier ein Bier, was anderes ist nicht da, denk dir nichts, ich hab nicht aufgeräumt, das ist nur …«, Schlierenbaum schiebt Föhn, Staubsaugerrohr und Armaturen mit dem Unterarm zur

Seite, »das ist nur eine Installation, die noch nicht fertig ist, ich will einen Film machen, weißt du, einen Kultfilm, es geht um einen uralten Maschinenkult in ferner Zukunft, erklär ich dir ein anderes Mal.«

Trost erwähnt nicht, dass er ihm den Plot bei einem seiner letzten Besuche bereits ausführlich erzählt hat. Auch ein Alzi, denkt sich Trost und lächelt unsicher.

Und dann setzt Schlierenbaum sich, nippt an einer Bierflasche und atmet lange aus. So lange, als ströme mit der verbrauchten Luft eine Last aus ihm heraus.

Sein graues Haar steckt hinter den Ohren. Hinter dicken, runden Brillengläsern mit rotem Rahmen blickt Schlierenbaum aus viel zu weit aus den Höhlen tretenden Augen und betont mit brummiger Hörbuchstimme, dass nicht alles von heute auf morgen geht. Er scheint erst jetzt Trost als den Mann wahrzunehmen, der eingetreten ist und Platz genommen hat. Er lächelt, wobei sein Gesicht nun überaus großväterlich wirkt. Aber auch unendlich müde.

»Ach, Armin, schön, dass du da bist.« Er presst seine Backenzähne aufeinander und fixiert auf diese Weise das Lächeln auf seinem Gesicht. Seine Augen tasten Trost ab. »Was hast du auf dem Herzen?«

»Sind wir allein?«

Schlierenbaum macht eine ausholende Handbewegung. »Leider ja, mein Freund. Mein Harem ist ausgeflogen, die Damen stellen sich draußen an, ich kann mich gar nicht wehren vor lauter Verehrerinnen.« Er lächelt freudlos, selbst ein wenig unglücklich über den matten Versuch, witzig zu sein. »Also, sag schon, ich bin hier immer allein. Worum geht es?«

Trost massiert sich den Nasenrücken und holt Luft. »Okay. Wir haben heute Vormittag eine grausliche Entdeckung gemacht. Eine Leiche im Wald.«

Schlierenbaum nickt, sieht Trost weiter an. »Was ist? Wieso bist du dann hier? Jetzt schon, meine ich. Solltest du nicht draußen im Wald und auf der Jagd sein?«

Trost kennt diesen Mann nun schon fast sein ganzes Leben lang. Tobias Schlierenbaum, Künstler, Exzentriker, großer Zyniker, mehrfach verheiratet, keine Kinder, und der Einzige, dem er hundertprozentig vertraut. Väterlicher Freund nennt man so etwas.

»Können wir reden?«

Schlierenbaum schürzt die Lippen. Komischerweise hat Trost plötzlich das Gefühl, seinem Vater gegenüberzusitzen. Schlierenbaum und er sind Freunde gewesen. Keine Kollegen, Nachbarn oder »Wir treffen uns einmal im Jahr«-Typen. Nein, die beiden unternahmen so verkorkste Sachen wie Fischengehen, oder sie packten den Grill in den Kofferraum und fuhren mit ihren Familien auf die Teichalm. Das heißt: Schlierenbaum hatte immer eine bunt bemalte Freundin dabei oder einen bleichen jungen Mann, jedenfalls sah Trost die jeweilige Begleitung niemals ein zweites Mal an seiner Seite.

Trost hat an diese Ausflüge auch eine Kindheitserinnerung: Kühe nähern sich, Schlierenbaum springt mit seinem bunten weiten Mantel wie eine Märchenfigur zwischen Kuhfladen herum und brüllt, und auch Trosts Vater streckt seine breiten, massigen Arme von sich, ruft: »Ksch, ksch!«, und auf diese Weise vertreiben sie die Tiere. Schlierenbaums Begleitung sitzt rauchend vor dem Grill, Trosts Mutter blickt über ihre Sonnenbrille hinweg und kichert. Trost sieht diese Erinnerungen mit einem Sepiaeffekt, als habe jemand die Bilder bearbeitet. Perfektes Licht, aber keine Musik.

Als Trosts Eltern bei einem Autounfall vor ein paar Jahren ums Leben kamen, hatte er manchmal das Gefühl, als habe Schlierenbaum, der Graue, die Absicht, die Rolle seines Vaters zu übernehmen.

Trost blickt auf.

»Du meine Güte, das muss aber heiß sein«, poltert Schlierenbaum ungeduldig. »Es ist kein Mensch hier, Armin. In diesem Haus hörst du den Boden knarren und irgendwelche Fensterflügel zufallen, und ich hab schon immer gesagt, dass es hier spukt wie in einer alten Ritterburg, aber mir glaubt ja keiner. Irgendwo läuft ein Radio, aber es ist keiner da, der es eingeschaltet hat. Wahrscheinlich liegt in einer der Wohnungen über mir ein Selbstmörder, der sich mit Pulverl verabschiedet hat. Und aus all diesen verrückten Gründen kriegt jeder, der mich hier unten stört, zu spüren, wenn mir der Filterkaffee ausgegangen ist. Außer dir natürlich. Also raus mit der Sprache, aber schnell: Was ist los?«

Trost zieht sein Messer aus der Manteltasche und reicht es dem Künstler. Nicht nur weil der Druck in seiner Brust nachlässt, fühlt Trost sich von einer Last befreit. Er schildert, was geschehen ist, und äußert seinen Verdacht mit der Ähnlichkeit zur Tatwaffe, die so schwer aus der Leiche zu kriegen gewesen war.

Danach herrscht sekundenlanges Schweigen.

Schlierenbaum runzelt die Stirn. Er wiegt die Waffe in seinen Händen und betrachtet sie lange. Er schaut auf und sagt: »Das erinnert mich an etwas. Hast du gewusst, dass es eine Gemeinschaft gibt, so eine Art Männerbund, die in Graz Praktiken aus der Zeit ausübt, in der die Stadtmauern nur einen Steinwurf vom Schlossberg entfernt waren?«

Trost reibt sich mit Zeigefinger und Daumen den Nasenrücken und seufzt. »Nein, ich kenne solche Leute nicht. Aber aus diesem Grund vertraue ich dir wahrscheinlich das Messer an. Ich kenne niemanden, der sich besser mit solchen Verrücktheiten auskennt. Geheimritualen und so.«

Schlierenbaum ignoriert den Seitenhieb. »Ich kenne jemanden«, sagt er, ohne das Messer in seiner Hand aus den Augen zu lassen, »der einem uralten Ritterritus beiwohnte, bei dem sich die Männer Zeichen auf die Brust ritzten. Einem von ihnen soll am nächsten Tag im Büro die Wunde aufgeplatzt sein, und die Leute haben geschrien, weil er mit blutdurchtränktem Hemd durchs Haus gelaufen ist. Ist aber nie etwas in der Zeitung gestanden. Auch interessant, oder?«

»Tobias, bitte!« Trost wird ungeduldig. Er hat sich erhofft, dass Schlierenbaum ihm wegen seiner guten Kontakte zur Seltsamwelt von Graz weiterhelfen könnte. Wie es aussieht, ist der alte Mann aber inzwischen doch zu sehr mit seinen eigenen Geschichten beschäftigt. »Soll ich wieder gehen?«

Schlierenbaum lächelt ihn jetzt ein wenig verträumt an. »Schon gut, schon gut. Ich wollte dich nur auf andere Gedanken bringen. Oder – vielleicht auf die richtigen. Du musst umdenken. Es gibt auch Leute, die ganz anders ticken als du. Denen ganz andere Dinge wichtig sind. Kellermenschen, verstehst du?« Er hält das Messer ans Licht. »Das Messer sieht jedenfalls so alt wie eine karolingische Ritterwaffe aus. Entweder ein Relikt oder das Meisterstück eines Geschichtsfreaks.«

Trosts Züge hellen sich auf. »Du hast einen Verdacht?«

Schlierenbaum blickt ihn zweifelnd an und erwidert unwirsch, dass die Waffe auch von letzter Woche oder aus China importiert sein könnte. »Was ist los mit dir? Du lässt dich doch sonst nicht so leicht ablenken. Solche Fragen stellst du nie, das sind Dinge, die du normalerweise selbst herausfindest.« Als er aber zu bemerken scheint, wie niedergeschlagen Trost ist, wie kleinlaut er vor ihm sitzt, da wird Schlierenbaums Tonfall etwas milder. »Du willst also, dass ich mir dieses Ding ansehe. Du willst, dass ich herausfinde, ob es irgendwen gibt, der damit etwas anfangen kann. Du willst, dass ich mir meinen Kopf über irgendwelchen Büchern zerbreche und dir während einer laufenden Ermittlung dabei helfe, Beweismaterial zu verheimlichen. Und du willst nicht, dass ich dich frage, warum du in Herrgottsnamen dieses Messer mit dir herumträgst wie ein verrückter Amokläufer und nicht einmal deine Kollegen oder deine Frau in die Sache einweihst …« Pause. »Du hast sie doch nicht eingeweiht, oder?«

Trost schüttelt den Kopf.

Wenige Minuten später steht Trost vor der Tür, klopft sich die Manteltaschen ab und ist heilfroh, das Messer los zu sein. Schlierenbaum hat ihm versprochen, sich schlauzumachen.

Währenddessen solle er, Trost, sich an einen Bekannten des Künstlers wenden, der im Landesarchiv arbeitet. »Diese Leute wissen mehr, als mit Google herauszukriegen ist, sie tragen sehr selten gewordenes Wissen mit sich und werden weitgehend unterschätzt. Sie sind außerdem absolut verschwiegen und vertrauenswürdig. Ich werde ihn über deinen Besuch vorwarnen.«

Trost wollte protestieren, er ermittle schließlich in einem Mordfall und mache keine öffentliche Plaudertour. Doch Schlierenbaum winkte ab.

»Er ist absolut verschwiegen, sag ich dir. Und du willst doch weiterkommen in dem Fall. Vertrau mir, geh hin und lerne, vielleicht löst sich der Fall ja schneller, als du denkst.«

Mit schnellen Schritten geht Trost nun durch den oktobergrauen Vormittag, und während er durch den angrenzenden Park zwischen Buschwerk verschwindet, hört er im Haus noch ein Fenster auf- und zuschlagen, wie von unsichtbarer Hand gelenkt. Es kracht immerfort im selben Takt. Als habe der Wind ein Spielzeug gefunden. Aber es weht kein Wind über Graz. Trost stellt sich also vor, dass es der Sturm sein muss, der in ihm selbst tobt, der alles ringsherum in Bewegung bringt.

Ein griechischer Gott

Ob ich Angst habe? Natürlich habe ich Angst. Mein Mann irrt schließlich immer auf der dunklen Seite herum. Wer sagt mir, dass das stets so gut ausgeht wie im Film?
aus Charlottes Tagebuch

Als Trost schließlich vor dem Archiv steht, wischt er sich einen Schweißfilm von der Stirn. Ihm ist nicht warm, er ist auch nicht außer Atem, er hat nur das Gefühl, jeden Moment einen Fieberkrampf zu bekommen, wenn er nicht sofort auf … in … er weiß nicht, was er will. Nur das hier nicht. Das Jetzt, das gefällt ihm nicht. Seine Rolle als Ermittler, als Chefermittler, dieser Fall, all die anderen Fälle. Nein, das Jetzt gefällt ihm ganz und gar nicht. Ihm kommt es vor, als laufe alles seit geraumer Zeit aus dem Ruder. Geraumer Zeit, ein paar Tagen, vielleicht Wochen, genauer kann er es nicht festmachen. Jedenfalls erdrückt ihn die Gewissheit, mit seiner täglichen Arbeit regelrecht Zeit zu vergeuden. Natürlich ist er sich darüber im Klaren, wie wichtig es ist, die Täter zu finden. Was würde aus der Welt auch werden, wenn die Opfer niemanden mehr hätten, der sie rächt? Aber muss er es tun? Was befähigt ihn eigentlich so besonders, diesen Job zu machen?

Trost atmet dreimal tief durch und geht in das Gebäude, das ihn noch nie so sehr interessiert hat, dass er einen Blick hineingeworfen hätte. Es ist deshalb das erste Mal in seinem Leben, dass er das Landesarchiv betritt. Dass er es ausgerechnet jetzt tut, hat er nur Tobias Schlierenbaum zu verdanken. Warum er dem Rat eines in die Jahre gekommenen Künstlers folgt, ist ihm selbst nicht ganz klar. Er tut es einfach. Alles ist besser, als ins Büro zu gehen. Als Leichen zu durchsuchen.

In der Eingangshalle empfängt ihn eine mittelalterliche Dame im engen dunkelblauen Kostüm. Sie hat blasse Augen, und die hochgesteckte Frisur legt Ohren frei, deren Läppchen angewachsen und von mehreren Ohrringen unterschiedlicher Farbe und Größe durchbohrt sind. Sie trägt an jedem Finger mindestens einen Ring, und gleich mehrere Halsketten füllen ihr Dekolleté. Dickes Make-up verdeckt die natürliche Farbe ihres Gesichtes und verleiht ihm das Aussehen einer Maske aus Ton. Außerdem erinnert ihre Stimme ihn an irgendeine Zeichentrickserie mit einer Maus. Die Frau führt Trost auf hochhackigen Schuhen mit trippelnden Schritten durchs Haus und hinterlässt selbst in den hohen, kalten Fluren des Archivs einen unvergesslichen Duft nach Zuckerlgeschäft. Vor manchen Türen bleibt sie stehen, drückt eine Marke, die sie aus der Tasche ihres Sakkos zieht, auf ein Gerät an der Wand und wartet, bis sich die Tür mit einem Summen öffnet.

Sie begegnen auf ihrem minutenlangen Gang durchs Haus einigen Leuten, die stets mit »Mahlzeit« grüßen. Das erinnert Trost daran, seit Stunden nichts gegessen zu haben. Als er schon fragen will, ob es hier vielleicht irgendwo so etwas wie einen Wurstsemmelautomaten gibt, öffnet sich neuerlich eine Tür, und hinter der kommt ein Mann zum Vorschein, der sich sogleich mit weit ausholenden Armen auf Trost zubewegt wie auf einen alten Freund. Eine Hand auf der Schulter, die andere fest um seine rechte geschlungen, drückt der Mann zu. Trosts Finger knacken. Wenn es nicht peinlich gewesen wäre, hätte er jetzt gerne »Au« gebrüllt.

»Mein lieber Herr Kommissar, die Polizei in unserem Haus, und das in höchstdienstlicher Mission. Mein lieber Freund Schlierenbaum hat Sie bereits angekündigt. Was verschafft mir diese Ehre? Sagen Sie mir, was ich für Sie tun kann, und ich werde alle Hebel in Bewegung setzen. Es kommt selten genug vor, dass ein Archivar, ein kleiner Bibliothekar wie ich, etwas für die Polizei tun kann, nicht wahr? Wir bewegen uns ja in der Regel durch Zeiten, die für Sie längst in den Bereich der Verjährung fallen.«

»In der Tat«, sagt Trost gespreizt und weiß eigentlich nicht, warum.

Seine Antwort bleibt aber ohnehin ungehört, da der Archivar seinen Redeschwall mit einem hallenden Lachen beendet hat, genauer gesagt mit einem klaren dreimaligen »Hahaha«. Sein Lachen klingt, als käme er nicht allzu oft dazu.

Mit diesmal etwas sanfterem Druck auf den Oberarm wird Trost nun durch den Gang geführt, die Empfangsdame hat sich wortlos umgedreht. Nur ein Kopfnicken des Archivars gibt zu verstehen, dass ihre Aufgabe nun offenbar erledigt ist. Trost blickt ihr nach und ruft: »Danke!«, sie dreht sich kurz um und lächelt ihm zu, was ockergelbe Zahnreihen zum Vorschein bringt.

Weitere Türen öffnen sich, auf einem Schild steht »Z3 Zentralmagazin Ebene 3«. Jedes Mal wenn sie nun einen neuen Raum betreten, drückt der Archivar auf eine grüne Taste. Er zwinkert. »Fast wie bei der Polizei, nicht wahr, Herr Kommissar?« Ein zweimaliges »Haha«.

Inspektor, denkt sich Trost mit einem Gesicht aus Stein. Kommissare gibt es nur in Deutschland und bei der EU. Bei uns heißt es Inspektor.

Der Archivar übernimmt den Fremdenführer. »Also Sie sehen, hier bei uns ist alles extrem gut abgesichert. Sie haben ja sicherlich schon bei meiner Kollegin bemerkt, dass der Zutritt nur mittels Transponder möglich ist, einer elektronischen Zugangsberechtigung in Form einer Münze, die am Schlüsselbund hängt. Die Türen fallen auch automatisch zu, wenn sie zu lange offen sind. Tun sie es nicht, lösen sie damit einen Alarm aus. Sie müssen wissen, alle Räume sind klimatisiert: achtzehn bis neunzehn Grad, fünfundfünfzig Prozent Luftfeuchtigkeit. Alle dreißig Minuten werden die Raumkonditionen gemessen. Passt da etwas nicht, wird ebenfalls der Alarm ausgelöst. Und selbst ein Stromausfall kann uns nichts anhaben, wir haben ein Notstromaggregat, und wenn das versagt …«

»… löst das einen Alarm aus.«

»Exakt.«

Sie gehen durch Räume mit leeren Regalen, »Reservefl ächen«, erklärt der Archivar, und Trost fragt sich, wie tief sie graben werden, um wieder neue Reserveflächen auszuheben, wenn die alten voll sind.

Sie laufen so lange weiter entlang verschiedenfarbiger Fahrregale, bis die Fersen schmerzen. Als der Archivar endlich stehen bleibt, kann Trost keinen Unterschied zu den anderen Räumen erkennen. Betonboden. Licht aus Neonröhren. Fahrregale.

Der Archivar senkt den Kopf und blickt auffordernd über seine Brille hinweg auf Trost hinab. »Na, sagen Sie schon. Merken Sie etwas?« Seine Stimme ist ein wenig zu laut. Sie klingt so, als wäre ihr Besitzer der Lehrer und Trost die Klasse.

»Was meinen Sie?«

»Na, ob es nach Buch riecht? Tut es nämlich nicht. Und ich sage Ihnen auch, warum: Durch diese konstanten Klimabedingungen riecht es nicht. Die Luft ist neutral. Ein exakt berechnetes Gefüge, das die Haltbarkeit unserer wertvollsten Stücke verlängert. Sie müssen wissen, wir haben Unikate hier im Archiv. Siebentausend Quadratmeter Wissen, verteilt auf sieben Geschosse. Inkunabeln, also Druckwerke, die älter als fünfhundert Jahre sind. Zum Beispiel haben wir einen Kupferstich aus dem Jahr 1728 bei uns, der die Erbhuldigung darstellt. Kaiser Karl VI., Vater der Maria Theresia, war damals in Graz, und diese Abbildung …« Er zeigt auf eine Darstellung, die in einem der Regale angebracht ist. Eine recht unspektakuläre Zeichnung, wie Trost findet, die ein paar Männer mit Perücken zeigt, die in einem Raum der Grazer Burg stehen. Zwei haben keine Perücke.

»Das sind die Geistlichen«, hört er den Archivar sagen. »Also, diese Abbildung zeigt ganz deutlich …«

Der harte Begrüßungshändedruck, die endlose Tirade über wissenschaftlichen Krimskrams auf uraltem Papier, Trost ist am Ende, kann unmöglich noch länger zuhören. Irgendwo in ihm regt sich der Widerstand, und er rafft sich hinter müden, rot geränderten Augen auf und entschließt sich zur rüden Unterbrechung des Vortrags. »Können wir bitte endlich zum Thema kommen? Ich bin nicht hergekommen, um mir eine Führung zu gönnen, und Geschichte war schon in der Schule stinklangweilig. Ich bitte Sie, kommen wir zur Sache. Mir geht es um die Darstellung auf einer Waffe, können Sie mir da weiterhelfen oder nicht?«

Der Archivar starrt ihn an. Trost hat ihn soeben tatsächlich unterbrochen, und es ist ihm anzusehen, dass das nicht allzu häufig in diesem Gemäuer vorkommen dürfte. Für gewöhnlich wird einem hier wohl nicht das Wort mitten im Referat abgeschnitten, einem wie ihm zumindest nicht. Beide räuspern sich.

»Natürlich, ja. Natürlich. Tobias erwähnte am Telefon dieses Messer. Eine Fratze soll darauf dargestellt sein. Er wird mir ein Bild davon per E-Mail schicken.«

Trost ärgert sich, dass er ihm nicht selbst ein Foto zeigen kann, da er schlichtweg vergessen hat, eines zu machen.

»Für die betreffende Recherche müssen wir allerdings zurück in mein Büro gehen. Ich dachte nur, ich stimme Sie zunächst ein wenig ein. Gebe Ihnen einen Eindruck, damit Sie gewissermaßen das Ganze … Sie verstehen?«

Trost schaut ihn entnervt an. *Das ist jetzt nicht Ihr Ernst.*

»Na, natürlich muss ich zu einem Computer. Sie werden doch nicht annehmen, dass ich auswendig weiß, in welchem Regal ich suchen muss. Falls …«, der Archivar hebt den Zeigefinger, diesmal unzweifelhaft stilecht wie der Lehrer vor der Klasse, »falls wir überhaupt etwas dazu haben.«

Die Zeit nimmt im Büro des Archivars Gestalt an. Sie wird zu einer zähflüssigen Masse, die einem durch die Organe kriecht und das Blut eindickt. Trosts Finger lassen sich kaum noch krümmen, seine Knie schmerzen, die Augen tränen. Die Minuten vergehen hier unzweifelhaft langsamer als draußen. Uhrzeiger bewegen sich in unerträglicher Langsamkeit, ein Montagmorgen-Amtsstuben-Gefühl stellt sich ein. Die Woche schier endlos vor sich, das Leben als elendslanges Einerlei.

Trost rennt mehrmals auf die Toilette, um sich den Mund auszuspülen, zu trinken, zu urinieren, sich die Hände zu waschen, die Schläfen zu massieren.

Als er wieder einmal ins Büro zurückkehrt – einen mit Schachteln und Aktenordnern verstellten Raum, der in einem Schreibtisch vor einem Fenster ohne Ausblick mündet –, ruft ihm der Archivar entgegen.

»Geschafft! Ich habe das Foto von Tobias bekommen, und ich glaube, dass wir fündig geworden sind. Wissen Sie, die Suche eines Archivars ist oftmals auch eine Schlacht mit der Technik. Und schließlich ist die Suche nach einer Abbildung gewissermaßen auch eine Glücksfrage. Glück und den richtigen Riecher muss man haben, sag ich immer.«

Auf dem Schreibtisch befindet sich zwischen Bücherbergen der vergilbte Monitor, monströses Zeugnis aus dem Anfangszeitalter der Computertechnologie. Der Bildschirm bildet eine undefinierbare Zahlenkolonne ab. Fündig, denkt sich Trost. Er atmet durch. Er liebt dieses Wort ab sofort. Auch wenn er es immer noch nicht glauben kann.

Die Signatur T bedeutet Tresorwerke, wie der Archivar nun erläutert. Diese werden nicht entliehen, weil sie zu wertvoll sind oder älter als hundert Jahre. Dafür kann man sie aber im mit Kameras überwachten Lesesaal betrachten. In den Lesesaal gehen die beiden allerdings nicht, stattdessen laufen sie abermals durch endlose Kellergeschosse, während der Archivar, offenbar wieder ganz bibliophiler Fremdenführer, erklärt, dass fast alle alten Werke in Packpapier gehüllt sind.

»Doch das ist chemisch nicht sehr gut verträglich, weshalb nach und nach alle Werke in säurefreie rote Kartons verpackt werden. Diese Kartons werden im Übrigen bei uns im Haus hergestellt. Warum in fremde Hände legen, was man selbst am besten kann, sage ich immer.« Es folgt ein deutliches »Haha«.

»Aha«, macht Trost, um wenigstens irgendetwas zu erwidern. Nur die Aussicht, in wenigen Minuten vielleicht doch noch in seinem Mordfall einen Schritt weiterzukommen, lässt ihn das Geschwafel überstehen.

»Sie müssen wissen«, ignoriert der Archivar sein kaum noch verstecktes Desinteresse. »Hier bei uns im Landesarchiv befindet sich die Georgenberger Handfeste. Das Original aus dem Jahr 1186, bitte schön. Das ist jene Urkunde, bitte schön, die Österreich und die Steiermark untrennbar vereint, wenn Sie so wollen. Seit damals gehört die Steiermark zu Österreich. Und das Lustige ist, Herr Kommissar …«

Trost hat das Gefühl, einem stinklangweiligen Buch auf zwei Beinen ausgeliefert zu sein. Er denkt an das weiße Sandufer einer Meeresbucht. Er hat einen malerischen Fjord vor seinem inneren Auge. Er wäre so gerne anderswo.

»… das Lustige ist, dass das, wonach Sie suchen, im selben Regal zu finden ist wie dieses Prachtstück. Und nicht nur das, Herr Kommissar, es befindet sich sogar in der Schachtel daneben.« Und in diesem Moment zieht der Archivar einen Karton aus der Verschiebevorrichtung, tritt damit auf den Gang hinaus direkt unter das Licht einer Neonröhre und öffnet ihn. Er trägt jetzt weiße Handschuhe und hält ein Blatt Papier hoch.

Trost rückt näher, spürt die Schulter des Archivars an seinem Kinn und weicht wieder einen halben Schritt zurück. »Was steht drauf?«

»Das kann ich Ihnen sagen: Das ist eine sehr alte Vereinbarung aus dem Jahre 1574, wie hier steht. Aus einer Zeit also, als es noch die Bibliothek des Jesuitenkollegiums gegeben hat, die meines Wissens erst ein, zwei Jahre zuvor in die Stadt geholt worden waren. Also noch vor der Universitätsbibliothek in Graz, die gab's erst ab 1586. Aber um das Dokument selbst geht es gar nicht. Es geht um einen Stempel, den sie hier am rechten Rand erkennen können.«

Als Trost einen Blick darauf wirft, hält er den Atem an. Die Abbildung stellt das gleiche Gesicht, die gleiche Fratze wie auf dem Schwert dar.

»Wissen Sie, was das ist, Herr Kommissar?«

»Raus damit.«

»Das ist eine Schmähschrift, ein sogenanntes Pamphlet. Und

es richtet sich gegen eine Gruppe, die hier in Graz vor knapp fünfhundert Jahren ihr Unwesen getrieben haben dürfte. Diese Gruppe huldigte einer uralten Gottheit. Und die soll diese Fratze darstellen. Es handelt sich um … den Hirtengott Pan.«

Irritiert schaut Trost ihm in die Augen.

»Zu jener Zeit war es durchaus nicht ungewöhnlich, antik zu denken. Die Antike war modern. Und wissen Sie eigentlich, wie modern? Schauen Sie sich das einmal an, kennen Sie das?« Der Archivar zeigt auf die Zeichnung eines Wesens, das Trost nur allzu bekannt vorkommt.

»Der Steirische Panther?«

»Ja, genau. Allerdings nicht ganz korrekt. Woher hätten die Leute damals auch von Panthern hören sollen? Und wenn doch, kein Mensch hätte daraus in Mitteleuropa ein Wappen kreiert. Nein, das ist kein Panther, unser Steirisches Wappen ist vielmehr ein zweigeschlechtliches Untier mit Hörnern. Und Hufen. Und Krallen.« Er schmunzelt. »Um es noch schrecklicher erscheinen zu lassen, sprüht es sogar Feuer aus allen Körperöffnungen. Es … Nun, wissen Sie, welches Wesen hier als Vorlage diente?«

Trost weiß es, doch der Archivar gibt sich schnell selbst die Antwort, um seiner Pointe nicht verlustig zu gehen.

»Pan, genau. Das Allwesen, die allumfassende Gottheit. Gefährlich, mächtig, das perfekte Wappentier. Halb Mensch, halb Ziegenbock, hässlich, unheimlich, unberechenbar und, das ist wohl das Wichtigste, stark und furchtlos. Und Sie müssen wissen, erst wenige Jahre später wurde die Universität …«

Trost hat das Gefühl, jeden Moment das Gleichgewicht zu verlieren. Die verschiebbaren Regale scheinen sich zu bewegen, als wollten sie ihn erdrücken, die Decke rückt näher. Er kann sich das nicht mehr länger anhören. Unmöglich. Er ruft: »Jetzt hören Sie schon auf …«, und er weiß, wie ungehalten es klingt. Der Archivar hält mit offenem Mund inne und starrt ihn an. Trost fährt trotzdem fort. »Kommen Sie mir nicht immer so gescheit daher. Was wollen Sie mir damit eigentlich sagen? Pan, Pan, was hat das alles mit meinem Fall zu tun? Mit der Waffe?

Mit mir? Hm? Was habe ich mit diesem verdammten Gott zu tun? Was mache ich hier eigentlich bei Ihnen? Ist das alles? Irgendein uralter, blöder Zettel, der was von unserem Wappen und einem antiken Gott erzählt? Bringt mich das auch nur einen Deut weiter? Nein! Gar nichts bringt mir das. Kruzifix noch einmal.« Trost dreht sich einmal um die eigene Achse, stemmt die Hände in die Hüften und atmet schwer. Er hätte gern mit dem Fuß irgendetwas weggekickt, auf irgendetwas eingetreten, aber da ist nichts. Nur lupenreiner Waschbeton.

Der Archivar schließt seinen Mund, stellt die Schachtel zurück ins Regal, zupft am Kragen seines Sakkos und blickt ihn wieder über den Rand seiner Brille an. »Mein Herr«, sagt er mit vor Zorn zitternder Stimme, »was Ihnen die Unterhaltung mit mir bringt, müssen Sie selbst herausfinden. Schließlich sind Sie der Ermittler, nicht ich. Fragen Sie doch Ihre Kollegen oder alte Schulfreunde, was weiß ich, wer Ihnen weiterhelfen kann.« Er schnappt nach Luft. »Und mit Verlaub, vielleicht sollten Sie zuvor noch einen Arzt aufsuchen oder sich ein paar Tage Urlaub nehmen. Das würde Ihnen, wie mir scheint, ganz guttun.«

Trost nimmt einen Umweg, die Gedanken rotieren. Er stolpert über die Pflastersteine der Sporgasse. Er hat das Gefühl, die mittelalterlichen Fassaden stürzen sich auf ihn, sie lehnen sich über ihn, drohen zu kippen. Er beginnt zu laufen, ein paar Schritte, dann wieder zu gehen. Die Straße ist steil, entgegenkommende Fußgängergruppen drängen ihn immer wieder an den Rand, drücken ihn gegen Schaufenster. Der Eilschritt befreit ihn, auch wenn er glaubt, alle Welt beobachte ihn dabei.

In Graz beobachten einen die Leute ohnehin immer. Man kann nirgendwohin gehen, ohne angestarrt zu werden. Von Leuten, die in Schanigärten sitzen oder an Hausmauern lehnen. Sie mustern die Kleidung der Passanten, ihre Bewegungen. Manchmal hat Trost das Gefühl, dass sich ihre Blicke in seine Gedanken fressen, um dort irgendwas zu finden, über das es sich zu tratschen lohnt. Ja, das ist es! Hier wird getratscht. Und auf der Suche nach Tratschthemen bewerten sich die Leute gnadenlos gegenseitig. Die einzige Möglichkeit, dem zu entgehen, ist, niemanden anzublicken. Trost konzentriert sich beim Gehen auf die Murnockerln, wie hier die Pflastersteine genannt werden.

Und auf seinen Fall. Nichts ergibt einen Sinn, denkt er. Ein Messer in seinem Gartenzaun. Eine Leiche im Wald mit einem Schwert im Rücken. Beide Waffen sind mit der Fratze einer antiken Kultfigur verziert. Steirische Geschichten. Griechische Gottheiten. Schwertkämpfer.

Trost hält an. Da steht er nun, stemmt die Hände in die Hüften und starrt in die Luft. Die Leute müssen ihn für verrückt halten.

Er macht die Augen schmal und zieht die Lippen ein. Der Archivar sagte etwas von einem alten Schulkollegen. Einfach so, aus heiterem Himmel.

Trost schüttelt den Kopf. Das ergibt keinen Sinn.

Zügig setzt er sich wieder in Bewegung. Und er würde am liebsten weiterlaufen. Einfach immer geradeaus. Vorbei an allem.

»Und wie war dein Tag?«

Seit ich Armin kenne, mag ich keine Krimiserien mehr.
aus Charlottes Tagebuch

»Und wie war dein Tag?«

Trost hört bereits im Geiste, wie Charlotte ihm diese Frage stellt. Sie fragen einander immer, wie ihr Tag gewesen ist. Früher hatten sie sich daraufhin Liebesgeständnisse zugeflüstert – »Fad, ohne dich«, »Ich hab nur an dich gedacht« und all das –, doch irgendwann kreisten ihre Antworten dann nur noch um das Nötige und Alltägliche.

Was soll er Charlotte heute erzählen?

Als Trost nach Hause kommt, ist es bereits dunkel. Unter ihm knirscht der Schotter. Aus dem Wohnzimmerfenster schneidet das Licht ein helles Rechteck in die Finsternis. Er geht am Zaun vorüber und betrachtet einen riesigen Schatten im Garten. Charlotte hat die Büsche zurechtgeschnitten und den Grünschnitt auf einen Haufen gestapelt. Irgendwann in den nächsten Tagen wird jemand kommen und das Ast- und Zweigwerk mitnehmen. Es ist erst Ende Oktober, doch die Luft ist so kalt wie im Advent.

Am Gartentor, das stets offen steht, hält Trost einen Moment inne und betrachtet das Haus. Da drinnen sind seine schwangere Frau und seine beiden Kinder. Seine Bücher. Überall im Haus liegen die Teppiche, die sie einst von der Frau eines südsteirischen Weinbauern gekauft haben. Da hängen die eingerahmten Zeichnungen seiner Kinder an der Wand, daneben Urlaubsbilder und vergilbte Aufnahmen aus den Siebzigern. Im Keller zwischen Schachteln, Skiausrüstungen, Werkzeugkisten und Bastelsachen befindet sich auch die Autorennbahn, vollständig aufgebaut, bereit zum Spielen. Alles ist da. Seine Erinnerungen. Seine Gegenwart. Sein Leben. Er spürt, wie ein Zittern durch seinen Körper wandert wie ein ganz persönliches Erdbeben, und tritt ein.

Charlotte sitzt über den Küchentisch gebeugt und schneidet eine Zeitungsseite aus. Auf dem ganzen Tisch verstreut liegen Gutscheine, Kuverts, ausgefüllte Kreuzworträtsel. Auf dem Boden davor stehen zwei Schachteln.

»Wir haben einen Dreier beim Lotto, nichts beim Toto und eine ganze Menge wertloses Zeug vom Weltspartag, das schon im Keller bei den Flohmarktsachen liegt. Und da, die beiden Pakete sind heute mit der Post gekommen«, begrüßt sie ihn. »In dem einen ist ein Erste-Hilfe-Set fürs Auto.« Sie steht auf und zieht ein in Plastik verpacktes neongelbes Etwas heraus. »Inklusive Warnwesten. Das haben wir bekommen, weil ich Irene überredet habe, dem Autofahrerclub beizutreten.«

Irene ist Charlottes Schwester, und sie ist mindestens ebenso fasziniert von Charlottes pränataler Begeisterung für Gewinnspiele wie Trost. Allerdings lässt Irene nie einen Zweifel daran aufkommen, dass sie selbst niemals so weit gehen würde, sämtliche Prospekte nach Aktionsangeboten zu durchforsten und in Baumärkten ständig nach Gewinnspielboxen Ausschau zu halten.

Charlotte hat Trost den Start ihrer Gewinnspielkarriere eines Abends einmal so geschildert: »Organisation ist alles: Dazu braucht es erst einmal Papier. Schönes Papier. Keine lieblosen Billigblöcke, die man aus dem Lager der eigenen Firma hat mitgehen lassen.«

Trost ignorierte die Bemerkung.

»Richtig schöne Sachen, vielleicht sogar Büttenpapier, das faserig ist und an die ersten Tagebücher im Teenageralter erinnert. Ordner benötige ich auch und Stifte in allen Farben. Papiergeschäfte erinnern mich immer an die Zeit Ende August, Anfang September in den siebziger Jahren, an den Duft, den frische Federpennale verströmen, wenn man den Reißverschluss öffnet. Das Spitzen der Bleistifte und wie die Fingerkuppen schwarz davon werden. Plastikfolien über Schulbücher spannen und darauf achten, dass man keine Falten klebt. Und nicht nur das. Nach den Papiergeschäften kamen die Kleidergeschäfte. Im besten Fall vielleicht sogar der Markt von Tarvis gleich hinter der Grenze zu Italien. Marktbuden, die in engen Reihen stehend Jeans und Leder anbieten. Gürtel. Jacken. Taschen. Seawashed, stonewashed. Chemie, die Pickel auf Oberschenkel ätzt. Die Müdigkeit des Nachmittags und das Einschlafen auf dem Rücksitz im überhitzten Wagen. Es gab damals keine Klimaanlagen. Mensch, was wollte ich eigentlich sagen?«

»Hm«, macht Trost, um wieder in die Gegenwart zurückzukehren. »Und was ist in der anderen Schachtel?«

»Kindergewand für Elsa von Irene.«

Irene und ihr Mann Klaus haben ein Kind, das ein wenig älter ist als Elsa, was praktisch ist, denn so müssen sie nicht immer neue Sachen kaufen. Er denkt sich: Das Alter der Kinder wird in Kleidergrößen definiert. Einhundertsechzehn, einhundertvierunddreißig … er kennt sich damit nicht aus. Alles, was er weiß, ist, dass Mütter anhand dieser Zahlen das Alter von Kindern einschätzen können. Sie sind in dieser Hinsicht wie superschlaue Detektive aus dicken Büchern.

Ehe er darüber nachdenken kann, küssen sie sich. Trockene Lippen, die sich berühren. Und doch: Trost hält kurz inne, blickt seiner Frau in die Augen und umarmt sie heftig.

Fast irritiert erwidert Charlotte den Druck und streicht ihm durchs Haar. »Alles in Ordnung?«

Er drückt fester. Irgendwann fragt er: »Schläft sie schon?«

Charlotte nickt.

Aus dem oberen Stock ist der blecherne Klang eines Fernsehers zu hören.

»Gehst du rauf und sagst Jonas, er soll den Kasten leiser stellen? Ich schreib noch ein paar Zeilen.«

Trost blickt auf das schwarze Buch auf der Couch. Er weiß, dass Charlotte eine ganze Reihe dieser Bücher im Schlafzimmerschrank aufbewahrt. Er hat sich immer schon gefragt, wie diszipliniert ein Mensch sein muss, um nahezu jeden Tag mit ein paar Sätzen im Tagebuch ausklingen zu lassen. Ein erwachsener Mensch.

»Darf ich's lesen?«

Charlotte schaut auf. »Ja klar, wenn du damit einverstanden bist, dass ich dich anschließend töte.«

Als Trost im Zimmer seines Sohnes steht, blickt dieser nicht einmal auf. Wortlos drückt Jonas auf die Fernbedienung. Das Kampfgebrüll einer epischen Schlachtszene reduziert sich auf ein unwirkliches Wispern. In viel zu dichten Reihen drängen schwer bewaffnete Reiter auf ein von Computerexperten ersonnenes Fabelwesen zu, das mit riesigen Fäusten um sich schlägt.

»Alles okay?« Trost weiß kaum noch, wie er mit seinem Sohn sprechen soll. Der Bub hat immer noch nicht aufgeschaut.

»Klar.«

Es riecht nach alten Socken. Trost schaut sich um. Auf dem ungemachten Bett liegen Comichefte und Zeitschriften, überall stapelt sich Schmutzwäsche. Auf dem Nachttisch liegt ein Haufen gebrauchter Taschentücher, auf dem Schreibtisch ein Fußball. Auf die Modellpanzersammlung im Regal ist ein Buch gekippt, an der Wand hängen Filmplakate, die Typen zeigen, die Arnold Schwarzenegger als »Conan« ähneln, Kapuzen tragende Schwertkämpfer oder halb nackte Amazonen. Im Bücherregal befindet sich ausnahmslos Literatur, die mit seltsamen Wesen zu tun hat. Trolle, Zwerge, Elfen, Drachen, Magier.

»Was ist?«

Das Fernsehbild zeigt jetzt Kämpfer in Nahaufnahme. Es muss eine asiatische Produktion sein, denn das Blut spritzt übertrieben intensiv aus offenen Wunden, und die Krieger fliegen seltsam lange durch die Luft. Alles ist ein bisschen zu dramatisch, ein bisschen zu unrealistisch. Jemand sticht einem Gegner soeben eine Waffe in den Bauch. Die Protagonisten verharren sekundenlang in einer starren Haltung. Das Opfer reißt jetzt die Augen auf, schaut in die Kamera. Ob der seltsam gekleidete Typ im Wald auch so aussah, bevor er starb? Trosts Blick fällt wieder auf das Poster, das eine Amazone zeigt.

»Was i-ist?«

Trost schreckt auf. »Nichts, gar nichts.«

Draußen im Stiegenhaus, er will soeben wieder nach unten schleichen, vernimmt er ein geflüstertes »Hallo, Papa«. Elsa ist doch noch wach.

Dieses Zimmer ist etwas größer. Es brennt nur das gelbe Licht des Mondlichts am Kopfende des Bettes. Auf dem Weg dorthin stolpert Trost dreimal über Stofftiere und eine Puppe, die auf einem rosa Pferd sitzt und eine rosa Kutsche zieht, in der ein in rosa Tüll gekleidetes Barbie-Kind sitzt, das älter aussieht als seine Mutter.

»Kannst du nicht schlafen?«

Elsa verneint und beginnt sofort zu erzählen, was ihr alles durch den Kopf geht. Jemand im Kindergarten habe ihr ein Buch weggenommen, Mama habe geschimpft, weil sie nicht aufgegessen habe, »Jonas war den ganzen Tag nur in seinem Zimmer«, und sie träume so schlecht.

»Was träumst du denn?«

»Von Engeln.«

Trost muss schmunzeln. »Das sind doch nette Burschen, die Engel. Die machen das Morgengrauen und das Abendrot, und sie passen auf uns auf.«

»Wie machen sie das?«

»Na, sie beobachten uns. Und wenn wir stolpern oder mit dem Auto zu schnell fahren oder ein Baum umfällt, dann eilen sie herbei und retten uns. So schnell, dass wir es gar nicht merken.« Er macht ein pfeifendes Geräusch. »Pfiuuuu! Und wir sagen dann ganz verstört: ›Ach, da hab ich einen Schutzengel gehabt.‹«

Elsa lächelt. »Ich hab auch so einen Schutzengel.«

»Ja, jeder hat so einen. Manche sogar mehrere.«

»Ich hab einen ganz besonderen.«

»Ja, mein Schatz, und jetzt schlaf schön.«

»Ist mein Schutzengel auch da, wenn ich schlafe?«

»Aber natürlich.«

»Kann man Schutzengel sehen?«

»Wenn man aufwacht und rausschaut in der Nacht, sieht man sie manchmal, ja.«

»Schön.«

»Gute Nacht.«

»Und werfen sie einem auch Sternschnuppen zu?«

»Ja, wenn sie gut gelaunt sind, werfen sie einem genau in dem Moment eine Sternschnuppe zu, in dem man hinschaut.«

»Schön.«

»Ja, und jetzt: Gute Nacht.«

»Liest du mir noch eine Geschichte vor?«

»Ne-ein. Es ist schon spät. Gute Na-acht.«

Elsa schmollt. Aber er weiß, dass sie eigentlich gar nicht richtig sauer ist.

»Bitte.«

Und kurz darauf hockt Trost in dem großen Sitzpolster und gibt sich alle Mühe, Elsa eine Welt in Worten zu malen, die sie zum Schlafen bringt.

Charlotte ist auf der Wohnzimmercouch eingeschlafen. Er kniet sich vor ihr auf den Boden und küsst sie. Sie riecht frisch-fertig fürs Bett, und im selben Moment, als sie ihren Mund öffnet, um ihn zurückzuküssen, fällt ihm ein, dass er sich nicht gewaschen hat – den ganzen Tag schon nicht. Er muss aus dem Mund nach kaltem Kaffee riechen und einen unangenehmen Schweißdunst verströmen. Und weil viele Kollegen rauchen, stinkt sicher auch sein Haar danach. Sein Gewand. Außerdem ist da irgendwann eine Leberkäsesemmel gewesen.

Sie küssen einander trotzdem. Fast wie früher, als das noch neu war, jede Berührung gewissermaßen unschuldig.

Irgendwann endet der Kuss, und sie halten einander lange in

den Armen. Seine Hand gleitet hinab auf ihren runden, harten Bauch. Er lächelt. Sie auch.

Trost flüstert: »Wie war euer Tag?«

Und Charlotte erzählt: Davon, wie sie es »mindestens siebenundzwanzigmal« bei der Hotline des örtlichen Radiosenders versucht hat, um die Gewinnspielfrage zu beantworten, ehe sie es aufgab. Davon, wie sie in drei Baumärkten war, um Quizfragen zu lösen und in die Sammelboxen einzuwerfen. Sie hat begonnen, Schachteln und Kisten für den Flohmarkt vorzubereiten, es endlich geschafft, sämtliche Gewinnspielzettel aus den Magazinen der vergangenen Tage zur Post zu bringen, und hat einen anstrengenden »Aktionsware«-Einkauf in vier Kaufhäusern hinter sich gebracht. Am Abend füllte sie noch die Gewinnspiele der neuen Zeitschriften aus, ackerte die Post durch und versuchte es noch einmal bei dem Radiosender. Diesmal hatte sie Erfolg, und sie wird zwei Karten für ein Konzert zugeschickt bekommen, »die ich dann im Internet verkaufen werde«. Sie rollt mit den Augen zur Zimmerdecke und sagt: »Ja, das war's. Und außerdem hatte unser Kleiner hier auch einen aufregenden Tag. Er strampelt wie wild. Und wie war dein Tag?«

Trost schreckt auf.

Also, was wird er nun preisgeben? Er muss immerzu an die Ratschläge denken, die er heute bekommen hat. Zunächst an jenen von Schlierenbaum, den Archivar aufzusuchen, und dann an dessen Tipp, es bei einem alten Schulfreund zu versuchen. Ein alter Schulfreund. Es gibt tatsächlich jemanden, der sich mit Schwertern und seltsamen Typen in Mittelalterkostümen auskennt und der früher mit ihm die Schulbank gedrückt hat. Er schüttelt den Kopf und wischt den Gedanken fort. So arbeitet ein Ermittler nicht. Aufs Geratewohl. Auf die Ratschläge anderer hin. Nach dem Zufallsprinzip. Nein.

Trost blickt in die Augen seiner Frau. Wer weiß, wie lange sie ihn, während er in Gedanken versunken war, bereits gemustert hat.

Sie streicht ihm über die Wange. »Sehr geheim?«

»Se-ehr geheim.«

»Ich lese es morgen sowieso in der Zeitung.«

Trost schmunzelt, legt wieder behutsam eine Hand auf Charlottes Bauch und küsst ihn. »Sicher nicht.«

Was im Kopf eines Ermittlers vorgeht

Wenn sich Schriftsteller das Leben der Kommissare einmal wirklich anschauen würden, würden sie aufhören, darüber zu schreiben.
aus Charlottes Tagebuch

Am nächsten Morgen steckt kein Messer im Zaun, keine merkwürdigen Geräusche sind zu hören, lediglich Jonas' übliche mürrische Distanz, Elsas übliches plapperndes Morgenritual, und – natürlich – ist es auch die übliche Pippi-Langstrumpf-Musik, die an gestern erinnert.

»Zwei mal drei macht …«

Diesmal nimmt Trost sich aber vor, die Musik zu wechseln. Er kramt im Handschuhfach nach der CD, der er gerade verfallen ist. Seit einigen Wochen hört er, so oft es geht, dieses Album: »Fake Chemical State« von Skin. Eigentlich hört er nicht einmal das Album, sondern nur den vierten Song daraus, »Just Let the Sun«. Er kann sich nicht erinnern, wie er zu dieser Scheibe gekommen ist, wann er sie zum ersten Mal gehört hat. Wenn er ehrlich ist, weiß er nicht einmal, worum genau es bei dem Song geht, denn er hört nicht auf den Text. Nur manchmal, wenn er allein mit dem Auto unterwegs ist, löst dieses Lied das merkwürdige Verlangen in ihm aus, mitzusingen, und dann plärrt er die ersten beiden Zeilen des Refrains, *»Just let the sun / shine on your face«*, hinaus. So lange, bis ihm die Stimmbänder wehtun. Ist das Lied zu Ende, lässt er es von vorne beginnen. Immer wieder. »Just Let the Sun«. Er weiß nicht, warum.

Er kramt noch immer im Handschuhfach nach der Rockballade.

»Papa, schau!«, ruft Elsa plötzlich. »Die Engel backen Kekse!«

Trost fährt vom Schrei seiner Tochter erschrocken hoch. Er steigt vom Gas und lässt den Kombi lautlos durch den herbstlichen Morgen rollen. Er tut so, als wüsste er nicht, wo er hinschauen müsste, und Elsa ruft wieder: »Da oben, Papa, am Himmel, schau doch hin!«

Er stellt sich dumm, sie wackelt mit den Händen lachend durch die Luft, Jonas verdreht genervt die Augen, Charlotte grinst, der Wagen rollt durchs Land.

Und dann geht es sehr schnell.

Während Trost in gespielter Ahnungslosigkeit zum Horizont schaut, bemerkt er einen Schatten. Es ist zu spät, um auf die Bremse zu steigen. Aber es ist nicht zu spät, um noch »Ein Reh!« zu schreien. Und ehe die Kinder und Charlotte »Wo?« rufen können, springt es über den linken Fahrbahnrand und läuft über eine Wiese auf den nahen Wald zu.

Zwei Herzschläge.

Jeder im Auto weiß, wie knapp das war. Trost schießt ein Gedankenblitz ein, ein Bild, was gewesen wäre, hätte der Wagen das Tier gerammt. Der durch die zersprungene Windschutzscheibe auf dem Armaturenbrett liegende aufgeplatzte Schädel des Tiers mit seinem gebrochenen Blick und der aus dem Maul hängenden Zunge, und überall das warme, klebrige Blut. Bilder, die niemand aus seinem Kopf kriegen würde. Trost blinzelt, um den Gedanken zu verscheuchen.

Plötzlich ein zweiter Schatten.

Diesmal tritt Trost so fest auf die Bremse, dass der Wagen augenblicklich stillsteht und die vier Insassen heftig in die Gurte gedrückt werden. Das zweite Reh verfehlt nur noch um einen kurzen Schritt die Stoßstange.

Trost denkt sich noch, wie riesig diese Tiere sind, als die graubraunen Schatten im Wald verschwinden. Wie geheimnisvolle Schicksalswesen aus einer düsteren Fabelwelt.

Als sich das Fahrzeug wieder in Bewegung setzt, schaut Trost noch einmal hinauf, dorthin, wo die Engel ihre Kekse backen. Dann trifft sich sein Blick im Rückspiegel mit dem von Jonas, und Trost spürt instinktiv, dass sich in diesem Moment das Bild verändert, das sein Sohn bisher von ihm gehabt hat. Jonas scheint zwischen grenzenloser Enttäuschung darüber, dass sein Vater nichts weiter als ein Mensch ist, der Fehler macht, und dem euphorischen Gegenteil zu schwanken. Was von beidem letztlich überwiegt, ist seinem Ausdruck nicht mehr zu entnehmen.

Eine Stunde später stehen Charlotte und Armin Trost in einer schnatternden und plappernden Warteschlange, die sich zwischen Regalen und Tischen voller Bücher hindurchwindet. Trost holt immer wieder sein Handy aus der Tasche, um die Uhrzeit abzurufen, Charlotte versucht, einen Blick nach vorne zu erhaschen. Die Luft ist trocken, die Geräusche sind durch das Wohnzimmerflair und den Spannteppich in der Buchhandlung gedämpft. Jedes Mal, wenn es ihr gelingt, einen Blick auf den Grund ihres Wartens zu ergattern, zieht sie den Kopf ein und die Schultern hoch und lächelt. »Gleich sind wir dran.« Sie hat rote Backen vor Aufregung. Charlotte drückt sich fünf Wälzer an ihre Brust, Trost hat sich weitere zehn unter seine Arme geklemmt. Fünfzehn Exemplare desselben Titels. Ein Bestseller, der dieser Tage vom Frühstücksradio bis in die Mitternachtsnachrichten des staatlichen Fernsehsenders diskutiert und beworben wird.

Als sie an der Reihe sind, schaut sie der hagere Mann, der vor ihnen an einem Tisch sitzt, aus freundlichen, großen, aber auch ein bisschen müden Augen an. »Sieht nach Arbeit aus«, ruft er dennoch gut gelaunt, und eine Dame an seiner Seite, seine Managerin vielleicht, lacht eine Idee zu laut auf.

Charlotte legt die Bücher etwas verschämt vor ihm ab. »Wir haben viele Geburtstage«, erklärt sie. Und ein »Wir sind echte Fans« kann sie sich auch nicht verkneifen.

Der Krimiautor, den jeder im Land kennt, beginnt vergnügt und flink, seine Widmungen in die Einbände zu kritzeln. Er tut das mit einem Lächeln, das ihm ins Gesicht eingemeißelt worden zu sein scheint. Trost kann nicht mal erkennen, dass dieser Mann atmet. Oder gar zwinkert. Er hat den Eindruck, als passiere das alles gar nicht wirklich. Als stünde da ein Fernsehapparat mit der Großaufnahme des Schriftstellers, der gerade seine Bücher signiert.

»Sie lesen die aber nicht alle«, sagt der Autor schließlich, und Trost erwidert: »Nein, nur eines.«

Einen Moment lang sehen sich die beiden Männer an, ehe Trost sich eine rotbraune Locke aus der Stirn streicht, mit einem kurzen »Danke« die Bücher an sich nimmt und sich von dem Fernsehapparat-Gesicht entfernt.

Draußen sagt Charlotte: »Ich stell die Bücher heute noch ins Netz und wette mit dir, dass ich sie mit den Signaturen in vierzehn Tagen teurer weiterverkauft habe.«

Trost lächelt müde. »Mit dir wette ich sicher nicht.«

Ihr Blick ist nicht nur gespielt tadelnd, als sie noch sagt: »Du bist doch nur neidisch, weil die fiktiven Kriminalfälle meistens viel interessanter sind als die echten.«

Trost verdreht die Augen. »Jaja, sicher.« Insgesamt muss er zugeben, dass sie wahrscheinlich recht hat.

Der Tag ist nicht mehr ganz so jung, als Trost im Büro eintrifft. Auf dem Mahagonischreibtisch ist alles exakt aufeinander abgestimmt, nichts befindet sich dort zufällig. Neben dem Monitor das gerahmte Fotografenfoto einer Eltern-mit-zwei-erwachsenen-Kindern-Familie, der man ansieht, dass sie sich extra dafür herausgeputzt hat. Links neben dem karierten A4-Block ein gespitzter Bleistift, ein Kugelschreiber und eine Füllfeder, rechts das Handy. Alles liegt im rechten Winkel zueinander, nichts ist beliebig. Lediglich aus einer Mappe, die an der Tischkante liegt, ragen die Ecken zweier Blätter. Die kurzen altersfleckigen Finger des Polizeidirektors Karl Meinrad, den sie im Haus auch oft nur den »Direktor« nennen, schieben sie flink zurück hinein und richten danach die Mappe wieder im rechten Winkel zur Tischkante aus. Das Licht dringt nur spärlich durch das matte Glas der Fensterscheiben in den altbauhohen Raum. Es ist düster. Trost fällt es schwer, Meinrads Mienenspiel zu deuten.

»Ist das alles?«, fragt der Direktor und deutet auf die Mappe. Er ist zwanzig Jahre älter als Trost, hat seit Ewigkeiten keine Leiche mehr gesehen, keinen Fall mehr geklärt oder sich mit Tätern herumgeschlagen, aber er genießt es anscheinend, so zu tun, als habe er den Polizeidienst erfunden. Als sei er der Vater einer Horde ungezogener Kinder. Er trägt einen dunklen Anzug mit rotem Anstecktuch und ein Gilet mit goldenen Knöpfen. Seine Augen leuchten misstrauisch hinter einer Hornbrille hervor, das Haar ist streng zurückgekämmt, die Oberlippe von einem dünnen grauen Bärtchen bedeckt. Insgesamt macht Meinrad einen sehr gepflegten, pedantischen Eindruck. Und er erinnert ein wenig an die andere Seite – an einen Mafiapaten aus dem Kino. Er hat die Gewohnheit, ständig an seinen Ärmelspitzen zu zupfen, als störe es ihn, wenn das weiße Hemd nicht die exakten eins Komma fünf Zentimeter unter dem Anzugsärmel hervorlugt.

Trost sitzt auf einem Sessel, wie er ihn aus alten Kaffeehäusern in Wien kennt. Nachdem der Tag mit keksebackenden Engeln, einem Fastunfall und einem nervenden Krimistar nicht unbedingt ideal begonnen hatte, ereilte ihn, sobald er im Büro angekommen war, der Anruf seines Chefs, er solle sich sofort zu ihm bemühen.

Meinrad sagte tatsächlich »bemühen«, was so viel hieß wie, dass es unfassbar ärgerlich war, dass Trost nicht selbst auf die Idee gekommen war, Bericht zu erstatten. Miese Laune also.

Trost schlägt die Beine übereinander und legt die Hände auf seinen Oberschenkel. Das scheint ihm die einzige Möglichkeit zu sein, angemessen auf dem Sessel zu sitzen. Er will gerade vorschlagen, das Licht einzuschalten, als er feststellt, dass der üppige, aber offenbar wenig wirksame Luster über ihm bereits leuchtet.

»Wir haben die Leiche in einem Waldstück gefunden. Gleich in der Nähe einer sogenannten Bilderbuche, in Sichtweite eines Pilgerweges. Die Leiche wird –«

»Jaja, schon gut. Ich weiß, ich weiß«, unterbricht ihn Meinrad ungeduldig. »Das steht ja sicherlich alles in dem Bericht, nicht wahr? Was ich wissen will, ist: Haben Sie denn eine Spur? Ich meine, haben Sie eine Ahnung, wissen Sie mehr, als hier drinsteht?«

Trost kennt dieses Spiel. Der Direktor überfliegt diese Berichte nur beiläufig, bildet sich stattdessen immer ein, im Gespräch mehr aus seinen Leuten herauszuholen. Wichtig ist nur, ihm dieses Gefühl auch immer wieder zu geben, sonst könnte es unangenehm werden und er anfangen, den Bericht zu bemängeln. Was das bedeutet, ist auch klar: Schreibtischarbeit bis hinein in die Nacht.

Deshalb nickt Trost jetzt bedächtig, versucht, seinem Gesicht einen bewusst nachdenklichen Ausdruck zu verleihen. »Ja«, sagt er, »wir gehen da verschiedenen Spuren nach. Es könnte sich um eine Jugendbande handeln oder auch um so eine Art Männerbund. Diese Zeichen auf den Waffengriffen deuten auf so etwas wie eine Bruderschaft hin, die es früher –«

»Sie haben noch eine Waffe?«

»… hier in der Stadt gegeben haben soll. Leider hat die Rech–«

»Ich habe Sie etwas gefragt, Herr Trost: Sie haben noch eine Waffe?« Meinrad hat sich auf seinem Drehsessel nach vorne gebeugt, sodass sich nun die rote Krawatte aus dem Gilet beult wie eine unruhige Zunge. Auch sein rotbackiges Gesicht mit den wässrigen Augen hinter der Hornbrille und den grauen Lippen ist nun in den Schein der Deckenlampe getaucht. »Sie haben von Waffengriffen gesprochen. Mehrzahl.«

Meinrads Stimme hat diesen nasalen Unterton angenommen, den Trost an ihm nicht ausstehen kann. Meistens ist auch noch jemand in der Nähe, wenn er so spricht, denn nur dann macht es offenbar Sinn, herablassend und dozierend zu werden.

Trost wird rot. Er spürt, wie seine Schläfen pochen, und das ärgert ihn noch mehr. Er fährt sich mit den Fingern durchs Haar. Er senkt die Augen, zwingt sich einen beiläufigen Gesichtsausdruck auf. »Nein, es gibt nur eine Waffe. Habe ich tatsächlich von zwei gesprochen?«

»Nein, von mehreren.«

Jetzt nur nichts anmerken lassen. »Nein. Es gibt nur ein Schwert, natürlich. Die Tatwaffe.«

Der Direktor mustert ihn einen Moment, wischt dann mit einer Hand durch die Luft, als wolle er das Gesagte auslöschen. »Sie tappen also im Dunkeln.«

Trost schnappt nach Luft. Diese Schlussfolgerung ist ungerecht. Sie hatten eine Leiche, untersuchten den Tatort, machten die üblichen Befragungen, schwärmten aus, hielten die Presse auf Distanz, informierten den Staatsanwalt, schrieben den Erstbericht, und das alles war erst einen Tag her. Was kann er dafür, dass der Mörder nicht in unmittelbarer Nähe zum Tatort campiert?

»Nein«, unterbricht Meinrad ihn, »sagen Sie nichts. Ich beobachte Sie, Trost, wissen Sie das? Und ich bemerke, dass Sie dazu neigen, alles schleifen zu lassen. In letzter Zeit häufiger. Ich verlange von Ihnen exakte Angaben, haben Sie mich verstanden?«

Trost hat aus irgendeinem Grund das Gefühl, die Art, wie Meinrad mit ihm spricht, passe nicht zu ihm. Er versucht anscheinend, knallhart zu sein. Als habe er tatsächlich Zuschauer.

»Und nun fahren Sie fort: Tappen Sie nun im Dunkeln oder nicht?«

»Nein«, beharrt Trost und kämpft damit, sich seinen Ärger nicht allzu sehr anmerken zu lassen. »Wir haben gerade erst mit der Aufklärung begonnen. Die Großfahndung läuft. Wir kriegen diesen Schwertkämpfer, darauf können Sie sich verlassen.«

»Und das Opfer? Wissen wir da schon mehr?«

Trosts Rücken wird steif. Es steht doch alles in dem verdammten Bericht. »Es ist ein junger Mann aus Graz. Hat sich das Auto vom Vater, einem Händler in der Münzgrabenstraße, ausgeborgt, ist aus der Stadt gefahren, in den Wald, und keine zwei Stunden später war er tot.«

»Woher kennen Sie die Identität der Leiche?«

»Polizeiarbeit. Bei der Leiche fanden wir Ausweise und einen Autoschlüssel. Wir haben Fahrzeuge in der Umgebung überprüft, haben den Wagen gefunden. Wir waren bei seinem Vater. Haben die Bestätigung. Die Spurensicherung wertet derzeit noch die letzten Ergebnisse aus.«

Doch Meinrad hört ihm gar nicht mehr zu. Er murmelt nur: »Polizeiarbeit also …«, und lächelt dabei zum ersten Mal. Langsam lehnt er sich zurück. Sein Gesicht versinkt wieder im Schatten, als entferne es sich von einer Bühne. Als sei der Text gesagt und das Rampenlicht wende sich ab. Dem nächsten Schauspieler zu. Dann knallt seine flache Hand unvermittelt auf den Tisch. »Herrschaftszeiten, was ist los mit Ihnen, Trost? Sie starren da auf einen toten Punkt, als wären Sie mit den Gedanken ganz woanders! Soll ich Sie von dem Fall abziehen? Soll ich Ihnen gleich den Posten wegnehmen? Ich kann das tun, ich mache keine Witze, haben Sie mich verstanden?«

Trost weiß, dass der Direktor keine Witze macht. Worauf er sich aber keinen Reim machen kann, ist dessen Nervosität. Als befände sich jemand in dessen Nacken und mache ungeheuren Stress. Jemand mit großen Händen und langen Fingern.

Trost versucht, Meinrads Blick zu erhaschen, doch es gelingt ihm nicht.

»Ab sofort«, poltert Meinrad, »arbeiten Sie mit Nachdruck an diesem Fall. Nein, was sag ich: Nicht nur, dass Sie daran arbeiten, Sie führen auch Ihre Truppe anständig. Sie müssen Ihre Leute an der Kandare halten, verstehen Sie? Sie müssen über alles Bescheid wissen, jeden ihrer Schritte kennen, alles unter Kontrolle haben, die Ruhe bewahren und dann, wenn es so weit ist, gnadenlos zuschlagen. Am liebsten wäre es mir, wenn ich Sie überhaupt erst wiedersehe, wenn Sie den Fall gelöst haben.«

Trosts Schläfe pocht. Er denkt sich: Schade eigentlich, du alter Sack, dass keine Zuschauer im Raum sind. Bei dieser Rede hättest du dir Beifall verdient.

Es ist Zeit. Seine Gelenke wollen ihm nicht so recht gehorchen, dennoch schickt Trost sich an, sich zu erheben. Er muss hier raus.

»Chefinspektor Trost.« Diesmal ist die Stimme des Direktors leise und beinahe unheilvoll eindringlich. Wie der letzte Versuch eines Lehrers, seinem Schüler zu erklären, wie ernst die Lage ist. Wenn es jetzt nicht klappt, fällst du durch.

Trost lässt sich wieder in den Sessel zurückfallen.

Meinrad hat die Brille abgenommen, blickt aufs Brillenglas, dann wieder auf Trost. »Das ist kein gewöhnlicher Fall. Sie haben es mit dem Bösen zu tun.«

Trost blickt auf. Versteckte Kamera? Er bemüht sich, keine Regung zu zeigen, sein Innenleben steckt in einem Tresor, und den Schlüssel dafür hat er in den Fluss geschmissen.

»Kennen Sie Pan?«

Trost spürt, wie ihn eine Hitzewelle überwältigt. Er versucht es mit einem Ablenkungsmanöver: »Peter Pan?«

»Sehr witzig.« Meinrad schnalzt ungeduldig mit der Zunge. »Nein, ich spreche von Pan, dem Hirtengott, der mystischen, übermächtigen, gefürchteten Sagengestalt aus der Unterwelt. Haben Sie etwa noch nie davon gehört?«

Trost verzieht keine Miene. »Noch nie gehört.« Er versucht, einen Zusammenhang zwischen ihm, dem Polizisten aus Graz, und einem Hirtengott herzustellen. Und zwischen dem Archivar und dem Polizeidirektor. Es gelingt ihm nicht, doch der Gedanke hängt in einer Art Warteschleife, versucht, eine Lösung zu finden.

»Nicht?« Meinrad scheint enttäuscht. »Nun, Sie sollten sich so schnell wie möglich mit der Materie vertraut machen, denn wir glauben, Ihre Gegner fühlen sich Pans Armee zugehörig.«

»Einer Armee?«

»Exakt.«

»Und wer ist ›wir‹?«

Meinrads Blick verfinstert sich. Er setzt sich die Brille wieder auf die Nase, und diesmal hat sein Tonfall einen absolut unüberhörbaren nasalen Einschlag. »Sie sollten den Fall klären. Und zwar schleunigst. Ich sage Ihnen ja, Sie lassen die Angelegenheit schleifen. Es gibt Leute, die wissen mehr als Sie. Das kann sich ein Mann in Ihrer Position aber nicht leisten. Also, denken Sie nach, Mann, denken Sie nach.«

Als er den Gang entlanggeht, erblickt er durch eine Glasscheibe Annette Lemberg, Schulmeister und ein paar andere, die um einen Tisch herumstehen und sich offenbar intensiv unterhalten. Als sie ihn bemerken, unterbrechen sie ihr Gespräch, und Annette eilt auf den Flur hinaus. Trost bleibt nicht stehen, also muss sie laufen und klappert mit trippelnden Schritten an Trosts Seite. Statt der Turnschuhe von gestern trägt sie jetzt schwarze Stiefel, die ihr wie bei einer Dressurreiterin bis zu den Knien reichen. Sie überschüttet ihn mit Fragen, was denn los sei, warum sie vom Chef so angebellt worden sei und ob …

Ihr brauner Pferdeschwanz schlägt im Takt ihrer Schritte auf ihren Nacken. Sie trägt Jeans und einen schwarzen Pullover und sieht verdammt gut darin aus. Als Trost gewahr wird, was er soeben gedacht hat, bleibt er abrupt stehen. Irritiert schaut er sie an.

Er sagt: »Haben Sie noch etwas von der Schwertmord-Sache für mich?«

»Liegt alles auf Ihrem Tisch. Die Fotos, die Berichte, alles. Wie geht's jetzt weiter?«

Er schaut sich rasch um. Dann packt er Annette am Oberarm und zerrt sie in sein Büro. Ehe sie etwas sagen kann, erzählt Trost, was er selbst herausgefunden hat. Über den Steirischen Panther, den Männerbund und den Hirtengott, die Armee und den … Er überlegt. »Ja, das war's eigentlich. Und Sie?«

»Wir waren bei dem Vater des Ermordeten. Es war furchtbar.«

»Jaja.« Trost wird ungeduldig. »Und haben Sie dort etwas herausgefunden?«

Sie scheint kurz zu überlegen, blickt dabei über seine linke Schulter. »Nein, eigentlich nicht.«

Von draußen, durch die Glasscheibe hindurch, sieht es vermutlich so aus, als seien die beiden ein Paar, das soeben den Ablauf des Wochenendes bespricht. Einen klitzekleinen Moment nur hat Trost an dieses Bild gedacht – er mit der viel jüngeren Lemberg, ein Paar, wie sie gemeinsam etwas unternehmen …

Als er kurz darauf allein in seinem Büro zurückbleibt, überfliegt er den Bericht. Die Buchstaben formen sich zwar zu Worten, deren Sinn er erfasst, aber in Wahrheit liest er nur, um sich abzulenken.

Die Erkenntnisse aus den Berichten seiner Gruppe sind wirklich nicht sehr umfangreich. Die Fahndung blieb ergebnislos. Niemand in der Umgebung des Tatorts hat etwas gesehen. Oder besser: In der Umgebung des Tatorts war niemand anzutreffen. Es handelt sich zwar um meilenweiten Mischwald, doch dieser wird von einem dichten Wanderwegenetz durchzogen. Immer wieder jammern die Jäger rund um Graz über die Mountainbiker, die trotz des Fahrverbots durch die Wälder strampeln. Und nun gibt es ausgerechnet für einen Mordfall keine Zeugen. Keine brauchbaren Beobachtungen.

Zumindest gilt mittlerweile als gesichert, dass ein heftiger Kampf stattgefunden hat. Ein Schwertkampf. Irgendwo im Gebüsch hat man mittlerweile auch die Waffe des Opfers gefunden, wenngleich sich bald herausstellte, dass es sich um einen ziemlich ungleichen Kampf gehandelt haben dürfte, denn die Waffe des Opfers hat eine Klinge aus Schaumstoff.

Er liest die Passage noch einmal.

Ohne Zweifel: Hier steht »Schaumstoff«. Genau genommen handelt es sich um eine Schaumstoffwaffe mit einem Fiberglaskern. Das erinnert Trost an einen irren Schulfreund, der schon als Kind lieber mit diesem Zeug hantiert hat, als mit den anderen zum Fußballplatz zu gehen.

Trost schwimmen die Worte vor den Augen davon.

Warum erwähnte der Direktor Pan und diese Armeesache? Was weiß er? Warum weiß er überhaupt etwas? Warum geht ihm selbst die Lemberg nicht aus dem Kopf? Und was in drei Teufels Namen soll er jetzt mit melancholischen Erinnerungen an die Schulzeit? Raus damit aus meinem Kopf. Alles raus damit, denkt Trost bei sich und kneift die Augen, so fest er kann, zusammen.

Als er sie öffnet, steht er auf, klemmt sich die Akte unter den Arm und eilt zurück zum Ausgang. Auf dem Weg dorthin unterbricht er die anderen abermals dabei, wie sie eng beisammenstehend tuscheln. Sie blicken ihm durch die Glastür nach, das spürt er. Als er Schulmeister sieht, ruft er ihm entgegen: »Ich brauch dein Auto!«

»Mein –«

»Ja, es ist wirklich dringend. Bis ich einen Dienstwagen kriege, ist der Tag um.«

Eine Welt voller Helden

Ich bin mittlerweile überzeugt davon, dass, wenn man alle Aktionsangebote, Wettbewerbe, Preisausschreiben und Gewinnspiele mitmachen würde, man seinen Lebensunterhalt damit bestreiten könnte.
aus Charlottes Tagebuch

Es hat noch ein wenig Überzeugungsarbeit gekostet, aber nun sitzt Trost im Wagen. Unter normalen Umständen hätte er das nicht getan – ausgerechnet Schulmeister nach dem Auto fragen. Er sitzt in der schmutzfarbenen Mercedes-Limousine, Baujahr 1990, mit Duftbaum und Holzkugelmatte als Sitzschoner. Über den Knauf des Schalthebels ist ein Fellüberzug gestülpt, und ans Armaturenbrett sind einige Fotorahmen geklebt. Die Aufnahmen zeigen einen Beagle, das verschwommene Passfoto einer Frau um die sechzig und ein ebenso verschwommenes Porträt eines Mannes im gleichen Alter. Johannes Schulmeister mit Frau und Hund. Der Wagen ist außerdem noch mit Kassettendeck ausgestattet, und in der Türablage liegen ein paar angebrochene Kassettenhüllen, deren Cover lächelnde, streng frisierte Menschen mit Oberlippenbart in roten und grünen Westen mit Goldknöpfen zeigen.

Es ist ein Fahrzeug aus einer anderen Zeit. Und das Fahrzeug einer Sorte Mensch, mit der Trost nicht klarkommt. Oder vielmehr umgekehrt: Diese Sorte Mensch kommt in der Regel mit Typen wie Trost nicht klar, denn der macht nicht viel Aufhebens ums Äußere, legt wenig Wert darauf, ob die Dinge geordnet sind im Leben.

Trost ist überzeugt davon, dass Schulmeister jetzt im Büro sitzt und gebannt zwischen Wanduhr und Armbanduhr hin- und herblickt und hofft, dass sein Auto heil wieder zurückkommt. Immerhin lässt er bei jeder sich bietenden Gelegenheit Sprüche wie »Eine Frau und ein Auto verleiht man nicht« ab.

Umso überraschender ist es, dass er Trost den Mercedes überhaupt geborgt hat.

Ehe Trost die Limousine startet, betrachtet er seine Hände auf dem Lenkrad. Er hat plötzlich das Gefühl, dass sie alt aussehen. Unter den Fingernägeln spannt sich die Haut, die Fingerknöchel sind gerötet, und rund um sie legt sich die Haut in Falten. Er reibt sich die Nasenwurzel und kann es nicht verhindern. Er versucht die Augen zusammenzukneifen, doch auch das hilft nichts. Seine Nase läuft ständig, seine Schultern zittern, und die Tränen verschleiern seinen Blick.

Himmel, wenn mich jemand sieht?

Dieser Gedanke rettet ihn. Er wischt sich mit dem Ärmel seines Pullovers über die Augen, startet den Wagen und fährt etwas halbherzig, aber doch hastig aus dem Innenhof des Polizeigebäudes hinaus auf die Straße. Er kann es nicht fassen, dass zwei Leute unabhängig voneinander, zuerst der Archivar und dann der Direktor, von Pan sprechen. Dem Hirtengott. Und er kann auch nicht fassen, dass er zuerst dem Rat des Künstlers folgt, den Archivar aufzusuchen, und jetzt dem Rat des Archivars, einen alten Schulfreund zu treffen. Aber es ist so. Als übernehme jemand anders die Kontrolle über seine Handlungen. Als verliere er den Überblick.

Während der Fahrt, die ihn erst nach endlosen Ampelrotphasen und Im-Stau-Stehen aus der Stadt hinaus in Richtung Westen treibt, erholt sich Trost wieder. Er hat das seit einiger Zeit: Plötzlich zieht sich sein Brustkorb zusammen, sein Herz beginnt zu rasen, und eine unerklärliche Schwere legt sich auf seine Schultern. Seine Nerven rotieren, zwei oder gar drei Dinge gleichzeitig zu tun, Entscheidungen zu treffen, Lärm, Widerstände, das alles regt ihn dermaßen auf, dass er die Beherrschung zu verlieren droht. Dabei ist der letzte Urlaub gar nicht so lange her. Und er hat genau nichts bewirkt. Absolut null Erholung. Im Gegenteil, es hat alles noch schlimmer gemacht. An seinem ersten Arbeitstag danach hat er sich krankgemeldet und starke

Kopfschmerzen und Übelkeit vorgetäuscht. Erst am dritten Tag ließ er sich wieder blicken. Da hatte er dann wirklich Kopfschmerzen und schluckte Tabletten.

Trost fährt direkt auf die Berge zu, durch Dörfer, deren Häuserfassaden mit Kürbisköpfen gesäumt sind und die Radaranlagen gut versteckt halten. Die bekannten Weinhänge der Schilcherweinstraße passiert er, ohne auf sie zu achten, vorbei am Schloss Stainz. Fast am Ziel angekommen, fragt er einen Steirerhutträger mit Rauschebart noch einmal nach dem exakten Weg, zwei Minuten später bleibt Trost auf einer Anhöhe, die links und rechts von steil abfallenden Weingärten und kühn in den Hang gebauten Häusern gesäumt wird, stehen. Er betrachtet das fast schwarze Blockhaus. Ein Wappenschild hängt über dem Eingang, und ein umgedrehter Ritterhelm gleich daneben dient als Blumentopf. Es sieht ein bisschen so aus wie auf den »Urlaub-im-Weingarten«-Prospekten.

Einen kurzen Moment hält er inne und kann nicht fassen, dass er einfach aufs Geratewohl hierhergefahren ist. Er wusste nur, in welcher Ortschaft er suchen muss, und hat es tatsächlich geschafft, hierherzufinden.

Trost geht ums Haus herum auf die Scheune zu und folgt dem Kreischen einer Kreissäge. Im Hof hinter dem Apfelholzhaus steht ein sandgelber VW-Bus, dessen Schiebetür einen Ritter in voller Rüstung auf einem Pferd zeigt. Er hält seine Turnierlanze bereit zum Stoß. Die Spitze der Lanze mündet in einer E-Mail-Adresse.

An die Scheune grenzt eine Pferdekuppel, und auf dem steilen Gelände dahinter bemerkt Trost ein weißes Pferd, das seelenruhig vor sich hin grast, als störe es sich nicht an dem Lärm. Es sieht dem Pferd auf dem Auto nicht ähnlich.

Die Kreissäge plärrt wieder ins Idyll, und als Trost die Tür zur Scheune öffnet, wird es schlagartig noch lauter. Der Anblick, der sich ihm bietet, ist eindrucksvoll. An einer Wand stapeln sich Hunderte einander gleichende Holzschwerter, an der anderen ebenso viele Schilde aus Holz. Lange Speere oder

Spieße sind mit Haken darüber angebracht. Außerdem reihen sich unzählige Sessel und Tische aneinander und füllen den Raum beinahe vollständig aus. Von der Decke herab hängt eine ansehnliche Sammlung von Rüstungen, außerdem eine Reihe bunter, länglicher Fahnen mit blutroten Borten und Kordeln.

Mit dem Rücken zu Trost steht ein Riese mit weißblonden Haaren, die zu einem Zopf gebunden fast bis zu seinem Becken reichen. Er trägt einen blauen Arbeitsoverall, der ansatzweise vermuten lässt, welche Muskelberge sich von seinen Schultern abwärtswälzen. In einer Kreissägenpause schreit Trost: »Guten Tag!« Der Riese fährt herum. In der Hand hält er ein gewaltiges Schwert aus Holz. Einen Moment lang muss Trost befürchten, durch einen Hieb im Affekt erschlagen zu werden. Doch der Hüne stolpert stattdessen rücklings über eine am Boden stehende Werkzeugkiste und kann sich nur mühsam auf den Beinen halten.

»Das gibt's ja nicht, Armin Trost«, ruft er keuchend und verlegen grinsend, »der alte Schulfreund mit dem dämlichen Beruf!« Heinrich von Donnerswalden, wie Vinzenz Moosbichler sich gerne nennt, ist schon immer ein sonderbarer Kerl gewesen. Sie trafen einander in den letzten Jahren immer wieder einmal bei Veranstaltungen. Moosbichler verdient sein Geld als Spielzeugwaffenbauer für diverse Burgen und Souvenirläden, und zwei-, dreimal besuchte ihn Trost mit seinen Kindern bei einem Mittelalterfest. Bis Jonas sich eines Tages weigerte, mit seinem Vater die Wochenenden zu verbringen.

Moosbichlers handwerkliches Geschick verschafft ihm aber auch zusätzliche Einkommensquellen. Er baut oder repariert Zäune für die Leute aus der Umgebung, bastelt an Stühlen und Tischen, tüftelt gerne an Autos oder kellnert gelegentlich in Bierzelten und wirft für Geld Leute aus Diskotheken.

»In Zivil oder beruflich?«, will Moosbichler wissen. Trost bildet sich ein, seine Hand zittere immer noch vor Schreck, als er sie zum Gruß schüttelt.

Als Antwort deutet Trost mit dem Daumen über seine Schulter in eine unbestimmte Richtung. »Hast du Zeit? Gehen wir ein Stück?«

In der Schule sind sie nie gute Freunde gewesen, doch jedes Mal, wenn sie sich seit damals trafen, unterhielten sie sich besser. Als Jonas kleiner war, hat Trost ihm von Moosbichler eine komplette Ritterausrüstung anfertigen lassen, und vor ein paar Jahren hat er ihm aus der Patsche geholfen, weil er bei einer Schlägerei zwei Betrunkene mit bloßen Händen derart zugerichtet hatte, dass sie im Krankenhaus geflickt werden mussten. Sogar die Lokalzeitungen hatten darüber berichtet. Trost, der damals zufällig bei dem Zeltfest zugegen war, boxte ihn später mit einer rettenden Zeugenaussage aus den Turbulenzen. Seit damals sind einige Jahre vergangen. Und sie haben sich seitdem nicht mehr gesehen.

»Wie die Zeit vergeht«, sagt Moosbichler.

»Ja, aber wie«, erwidert Trost.

Trost kennt niemanden, der sich besser mit Schwertern auskennt als Moosbichler. Aber vor allem kennt er niemanden, der sich besser mit Leuten auskennt, die mit Schwertern kämpfen.

»Was ist passiert? Brauchst du eine scharfe Ritterrüstung? Ein scharfes Küchenmesser? Oder –«

Trost beschließt, es kurz zu machen, und unterbricht ihn. »In Graz haben sie jemanden mit einem Schwert ermordet. Es sieht so aus.« Er reicht ihm das Foto, das er zuvor aus der Mappe vom Beifahrersitz gezogen hat. Schulmeister hat eine ganze Reihe von Aufnahmen gemacht. Diese hier zeigt die Tatwaffe sehr deutlich. Das Opfer zeigt sie nicht. »Weißt du etwas darüber?«

Moosbichler nimmt das Bild zwischen Daumen und Zeigefinger, als habe er Angst, es zu zerknittern. Seine Hand zittert deutlich, was bei seiner riesenhaften Gestalt etwas seltsam aussieht. Moosbichler zieht seine Lippen ein, sodass sich sein blonder Vollbart darüber wölbt. Als Trost ihn ansieht, bemerkt er, dass er gar nicht das Foto, sondern ihn mustert.

»Was ist?«

»Wie kommst du auf die Idee, dass ich etwas über so was weiß? Über eine Mordwaffe und so? Sehe ich so aus, als würde ich mich in solchen Kreisen herumtreiben? Muss ich jetzt etwa beleidigt sein, dass du mich verdächtigst?«

Trost erklärt ihm, dass er niemanden sonst kennt, der über altertümliche Waffen Bescheid weiß. Und dass die Vermutung naheliegt, dass das Ganze etwas mit merkwürdigen Ritterspielen zu tun hat. Davon, dass er eigentlich nur deshalb hier ist, weil der Archivar sagte, er solle doch einen Schulfreund aufsuchen, sagt er nichts.

»Was für merkwürdige Ritterspiele?«

»Na, jetzt tu doch nicht so. Du kennst dich doch mit Ritterspielen aus.«

»Ja, schon, Mann, aber nicht mit merkwürdigen.«

»Okay, okay ... Also erzähl mir davon. Klär mich auf!«

Moosbichler mustert Trost abermals. »Also schön, ich mach's. Auch wenn du alles in Büchern findest. Steht alles schon geschrieben, weißt du, und ist deshalb alles ganz normal.«

»Mhm.« Er erinnert sich an den Krimiautor. Alles ganz normal.

»Es gibt Ritterspiele bei Mittelalterfesten, und es gibt Rollenspiele, in denen die Teilnehmer in Phantasierollen schlüpfen. Die spielen dann so eine Art Theaterstück und gehen voll in ihrer Rolle auf und so. Ich meine, das ist wie im Film. Wir kämpfen nicht mit echten Waffen.« Moosbichler wirft Trost einen Blick zu. »Weißt du, was?«

»Was?«

»Komm doch einfach mit. Sieh es dir selbst an. Dann kannst du selbst entscheiden, ob das alles so merkwürdig ist oder nicht. Vielleicht entdeckst du ja, dass du dort glücklicher bist als in deiner Polizistenwelt. Ein echter Held und so.«

»Jaja, schon gut.«

Moosbichler greift nach Trosts Unterarm. »Nein, wirklich, das wär doch was! Am Wochenende ist wieder so ein Treffen. Gar nicht so weit von hier.«

»›Wir‹?«

»Was?«

»Du hast gesagt: ›Wir kämpfen nicht mit echten Waffen.‹«

»Ja.« Moosbichler räuspert sich, wirft verschwörerische Blicke nach links und rechts und senkt seine Stimme, als erwarte er ernsthaft, auf seinem Hof belauscht zu werden. »Ich bin da auch manchmal dabei, bei diesen Rollenspielen, meine ich. Hab da so eine Figur, die ist schon ziemlich alt, also ziemlich erfahren und so und ziemlich gut entwickelt.«

Und weil Trost jetzt fast verwirrter ist als zuvor, beginnt Moosbichler zu erklären. »Rollenspieler treffen sich in unregelmäßigen Abständen, vorzugsweise in privaten Burgen oder Schlössern. Sie mieten sich dort für ein paar Tage ein, ziehen sich um, und sobald sie in ihren Phantasiekleidern stecken, steht die Welt kopf. Es gibt keinen Beruf mehr und keine Familie. Keine Termine zum Stromzählerablesen, keine Autoreparaturen und kein dringendes Lignano-Urlaub-Buchen, Handys, Computer, Fernsehen sowieso nicht. Die Gegenwart ist ausgeblendet, als existiere sie gar nicht. Das geht sogar so weit, dass aus Phlegmatikern Choleriker werden und aus verheirateten Ehemännern homoerotische Minnesänger. Da gibt's zum Beispiel einen«, lacht Moosbichler, »der ist im wirklichen Leben Nichtraucher. Seine Figur aber pafft Zigarre wie ein Schlot. Und eine Managerin einer Fast-Food-Kette kenne ich, die spielt bei Rollenspielen am liebsten sabbernde Krüppel oder ist Mitglied einer schreienden Bande von Waldtrollen, die meist so viel Ärger wie eine Bande Fußballfans macht.«

Moosbichler erzählt davon, dass es für jedes Treffen ein Drehbuch gibt, welches auch von Schiedsrichtern überwacht wird, damit sich die Spielteilnehmer nicht zu weit von der Handlung entfernen. »Normalerweise gilt es auch, eine Aufgabe zu erfüllen, ein Ziel zu erreichen. Die Figuren, die sich darin bewegen, können Punkte erzielen, sich weiterentwickeln und ihren Charakter stärken. Im Grunde ist es so wie ein Brett- oder Computerspiel, nur halt mit realen Personen.«

»Wird dabei auch gekämpft?«

»Kommt auch vor, ja. Aber diese Kämpfe sind eher so etwas wie Tänze.«

»Tänze?«

»Na ja, wenn zum Beispiel ein Kampf besonders interessant verläuft, kann er auch in Zeitlupe stattfinden oder wiederholt werden. Da unsere Waffen aus speziellem Schaumstoffmaterial sind, kann da eh nichts passieren. Obwohl ...«

Trost horcht auf.

»... manche legen sich so ins Zeug dabei, dass sie sich schon verletzen. Irgendwo hinunterstürzen oder so. Aber wie gesagt: Du kannst es dir selbst anschauen. Am Wochenende in einer Superburg. Normalerweise sind Besucher unerwünscht, aber ich bring dich da rein.«

Trost kommt unwillkürlich ein Lacher aus, der zeigt, wie dämlich der Vorschlag ist. Er denkt sich, was seine Kollegen wohl sagen würden. Und Charlotte erst. »Beschreib mir lieber, was das für Leute sind, die sich da verkleiden und kämpfen.«

»Alle möglichen sind dabei. Ich weiß von Ärzten, Studenten, Handwerkern, Schülern und hohen Beamten. Was soll ich da beschreiben? Jeder, der gerne spielt, sich verkleidet und in eine andere Rolle schlüpfen möchte, ist dabei. Ein guter Freund von mir, also nicht in echt, sondern in dieser anderen Welt, dieser Freund also, der ist Bogenschütze und Minnesänger. Der drückt sich extrem gut aus, hat ein Mordsgedächtnis und spielt auch perfekt. Der könnte in jedem Film mitmachen. Ich glaube, der ist sogar ein hohes Tier. Ich kenne ihn von irgendwoher, aus dem Fernsehen oder so. Aber gut, wie schon erwähnt, die Leute kommen aus allen möglichen Berufen. Die meisten wollen aber nicht erkannt werden. Es ist ihnen peinlich. Selbst schuld. Ich find's jedenfalls cool.«

»Wann warst du das letzte Mal bei einem Treffen?«

»Vor einem halben Jahr auf einer Festung in Salzburg. Da haben wir sogar eine Scheune in Brand setzen dürfen. Spitzendrehbuch.«

»Hat es in letzter Zeit etwas Ähnliches in der Nähe von Graz gegeben?«

Moosbichler bleibt stehen und schaut in den grauen Himmel, als befände sich dort die Antwort. Sie sind inzwischen rund um die Pferdekoppel hinter die Scheune gegangen.

»Nicht dass ich wüsste. Aber das heißt nichts. Manche finden nicht angemeldet statt oder nur in einem kleineren Rahmen mit speziell eingeladenen Teilnehmern. Das Treffen am Wochenende wird ziemlich cool. In einer alten Templerburg. Superambiente. Alles abgesperrt. Da können wir uns so richtig gehen lassen. Es ist wie Indianerspielen für Erwachsene, nur besser.«

Erst jetzt blickt Moosbichler auf das Foto, das er immer noch in der Hand hält, und mustert es. Das Zittern seiner Hand hat nicht aufgehört.

Trost schaut zwischen Foto und Moosbichler hin und her. »Und es kommt wirklich nie vor, dass mit richtigen Waffen gekämpft wird?«

Er schüttelt nur den Kopf. Sein Gesichtsausdruck verdüstert sich.

»Was ist?«

Keine Antwort.

»Hast du etwas entdeckt? Sag schon!«

»Einen Augenblick lang dachte ich nur, ich kenne dieses Symbol auf dem Griff des Schwerts. Ist mir irgendwie bekannt vorgekommen. Déjà-vu oder so.«

»An was hat es dich erinnert?«

Moosbichler lächelt. »Ziemlich abgefuckter Blödsinn. Es sieht so aus wie ein Faun.«

»Ein was?«

»Na, so eine Fantasygestalt. Es stimmt, ja. Schau her: spitze Ohren, niedrige Stirn, ziemlich dichte Behaarung. Aber«, er schürzt die Lippen und reicht ihm das Bild, »das ist natürlich Blödsinn.«

Jetzt ist es Trost, der die Fotografie mustert. »Warum eigentlich?«, fragt er. »Vielleicht sind die Täter ja eine Gruppe von euch. Eine von diesen Rollenspielgruppen oder wie die sich nennen. Ein Elektriker, der glaubt, ein ... Wie sagst du?«

»Faun.«

»... ja, ein Faun sein zu müssen, weil er auch einmal ein Held sein will und nicht immer nur ein Elektriker.«

Moosbichler macht plötzlich einen Schritt zurück. »Weißt du, was? Mir geht das jetzt auf die Nerven. Das ist eine harmlose Freizeitbeschäftigung von Leuten, die halt ein bisschen mehr Phantasie in ihr Leben bringen wollen als Steuerausgleiche, Rechnungen, Achtunddreißig-Stunden-Wochen und Wirtschaftskrisen, sonst nichts. *Fuck*, Scheiße, Mann, warum mischen sich immer alle ein?«

Trost schaut ihn lange an. Er fragt sich, seit wann Moosbichler sich diese Sprache zur Gewohnheit gemacht hat. Immer wieder fließen Wiederholungen ein oder Kraftausdrücke wie aus einem Hollywoodfilm. Seine eigene Stimme ist betont ruhig, was ihr aber auch eine unerbittliche Strenge verleiht. »Schau, niemand will euch etwas anhängen. Aber wir haben auch die Waffe des Opfers gefunden. Im Gebüsch. Es ist ein Schwert aus Schaumstoff. Genau so eine, wie ihr sie verwendet. Vinzenz, verstehst du, was ich sage? Das war Mord. Diese Welt gehört euch nicht mehr allein. Jetzt kommen wir ins Spiel.«

Sie sitzen auf einer Bank in der Garage und trinken Met, der so süß ist, dass es Trost die Lippen verklebt. Rundherum spiegelt sich das Licht der Neonlampe an der Decke in blank polierten Rüstungen und scharfen Klingen. Moosbichler restauriert Waffen für eine Ritterburg in Kärnten. Einige baue er auch nach, aber das merke niemand, wie er augenzwinkernd zugibt.

»Aber nein, bevor du fragst, ich hab keine Waffen, die Fratzen auf dem Knauf abbilden.« Solche Waffen habe er auch noch nie gesehen. Nur gehört habe er davon. »Es gibt offenbar eine Gruppe«, sagt er, »die berühmt werden will. Ich glaube ja ehrlich gesagt, die kommen aus dem Osten, Tschechen, Polen, aber wer weiß schon was Genaues.« Er ignoriert Trosts missbilligendes

Schnaufen. Seit einigen Jahren gebe es eine Gruppe, berichtet er weiter, die von sich reden mache. Keiner wisse, woher sie komme und wann sie bei den Rollenspielen auftauche. »Aber wenn, dann wird es für die anderen gefährlich. Egal, wie das Drehbuch lautet, sie sind auf Streit aus. Sie treten mit weißen Masken auf, sehen ein bisschen aus wie Halloweenkiller. Man sagt, das seien die besten Kämpfer, die jemals gespielt haben. Aber ich hab noch nie einen gesehen, nur gehört habe ich von ihnen.«

»Und diese Leute kämpfen mit echten Waffen, und ihr hindert sie nicht daran?«

»Nein, sie kämpfen nicht mit echten Waffen.«

»Sicher nicht?«

»Sicher nicht.«

Trost wartet, aber es kommt nichts mehr. Dann macht er sein Kreuz steif. »Und, wie heißt der Anführer dieser Maskenbande?«

Moosbichler schaut ihn düster an, als fürchte er die Reaktion seines Gegenübers, dann holt er tief Luft und sagt: »Pan.«

Als Trost kurz darauf im Auto sitzt und über die Hügel zurück in die Stadt fährt, versucht er, einen klaren Gedanken zu fassen, doch es gelingt ihm nicht. Er lässt den Wagen ausrollen und parkt am Beginn eines Waldweges.

Soll er jetzt Polizeischutz für sich und seine Familie beantragen mit der Begründung, dass jeden Moment ein antikes Monstrum über die Berge kommen könnte, um ihn zu ermorden? Ein verkleideter Irrer mit Schwert und Teufelsmaske und einer Bande im Rücken, die es, warum auch immer, auf ihn abgesehen hat? Oder soll er, anstatt direkt ins Büro zu fahren, gleich den Weg in die Landesnervenklinik einschlagen?

Der Wald bildet hier eine Mauer aus haushohem Dickicht, die sich stetig weiter vorschiebt. Es heißt, würde der Mensch sich nicht gegen die Natur wehren, nichts mehr kultivieren, dann würde das Land verwalden. Zuerst kämen die Büsche, dann die Bäume. Trost lehnt sich ans Auto und schaut in die Wipfel hinauf. Büsche und Bäume.

Er fasst wieder zusammen. Ein Schwertkampfspiel. Ein Messer im Zaun. In seinem Zaun. Ein Mord. Eine Maskenbande, die an alte Mythen glaubt. Jemand, der sich Pan nennt.

Die Wipfel verschwimmen. Trost hockt sich nieder und spürt das verstörende Gefühl, jeden Moment losheulen zu müssen. Er schluckt. Schließt die Augen. Ballt schließlich die Faust und schlägt auf einen Baum ein.

»Scheiße, Scheiße, Scheiße …«

Als ein Messer in seinem Zaun steckt, bringt er es heimlich zu einem Künstler. Als der ihm vorschlägt, ins Archiv zu gehen, folgt er dem Rat des Archivars, eines Mannes, den er noch nie zuvor gesehen hat, und fährt danach zu einem alten Schulfreund, um sich über Spielzeugwaffen zu informieren.

Als er seinen Job an den Nagel hängen will, taucht eine Leiche auf. Doch anstatt den Mörder wie ein richtiger Ermittler zu suchen, rennt Trost im Kreis. Irgendwohin, vielleicht davon. Er lässt sich schlichtweg von Zufällen leiten, nichts von dem, was er tut, ist geplant oder wohlüberlegt.

Er hört ein Auto näher kommen, holt mehrmals tief Luft und wischt sich die Augen am Ärmel trocken. Doch das Auto bleibt nicht stehen, das Motorgeräusch entfernt sich wieder, und Trost nutzt die Gelegenheit, um aufzustehen, einzusteigen und weiterzufahren.

Bildet er es sich nur ein? Das Licht wird fahler. Kann der Tag schon wieder zu Ende gehen? Ist schon wieder Zwischenzeit?

Die Rolle des Rächers

Heutzutage kennt jeder jemanden, der bei irgendeiner Quizsendung im Fernsehen war.
aus Charlottes Tagebuch

Etwas, das zu alldem dazugehört – zu den Leichen, den Befragungen, dem Druck, einen Täter zu finden –, ist das Informieren der Angehörigen von Opfern. Die Tatsache, dass das in diesem Fall nicht der Chefermittler, also er selbst, gemacht hat, schiebt Trost von sich. Er kann schließlich nicht überall gleichzeitig sein. Er ist jetzt, zwei Tage später, hier. Das reicht. Es muss reichen.

Trost stellt sich vor, wie das für die Familienmitglieder sein muss. Er stellt sich die Szene wie in einem Film vor. Es läutet an der Tür, jemand im gemütlichen Hausgewand macht mit vergnügten Schritten auf und sieht sich plötzlich zwei Trenchcoat-Typen gegenüber, die ein betretenes Gesicht machen. Nicht nur wegen der schlechten Nachrichten, die sie zu übermitteln haben, sondern auch aus Verlegenheit, denn natürlich wird sofort mit der Befragung begonnen. Hatte der Tote Feinde? Ist Ihnen etwas Sonderbares aufgefallen, etwa eine Veränderung in seinem Verhalten in letzter Zeit? Und schließlich: Wo waren Sie eigentlich zur Tatzeit?

Trost steht vor einer Auslage, die mit Sicherheit nicht von einem professionellen Dekorateur gestaltet wurde. Auch nicht von besonders liebevoller Hand. Auf einem schwarzen Tuch befinden sich vergilbte Bücher und Zeitschriften, wie achtlos liegen gelassen. Die Ränder der Bücher wölben sich nach oben. Es handelt sich dabei um Jewgenij Samjatins »Wir«, Tolkiens »Herr-der-Ringe«-Trilogie in der grashüpfergrünen Taschenbuchausgabe und Band vier und sechs der »Harry-Potter«-Schulgeschichte. Trost hätte auch ohne die Zeitschriften, deren Titelseiten keinen Zweifel mehr lassen, schnell festgestellt, dass der Geschmack dieses Buchhändlers dem Utopischen, der Phantastik nicht abgeneigt ist. Jonas hätte mit diesem Laden seine Freude. Das nicht mehr ganz saubere Fensterglas gibt den Blick auf die bis an die Decke reichenden Regalreihen frei.

Als Trost eintritt, läutet eine Glocke oberhalb der Tür, und aus dem Hinterzimmer vernimmt er eine kratzige Stimme, die teilnahmslos »Komme gleich« ruft. Nicht geschäftig, nicht genervt, schon gar nicht freundlich. Eher so, wie wenn jemand etwas liest und die Augen nicht von dem Satz lässt, während er spricht.

Trost erblickt auf der Innenseite der Eingangstür ein Schild, auf dem »Geschlossen« steht. Er dreht es kurzerhand so, dass man den Schriftzug von außen sehen kann, und als er sich wieder umdreht, steht er einem untersetzten Mann mit langen fettigen Haaren im weißen Unterleibchen gegenüber. Auf den ersten Blick erinnert er an das Klischeebild eines Wirts, auf den zweiten an das eines arbeitslosen Wirts. Außerdem steckt in seinem Mundwinkel eine Zigarette, was ihn so gar nicht wie einen Buchhändler aussehen lässt, vor allem nicht wie einen, der in seiner eigenen Buchhandlung steht. Der Mann ist etwas kleiner als Trost, doch seine Statur lässt ihn ein gehöriges Stück massiver erscheinen. Er hat Schultern, die im rechten Winkel zum Kopf abstehen, und Hüften, die ebenso breit wie die Schultern sind. Trost findet, er sieht insgesamt aus wie ein Würfel.

»Okay«, kratzt die Stimme des Mannes wieder durch den Raum. »Ich bin gerade auf dem Weg zu einer Feier, wollte mir soeben ein Hemd überziehen und schaue deshalb so aus, wie ich aussehe. Und jetzt sind Sie dran, mir zu erklären, warum Sie dieses Schild da umdrehen. Wenn Sie Geld stehlen wollen, bedienen Sie sich, aber ärgern Sie sich nicht, wenn Sie nicht reich werden. Es ist kaum was da. Wenn Sie Bücher wollen, kommen Sie morgen wieder. Wenn Sie schlechte Nachrichten haben, gehen Sie wieder, ich habe genug davon.«

Trost erwidert eine Zeit lang nichts und kommt sich dabei schäbig vor. Er hat sich auf dem Weg hierher nicht den leisesten Gedanken gemacht, wie er auf den Mann zugehen soll. Der Buchhändler hat vor Kurzem erfahren, dass sein Sohn tot ist, muss sich in einer Ausnahmesituation befinden, hat sicher Tausende Fragen, will wissen, wie es um die Ermittlungen steht, und er, Trost, der Chefinspektor, hat sich keine Gedanken darüber gemacht, was er sagen soll. Völlig blank steht er vor dem Mann und schluckt.

Er glaubt, Ähnlichkeiten zwischen dem Buchhändler und der Leiche im Wald zu erkennen, und weiß gleichzeitig, dass das Blödsinn ist. Das Antlitz der Leiche war so übel zugerichtet, dass sie kaum noch so etwas wie Gesichtszüge aufzuweisen hatte.

Trotzdem: Plötzlich schämt er sich dafür, die Leiche nicht länger betrachtet zu haben. Was ist er für ein Ermittler, der Leichen nicht lange ansieht? Der einfach drauflosmarschiert und an irgendeinem Ende zu recherchieren beginnt?

Er räuspert sich, stellt sich endlich vor und wartet.

Erst jetzt erkennt Trost die roten Ränder um die Augen des Buchhändlers. Tiefe Falten in der schweißnassen Stirn.

»Ich hab mir so etwas schon gedacht. Man sieht Ihnen an, dass Sie von der Polizei sind.«

Trost erwidert nichts.

Der Buchhändler räuspert sich. »Ich habe aber bereits alles gesagt, was ich weiß. Mein Sohn ist tot. Ich bin auch mitgefahren ins Leichenschauhaus, wenngleich das sinnlos war, denn man hat von seinem Gesicht nichts übrig gelassen. Ich habe mir also angesehen, was man ihm angetan hat. Ich habe mehr gesehen, als ein Mann im Leben verkraften kann, und keine Lust, jetzt täglich darüber zu reden. Also was noch? Haben Sie etwa den Mörder? Ist es das, was Sie mir mitteilen wollen? Wollen Sie meine Rachegefühle besänftigen und mir erzählen, der Gerechtigkeit sei Genüge getan und so weiter und so fort? Ist es das?«

Kurz und klar und immer freundlich zu bleiben ist die beste Methode, mit Angehörigen in solchen Situationen umzugehen, das lernt man schon in der Polizeischule. Für den Buchhändler ist jetzt nichts mehr von Belang, nichts mehr so wie zuvor. Alles ist eingestürzt und zusammengebrochen.

Trost weiß das. Dennoch muss er einige Fragen stellen – nachdem er zugeben musste, den Mörder noch nicht gefasst zu haben.

Sie sitzen im Hinterzimmer der Buchhandlung, die eigentlich, wie Trost bald erfährt, gar keine richtige Buchhandlung ist. Während der Mann stockend und immer wieder unterbrochen von Weinkrämpfen von seinem Sohn erzählt, blickt Trost sich in dem Raum um. Der Mann verkauft Comics und Fantasyromane, aber auch Spiele und Computerspiele. Und Schwerter.

»Was sind das für Waffen?«

Trost deutet auf ein Regal, in dem sich Rüstungen und Schwerter in Plastikverpackungen befinden. Aus den tränengeröteten Augen blickt der Händler auf und berichtet etwas von Spielzeugwaffen.

»Finden Sie es nicht komisch, dass Ihr Sohn mit einem Schwert ermordet wurde und Sie nicht nur Bücher, sondern auch Spielzeugschwerter verkaufen?«

Der Mann blickt auf. »Komisch finde ich daran überhaupt nichts. Komik, mein Herr, ist etwas äußerst Diffiziles. Zum Beispiel wäre es komisch, wenn Sie hier sitzen würden und ich gar nicht der Vater des Toten wäre. Das wäre doch komisch, oder?«

Trost weiß nicht, was er darauf sagen soll, also schweigt er so lange, bis der Mann weiterredet.

»Nein, diese ganzen Waffen, diese ganzen Hefte und Bücher und Geschichten sind alle nicht komisch. Sie biedern sich nur an. Geschichten biedern sich nur an, verstehen Sie? Sie dringen in uns ein, nisten sich in unser Gehirn ein und gaukeln uns vor, es besser zu wissen. Besser zu wissen, wie man Freude erlebt und Abenteuer. Besser zu wissen, wie man liebt, hasst und überhaupt lebt. Geschichten lenken uns nur ab von der Realität, das ist alles, was sie können. Sie tun so, als gebe es Freundschaft und Heldentum nur dort in ihren Welten, ja, als gebe es den Tod nur dort, in den Geschichten. Aber eines dürfen Sie nie vergessen, diese ganzen Bücher, nehmen Sie die von Tolkien, Melville, Dumas, wen Sie wollen, nehmen Sie die von dieser Rowling, von Williams, von mir aus von Jules Verne, Gaiman, Pratchett …«

Trost befürchtet, er wird nie mehr aufhören, die Namen von Schriftstellern aufzuzählen.

»… nehmen Sie sie alle her, und was werden Sie jedes Mal erkennen? Und zwar ohne Ausnahme? Sie werden irgendwann erkennen, dass sie alle letzte Seiten haben! Finito, Ende. Verstehen Sie? Vorbei. Und was bleibt, ist wieder nur das Ich, dieses verfluchte Ich und das Buch in der Hand und die Wirklichkeit drum herum. Und in dieser Wirklichkeit gibt es keine Helden. Man ist, was man ist. Es tut weh, wenn man sich das Knie an einer Kante anhaut, niemand beachtet einen, jeder ist ersetzbar. Nichts wird wahr, keine Träume, keine Illusionen. Aber den Tod gibt es.« Er schlägt mit der Faust auf den Tisch. »Ja, den gibt es. Der ist ganz real. Aber diese Tatsache schiebt man weg, als wäre sie die größte Geschichte, alles nur Lüge. Und dann holt er einen plötzlich. Kichert einen an. Kalt und blutleer. Ist das nicht furchtbar traurig?«

»Herr …« Trost will den Händler beschwichtigen, aber ihm fällt auf, dass er nicht einmal weiß, wie der Mann heißt.

»Derler. Ferdinand Derler.«

»Herr Derler …« Er räuspert sich und macht das, was er immer tut, wenn er ratlos ist: Er reißt eine völlig neue Gesprächstür auf, geht hindurch und spricht. »Was haben Sie gedacht, wo Ihr Sohn steckt? Oder kam es öfter vor, dass er über Nacht weg war?«

Derler zuckt mit den Schultern. »Ehrlich gesagt: ja. Seit dem Tod seiner Mutter lebten wir wie Freunde in der Wohnung gleich oberhalb.« Er schluchzt, und Trost versteht ihn kaum. »Ich ließ ihm für einen Jugendlichen viele Freiheiten, wissen Sie? Er sollte tun und lassen können, was er mochte. Ich wollte ihm ein Freund sein, einer, zu dem er kommt, wenn er Probleme hat. Das war mir genug. Sie verstehen? Als er klein war und wir noch eine Familie waren, da haben wir oft gestritten, weil er dieses oder jenes nicht so und so gemacht hat. Weil er den Tisch nicht abräumte, weil er so laut war, was weiß ich. Ich hatte damals das Gefühl, wegen seiner Existenz etwas zu versäumen. Nicht dass Sie mich falsch verstehen. Ich wollte immer für ihn da sein, aber je mehr ich für ihn da war, desto größer war mein Stress, etwas zu versäumen.« Er schnäuzt sich die Nase. »Dann war seine Mutter plötzlich fort. Und von da an gab es keinen Stress mehr. Nur noch uns beide. Keine Regeln, keinen Streit.«

Trost denkt an Jonas. Auch wenige Regeln, aber viel Streit. Derlers Strategie ist offenbar keineswegs universal anwendbar.

Trost blickt aus dem Fenster hinaus in den Innenhof des Gebäudes und beschließt, sich abermals durch eine neue Gesprächstür zu flüchten. »Ist das Ihr Garten, Herr Derler?«

Der Mann wirkt fast ein wenig erleichtert über den neuerlichen Themenwechsel. »Ja, in der Scheune sind fast nur Dinge meines Sohnes. Spielzeug und Sportsachen und so …«

Trost wartet, bis sich der Weinkrampf löst. »Ist es Ihnen recht, wenn wir einen Blick hineinwerfen?«

Sie stehen in einem typischen Grazer Innenhof. Die Gebäude, die ihn umkreisen, haben ihm ihre Rückseite zugewandt und zeigen winzige Zwei-Personen-Balkone mit Wäscheleinen und ganz persönlichen Eigenheiten. Da sind Balkone, die so üppig bepflanzt sind wie mediterrane Vorgärten, andere sind mit orangefarbenen Markisen versehen, mit braunen Bambusmatten, die vor Blicken abschirmen sollen, oder sie sind einfach nur leer und kahl. Von einigen hört man das Klimpern von Kaffeetassen, das Echo eines schreienden Kindes wird zwischen den Fassaden hin- und hergeworfen. Die Balkone drücken viele

Stimmungen aus. Aufgeregtheit, ein geschäftiges Leben, innere Ruhe, völlige Leere, Gedankenlosigkeit, eine Menge Liebe, gar keine Liebe.

Der Himmelsausschnitt darüber kommt einem hier drinnen so unwirklich wie ein Bildschirm vor. Und plötzlich fühlt auch Trost sich hier im Innenhof wie auf einem der winzigen Balkone. Als befände auch er sich nur in einer lächerlichen Illusion von Bewegungsfreiheit. Er fühlt sich beobachtet.

Die beiden stehen vor dem windschiefen Schuppen und schauen hinein. Es ist finster drinnen, doch Trost erkennt das typische Gerümpel einer Kammer, in der die Sachen eines Jugendlichen verstaut werden. Fahrrad, Bälle, Skateboard, sogar ein alter Dreiradler und ein Tretroller sind auszumachen. Hineinzugehen ist unmöglich, denn die Fahrzeuge stehen nicht einmal einen Fußbreit auseinander und sind so ineinander verhakt, dass nur ein Gewaltakt sie entwirren könnte.

Der Rest der trostlosen Anlage besteht aus einem alten, verdorrten Kirschbaum, dessen betagte Wurzeln die Betonplatten aufplatzen lassen. Da und dort auch Gras- und Unkrautbüschel, die sich zwischen den Platten hervorzwängen. Ein Korbsessel und ein runder Tisch mit einem vollen Aschenbecher darauf. Alles in allem das Antlitz eines Ortes, der bestenfalls zum einsamen Rauchen einer Zigarette aufgesucht wird. Kein Lachen ist spürbar. Alles nur Vergangenheit.

»Sagt Ihnen der Name Pan etwas?« Trost hat sich bemüht, die Frage so beiläufig wie möglich zu stellen, doch die Reaktion enttäuscht ihn.

»Mhm?«, macht Derler vollkommen unbeeindruckt. »Nein, wo haben Sie das gelesen?« Er schaut in die Gartenhütte, als versuche er zu erspähen, worauf Trost angespielt haben könnte.

»Vergessen Sie es.«

Als sie sich umdrehen, will Trost die Tür, in der bereits ein paar Bretter fehlen, zumachen, doch Derler winkt ab.

»Lassen Sie nur, die fällt von alleine zu.«

Wenig später fällt auch die Tür zum Laden hinter Trost ins Schloss. Auf der Straße schlägt ihm ein trockener, eisiger Wind entgegen, und ihm fällt in Columbo-Manier noch etwas ein. Er geht zurück ins Geschäft.

»Welches Fest eigentlich, wenn ich fragen darf?«

»Was?«

Derler hat sich auf einen Sessel gesetzt und war in den Anblick eines Bücherregals vertieft. Ein weißes Hemd liegt über seinem Oberschenkel. Licht brennt nur im Hinterzimmer, und sein Gesicht ist nur zur Hälfte beleuchtet, die andere liegt im Schatten.

»Sie wollten zu einem Fest gehen. Sie erinnern sich?«

Jetzt blickt Derler ihm direkt in die Augen. Der Schatten wandert über sein sich langsam nach vorn bewegendes Gesicht, bedeckt jetzt nur noch das Ohr. »Heute ist der Tag, an dem ich meine Frau geheiratet habe. Hochzeitstag. Vor dreißig Jahren. Jedes Jahr gehe ich in das Lokal, in dem wir uns kennengelernt haben. Es ist auf der anderen Murseite. Ich reserviere einen Tisch, bestelle zwei Glas Wein. Seit ein paar Jahren trinke ich die Gläser allein, stelle mir vor, wie sie mich vom Himmel herab beobachtet, und gehe danach wieder heim. Jedes Jahr. Das sind die Momente, in denen ich mich ihr wirklich nahe fühle, wissen Sie? Näher als auf dem Friedhof. Ich spreche dann mit ihr. Aber nicht, wie Sie denken. Ich bin kein beknackter alter Kerl, der in einer Ecke sitzt und laute Selbstgespräche führt. Nein, ich führe die Gespräche in meinem Inneren, ohne dass es jemand hören kann. Ich erzähle ihr alles. Wir haben immer über alles gesprochen.« Er weint lautlos. Seine Schultern beben. »Aber was … sage ich ihr diesmal, hm?«

Wieder auf der Straße, versucht Trost, an nichts zu denken. Er hält eine Hand über seine Augen. Seine Nase rinnt, er zieht auf, spitzt die Lippen, atmet aus, blinzelt. Er hätte es tun sollen. Er hätte, noch bevor sie ihm von dem Mord erzählen konnten, Schluss machen sollen. Telefon abheben und gleich brüllen:

»Alles aus! Schluss und vorbei! Ich gehe, bevor jemand hinter mir lüften muss.«

Jetzt ist es zu spät. Er ist den Leuten etwas schuldig. Denen, die zurückbleiben. Sie wollen Täter sehen. Rache. Und er, Trost, ist der Rächer. Das ist seine Rolle. Wie in einem Buch. Da kann er machen, was er will, da kommt er nicht raus.

Den Blick auf seine Fußspitzen gerichtet, wartet er auf die Straßenbahn.

Irgendetwas kommt immer dazwischen

Wenn ein Supermarkt Aktionsware anbietet, die bereits abgelaufen ist, sollte man auf der Stelle so ausrasten, dass alle es mitbekommen. Finden Sie nicht?

Charlotte zu einem Filialleiter mit roten Flecken im Gesicht

»Weißt du, Papa, was ich an Engeln so mag? Sie geben einem das Gefühl, immer da zu sein. Ich weiß gar nicht, dass ich Angst habe, und trotzdem sind sie da. Gell?«

Trost steht am Fenster, die Nase ganz dicht ans Glas gepresst, und versucht, gegen das Licht im Zimmer anzukämpfen und einen Blick in die Dunkelheit vor ihm zu erhaschen. Das Kinderzimmerfenster führt auf die Zufahrt hinaus. Bei Tageslicht zeigt es die Schotterpiste und den gegenüberliegenden Hang, eine Blumenwiese, auf der Charlotte im Sommer so gern eine Decke ausbreitet, um ein Buch zu lesen. Im Winter ist die Blumenwiese eine beliebte Rodelbahn. Sogar von der Schule aus machen sie Ausflüge hierher, weil die Bahn breit und ungefährlich ist und die Zeit schnell vergeht. Das ausgelassene Schreien und Lachen der Kleinen dringt dann auch zu ihnen herüber und wirkt ansteckend. Wenn genug Schnee liegt, gibt es deshalb bis heute kaum ein Winterwochenende, an dem er nicht Schlitten fährt. Früher mit Jonas, jetzt mit Elsa. Ganz selten mit beiden. Charlotte macht dann meist Thymiantee gegen den Husten, der unweigerlich folgt, und bald gibt es auch Kekse und viel Weihnachtsstimmung.

Er hat Weihnachten immer geliebt. Bis er zur Polizei kam. Von da an wurde es ihm genommen. Die Leichen im Advent, die Einsätze am Heiligen Abend. »Stimmungstöter« nennen sie die Mörder und Totschläger zu dieser Jahreszeit, und manchmal nennt ihn seine Familie wahrscheinlich auch so, weil er die meisten großen Familienfeste an irgendwelchen Tatorten verbringt, in modrigen Kellern, ausgebrannten Wohnzimmern, schimmligen Heimen und in finsteren Wäldern.

Der Forstweg, der an Trosts Haus vorüberführt, gräbt sich tief in den dahinterliegenden Wald hinein und auf einen Bergrücken, der bis nach Graz reicht. Vor einiger Zeit ist er die Strecke sogar zur Arbeit gelaufen. Auf den Berg hinauf, den Kamm entlang und bei der Burgruine Gösting wieder hinunter, hinein in die Stadt, die mit jedem Schritt lauter und hektischer wird. Diese Laufstrecke führt ihn direkt an der Bilderbuche vorbei, jener Stelle, wo vorgestern eine Leiche gefunden wurde. Viel Wald. Viel Stille. Jetzt ist sogar seine Laufstrecke ein Tatort.

»Gell?«

Die Gegend hier ist so voller Geschichten, dass er sie früher, als Jonas noch kleiner war, einmal hatte alle aufschreiben wollen. Aber irgendwas kam immer dazwischen. Irgendetwas kommt immer dazwischen.

»Gell?«

Trost schreckt hoch und starrt Elsa an. »Entschuldige, was hast du gesagt?«

»Papa! Du hörst mir gar nicht zu. Ich hab gesagt, die Engel sind super, weil man gar nicht Angst haben muss, und trotzdem sind sie da, gell?«

»Wie meinst du das?«

»Na so: Die wissen schon, dass etwas passieren wird, deshalb sind sie da. Und wenn sie mich beschützt haben, merk ich gar nicht, dass was passiert ist.«

Er muss Elsa immer noch entgeistert anschauen, denn sie setzt sich nun energisch in ihrem Bett auf, hebt die Handflächen nach oben, so wie sie es sich von Charlotte abgeschaut hat, und erklärt im ebenfalls nachgeäfften Tonfall einer Mutter, die mit ihrem Kind spricht: »Wenn mir ein Ziegelstein auf den Kopf fällt, ja? Dann halten die Schutzengel ihn auf, ja? Und weil sie ihn aufhalten, merk ich gar nicht, dass mir fast ein Ziegelstein auf den Kopf gefallen wäre, denn ich kann den Schutzengel ja nicht sehen, ja? Verstehst du das?«

Er zwingt sich zu einem Lächeln, gibt ihr einen Kuss, knipst das Licht aus und verabschiedet sich. »Gute Nacht.« An der Türschwelle dreht er sich noch einmal um. »Sag deinem Schutzengel auch Gute Nacht.«

Elsa strahlt. »Mach ich!«

Manchmal können Kinder einem Angst machen.

Sie sitzen auf dem Küchenboden mit dem Rücken zum Backofen. Charlotte hat ihn an dieser Stelle wortlos hinuntergezogen, als er gerade dabei war, sich ein Glas Wasser zu holen. Im Fernsehen läuft die Titelmelodie einer der Arztserien, von denen jeden Tag auf irgendeinem Sender eine zu sehen ist.

»Warum bist du hier und siehst fern? Du solltest eigentlich einen Mörder jagen. So wie du es früher getan hast. Was ist los mit dir?«, fragt Charlotte plötzlich.

»Ach, komm schon, ich bin müde und will nicht diskutieren. Es gibt doch immer irgendwo einen Mord, also lass das.«

»Was ist los mit dir?«

»Geh, bitte. Gar nichts ist.«

Hier enden Gespräche wie dieses normalerweise.

Mit Charlotte enden solche Gespräche aber niemals hier. Mit ihr fangen sie erst an.

Sie betrachtet ihre Fingerspitzen mit den immer sauber geschliffenen, kurzen Fingernägeln und beginnt zu sprechen. Anfangs klingt es, als rede sie zu sich selbst.

»Wenn ich aus dem Fenster schauen würde und bemerkte, wie sich vom Waldrand her der Weltuntergang auf mich zuwälzt, dann würde ich so reagieren wie alle anderen auch. Ich würde rennen. Aus Tatsachenberichten weiß man zwar, dass Menschen in Notsituationen zuerst einmal versuchen, ihre Fotos in Sicherheit zu bringen. Ich würde das aber nicht tun. Es käme mir völlig sinnlos vor, würde ich mir Fotos in die Manteltaschen stopfen, während sich der Weltuntergang auf mich zubewegt. Die Erinnerung ist mir gar nicht so viel wert.«

Jetzt schaut sie kurz auf, wie um zu prüfen, ob er ihr überhaupt zuhört. Er hört ihr sehr genau zu, auch wenn er überhaupt nicht versteht, worauf sie eigentlich hinauswill.

Sie fährt unbeirrt fort. »Okay, natürlich würde ich die Kinder packen und laufen. Aus dem Haus, auf die Straße. Bloß: Wie weit würde ich kommen? Bis zum Bahnhof? Zur Bank? Würde uns das Ende der Welt hinter der Schiebetür im Foyer der Postfiliale treffen? Wie auch immer. Jetzt, wo du neben mir sitzt, bemüht, dir nichts anmerken zu lassen, und immer ›Gar nichts, gar nichts ist‹ sagst, habe ich fast das Gefühl, in deinen Augen diesen Weltuntergang zu sehen. Verstehst du, was ich meine? Einen kurzen Moment ist so eine Panik in dir aufgeflackert, so intensiv, dass ich wirklich fast gestartet wäre, um die Kinder in Sicherheit zu bringen. Von einem Moment auf den anderen senken sich deine Lider, du nickst und spannst die Lippen, so wie du es immer tust, wenn du nachdenkst und eigentlich schon weißt, dass du nichts mehr preisgeben wirst von dem, was du wirklich denkst.«

Bestürzt schaut er seine Frau an. Sie dreht sich nicht zu ihm, und er spürt, wenn er jetzt nicht spricht, würde sie aufstehen und davonrennen, Türen zuwerfen, nicht mehr mit ihm reden, tagelang nicht. Er sollte ihr also erzählen. Davon, wie er mit den Nerven fertig ist, wenn er nur das Polizeigebäude sieht. Wie ihn die Anrufe aufregen, die ausgefahrenen Ellbogen im Alltag, das Wichtigtun, das Sichdurchsetzen, die Meetings, die Gespräche, das Gescheitsein. Sie schaut ihn an und wartet. Trost massiert sich sein Gesicht wie der Englischlehrer, über den sie als Kinder in der Schule immer gelacht haben, weil er dabei immer so ausgesehen hat, als würde er sich die Haut über die Nase ziehen.

Die Küchenuhr tickt. Es ist die einzige Uhr, bei der ihm dieses mechanische Knacken nichts ausmacht. Tickende Uhren rauben ihm den Schlaf, die Konzentration, die gute Laune. Nur diese hier nicht. Wenn man genau hinhört, dann hört man, dass sie nicht gleichmäßig tickt. Jedes dritte Ticken ist lauter, und vom dritten aufs vierte Ticken dauert es etwas länger.

Später, als sie im Bett liegen und nur noch das Rauschen des Blutes im Kopf zu hören ist, spricht Trost weiter. »Mir geht das alles schon so auf die Nerven: die Leichen, die Verschwundenen, die Schicksale, die Angehörigen, das viele Weinen. Nichts ist da harmlos, alles so, so endgültig, verstehst du? Die Suche nach Phantomen, die Lügner, die man sich zurechtbiegen muss, bis sie einem die Wahrheit sagen. Jeden Tag die schlechteste Seite der Welt. Ich meine, wer ist denn sonst schon in seinem Alltag mit Mord und Totschlag befasst? Jeden Tag. Das ist ja nicht normal.«

Charlotte zeigt keine Reaktion. Wahrscheinlich ist sie eingeschlafen.

Mit offenen Augen fragt er in die Dunkelheit hinein: »Oder bin ich es, der nicht normal ist?«

Und in seinem Kopf schwirrt immer noch die Frage herum, die er während der vergangenen Stunden immerfort an sich selbst richtete: Soll ich meiner Frau von dem Messer erzählen?

Er entschließt sich, es nicht zu tun. Stattdessen berichtet er von Rollenspielen und davon, wie verrückt manche Leute sind, weil sie zur Entspannung mit Schaumstoffwaffen aufeinander losgehen und Krieg spielen.

Plötzlich haucht Charlottes Stimme in sein Ohr. »Und würde dir das vielleicht auch gefallen? Krieg spielen? Ausspannen? Ein bisschen in Babystimmung kommen?«

Der Sarkasmus ist nicht zu überhören.

Als er dann endlich fast eingeschlafen ist, dringt noch einmal eine Frage in sein Bewusstsein vor. Charlottes Stimme klingt wie aus weiter Ferne. »Hat Elsa dir auch von einem Engel erzählt?«

Es wird dunkler. Trost reagiert nicht mehr. Der Schlaf ist tief und traumlos.

Krampus-Geschichten

Solange Blumen da sind, hat keiner Skrupel, durch Blumenwiesen zu trampeln. Aber im Herbst, wenn nichts mehr blüht, geht keiner mehr durch. Komisch, oder?
aus Charlottes Tagebuch

Am Morgen des dritten Tages seit der Entdeckung der Leiche im Wald steht Armin Trost am Küchentisch und kneift die Augen zusammen. Er wünscht sich ein ums andere Mal die Szene auf der Blumenwiese herbei. Einfach dort liegen, mit Charlotte im Arm. Die Kinder ringsherum. In den Himmel schauen. Duft. Ruhe.

Oder ein Abenteuer auf einer Burg mit Ritteressen und Schaukämpfen und Leuten, die vergessen, wer sie wirklich sind. »Vielleicht wär Ritterspielen aber das Gescheiteste«, grunzt er.

Alles, nur nicht dieses Hier und Jetzt. Doch sooft er seine Augen wieder öffnet, kehrt die Schlagzeile zurück.

Diese Schlagzeile ist klar und kalt: »Keine Spur vom Mörder«. Vom »grausamen Schwertmörder im Wald« ist die Rede und davon, dass die Polizei »völlig im Dunkeln tappt«. Von Ermittlungen, die »auf Hochtouren, aber bislang absolut erfolglos« laufen, und von einer Sonderkommission, die beauftragt ist, sich mit dem Fall zu befassen, »aber nichts weiter bringt«.

Er, die Sonderkommission, hat den Artikel noch nicht fertig gelesen, steht immer noch im Pyjama am Küchentisch, als das Telefon läutet. Es ist Annette Lemberg.

Er hebt ab. »Ja, bitte schön?« Wieso er das sagt, weiß er nicht. Normalerweise sagt er immer »Was?« oder »Was gibt's?«, wenn ein Anruf aus dem Büro hereinkommt. Diesmal sagt er aber: »Ja, bitte schön?« Und das mit einer Stimme, die um eine Nuance zu leise ist, zu tief. Zu freundlich. Das ist es, er hat versucht, seine Stimme interessanter, schöner zu machen.

»…fall. Soll ich jemanden schicken, der Sie abholt, oder kommen Sie selbst?« Die Stimme der Lemberg dagegen klingt, als laufe sie einem Bus hinterher.

»Tut mir leid, ich hab jetzt nichts verstanden. Könnten Sie das noch einmal wiederholen?«

»Ich sagte: Wir haben die nächste Leiche. Soll ich jemanden zu Ihnen schicken?«

Zehn Minuten später steht er fertig im Flur. Mit hängenden Schultern und einem Blick, der alles andere als Zuversicht ausstrahlt.

Charlotte sagt: »Vielleicht solltest du wirklich einmal Ritter spielen gehen. Wenn das allen anderen so guttut, vielleicht hilft es auch bei dir.«

Ein Flackern huscht über Trosts Augen, doch er unterdrückt die zickige Bemerkung, er wisse selbst, was für ihn das Beste sei. Stattdessen sagt er: »Ich überleg's mir.«

Sie küssen einander. Kurz und trocken, fast so wie andere einander flüchtig die Hand reichen. Sie sehen sich an. Küssen sich abermals. Diesmal richtig. Trost öffnet seine Augen erst wieder, als sie sich voneinander lösen.

Als Trost hinausgeht, holt ihn die Realität wieder ein. Es ist ein schnelles Gefühl, eine Gefühlswelle, die über ihn hereinschwappt: Ihm wird bewusst, wer er ist und was seine Aufgabe ist. Wie viel Arbeit auf ihn wartet. Wie viele Erklärungen. Wie viel von allem … Ihm wird beinahe übel dabei, und er nimmt sich vor, noch heute im Kalender zu blättern, um nachzusehen, wann der nächste Urlaub möglich ist. Das wird für Vorfreude sorgen, so hofft er jedenfalls. Und ein wenig Druck von ihm nehmen.

Als er vor dem Geschäft ankommt, sieht er durch die milchigen Schaufensterscheiben hinter den welligen Büchern und den vergilbten Postern Männer von der Spurensicherung. Vor dem Eingang steht ein Rudel Polizisten, das ihn mustert und grüßend die Fingerspitzen an die Kappenschirme hebt. Er beachtet sie nicht, geht die drei Stufen hinauf, und mit dem schrillen Klingeln, das er schon kennt, öffnet sich die Tür. Drinnen heben alle die Köpfe und schauen zu ihm auf. Jemand ruft: »Vorsicht, keinen Schritt weiter!«

Als Trost nach unten schaut, sieht er, wie sich ein rotes Rinnsal aus dem Hinterzimmer bis vor zum Eingangsbereich schlängelt. Er steigt darüber hinweg, und in sein Sichtfeld gerät eine Hand, die reglos daliegt. Sie ist kalkweiß, sieht aus, als wolle sie nach etwas greifen. Als er weitergeht, entdeckt er die dazugehörige Schulter, den Rücken und schließlich Ferdinand Derlers Kopf. Alles unbequem verdreht, unnatürlich und ganz offensichtlich nicht mehr am Leben.

Im Näherkommen lässt er den Blick nicht von der Leiche, erschrickt dann aber doch ein wenig, als er bemerkt, dass sie ihm nun, wo er über ihr zum Stehen kommt, direkt in die Augen zu schauen scheint. In ein Auge eigentlich, denn eine Gesichtshälfte fehlt fast vollständig, fortgerissen von einem Geschoss, das Derler sehr schnell getötet haben muss.

Auf dem Tisch stehen drei Schnapsflaschen, auf dem Boden liegt eine Pistole, die soeben in einen Plastikbeutel gepackt wird.

»Ist erst vor ein, zwei Stunden passiert«, hört Trost jemanden sagen.

»Eindeutig Selbstmord. Ein Kunde hat die Leiche durch die Auslage hindurch entdeckt.«

Trost sieht sich im Raum um, geht die Reihen der Bücherregale ab, blickt aus dem Fenster in den Innenhof. Niemand unterbricht ihn, niemand spricht ihn an.

Schulmeister ist auch wieder da, schaut aber in eine andere Richtung, als habe er ihn noch nicht bemerkt. Annette Lembergs Stimme hat er irgendwo gehört, aber er blickt sich nicht nach ihr um. Derlers lebloser Körper liegt im Raum, und alles läuft nach Plan ab. Routine.

Jemand misst Entfernungen, ein anderer untersucht die Leiche, Kameras blitzen, vor dem Laden werden Leute befragt. Ein paar Polizisten schreiben mit. Trost blickt immer noch nach draußen, als ziehe ihn etwas ganz in seinen Bann. Bis er plötzlich scharf durch die geschlossenen Schneidezähne einatmet, was klingt, wie wenn eine Luftmatratze ein Loch hat.

Als er Sekunden später durch den Hinterausgang in den Innenhof gelangt, mustert er immer noch genau jene Stelle, die er zuvor durch das Fenster fixiert hat. Als könne das, was er gesehen hat, verschwinden, sobald er wegsieht. Vor ihm steht der schiefe Schuppen aus morschem Holz, dessen Tür nur noch aus wenigen Latten besteht. An der Schwelle zum Schuppen hält er inne und langt einem Impuls folgend nach der Tür. Er schiebt sie zu, sodass er ihre Rückseite sehen kann, die ihm zuvor verborgen geblieben ist. Die Haare an seinen Armen stellen sich auf.

Ein Messer steckt im Holz. Ein Messer mit einer Verzierung, die er sofort wiedererkennt.

Trost bildet sich ein, ein Lachen von einem der Balkone zu hören. Irgendwo schreit ein Kind, und der Lärm erscheint ihm unerträglich laut. Er massiert sich die Nasenwurzel, versucht sich zu konzentrieren.

Er erinnert sich an Derlers Worte. *Lassen Sie nur, die Tür fällt von alleine zu.* Trost ist überzeugt, dass die Waffe zu diesem Zeitpunkt bereits dort gesteckt hat. Sein Blick wechselt zwischen Haus und Klinge hin und her. Womöglich hat auch Derler bereits von dem Messer gewusst, als Trost bei ihm war. Er kann sich nicht erklären, warum, aber etwas sagt ihm, dass der Mann ziemlich unehrlich gewesen ist.

Trost blickt an der Fassade hinauf zum ersten Stock, dorthin, wo Derler gewohnt hat. Kurz darauf steht er vor der Wohnungstür und tritt ein. Den Beamten, die an ihm vorbei zuerst hineinwollen, um weitere Spuren zu sichern, bedeutet er, zu warten. Sein Instinkt sagt ihm, dass es hier nichts zu sichern gibt. Jede Person zu viel aber könnte verschwinden lassen, was vielleicht nur für seine Augen bestimmt ist.

Er bewegt sich langsam auf dem leicht schwimmenden Parkettboden durchs düstere Vorzimmer, von dem vier Türen abgehen. Nur eine ist geschlossen. Er öffnet sie mit dem Ellbogen, um Fingerabdrücke zu vermeiden. Das Bad – ein tropfender Wasserhahn, ockerfarbene Ränder um die Armaturen, Handtücher auf dem Boden vor einer Waschmaschine, ein Klo mit schiefer Brille. Es sieht ein bisschen aus wie die Toiletten in den Diskotheken seiner Jugend. Oder wie in einer heruntergekommenen Studenten-WG.

Die nächste Tür führt in die Küche – Mücken über Bioabfall auf einem schmutzigen Teller, überall Geschirr zum Abwaschen. Der Esstisch bietet Platz für zwei Personen. Die heutige Zeitung liegt ausgebreitet auf dem Tisch, daneben eine halb volle Tasse Kaffee und ein angebissenes Käsebrot. Der Artikel über den Mord im Wald ist aufgeschlagen.

Trost geht in den nächsten Raum, offensichtlich das Zimmer des toten Buben. Er fragt sich, warum er nicht schon bei seinem ersten Besuch hierherkam. Warum habe ich nicht danach gefragt? Es hat Ähnlichkeit mit jenem von Jonas. An der Wand martialische Plakate von Musikern, die auch jederzeit in einen jener archaischen Kriege ziehen könnten, von denen in den zahllosen Büchern im Regal berichtet wird.

Es riecht nach alten Socken. Auf der Kommode steht eine Reihe von Fotografien, die den jungen Mann an der Seite seines Vaters zeigen. Auch ein Bild von der Mutter ist darunter. Trost betrachtet es kurz. Frau mit großer Nase, strengem Gesicht, denkt er sich. Sie sieht krank aus. Wer weiß, woran sie gestorben ist. Auch danach hat er nicht gefragt.

Er geht weiter ins nächste Zimmer. Auf Derlers Bett liegt ein Zettel. Trost zieht ein Taschentuch hervor, nimmt ihn in die Hand und liest ihn murmelnd sich selbst vor.

»Es tut mir leid. Es ist meine Schuld, dass der Junge tot ist. Ich habe ihn eingeschult. Ich habe ihm diese Welt gezeigt. Ich habe das getan, weil ich gedacht habe, dort gebe es ein schöneres Leben als hier. Wir hätten Helden sein kön-

nen. Richtige Helden. Wir beide. Mein Bub und ich. Ich konnte nicht ahnen, dass er sich den anderen anschließt. Der dunklen Armee des Pan. Es tut mir so leid.«

Trost lässt den Abschiedsbrief fallen und spürt, wie ihm das Blut aus dem Kopf rinnt.

Er eilt zurück ins Zimmer des Jungen, greift sich ein Foto und muss sich an der Kommode festhalten. Er braucht nicht in die Datenbank zu gehen, um die Abbildungen miteinander zu vergleichen, und er muss auch nicht auf die längst überfälligen Ergebnisse der Spurensicherung warten. Er merkt es nun auch so. Obwohl das Gesicht des Toten im Wald vollkommen entstellt war. Die Leiche und der Bub des Händlers sind nicht identisch. Die Leiche hatte schmale Schultern, einen langen Hals. Die Gestalt eines hageren Jungen. Dieser Kerl auf den Fotos ist viel kräftiger gebaut.

Zum Beispiel wäre es komisch, wenn Sie hier sitzen würden und ich gar nicht der Vater des Toten wäre. Das wäre doch komisch, oder? Wieder hallen Derlers Worte in Trost nach. Nur dass dieser jetzt in seiner Vorstellung wie von Sinnen über ihn lacht, und eine imaginäre Kamera dreht sich um ihn herum wie in einem von diesen alten Film-noir-Klassikern. Wie konnte das passieren? Wie konnte so ein Fehler passieren? Trost schwitzt am ganzen Körper.

Derler hat sich nicht umgebracht, weil sein Sohn ermordet wurde. Er hat sich vielmehr aus Scham das Leben genommen, weil sein Sohn der *Täter* ist. Oder zumindest ein Mittäter. Die haben sogar nicht davor zurückgeschreckt, dem Vater einen Schreck einzujagen, und ihn glauben gemacht, sein Sohn sei gestorben, indem sie der Leiche eine falsche Ausweistasche zusteckten. Derler muss den Schwindel bemerkt haben, als er dem Toten im Leichenschauhaus gegenüberstand. Warum er es dort nicht schon sagte, ist Trost schleierhaft.

Trost massiert sein Gesicht. Kann das sein? Es muss so sein! Derlers Sohn ist Mitglied der verrückten Pan-Armee.

Trost wischt mit dem Jackenärmel über seine Stirn, greift sich neuerlich den Brief und eilt hinaus.

Als er unten auf Lemberg und Schulmeister trifft, wirft er ihnen Anweisungen entgegen: »Hiervon einen Schriftabgleich machen. Wir müssen sichergehen, dass das wirklich Ferdinand Derlers Schrift ist. Die Spurensicherung soll alles checken. Außerdem Großfahndung nach dem Buben des Toten. Dreht die gesamte Stadt um, wenn es sein muss, aber wir müssen diesen Kerl so schnell wie möglich finden.«

»Den Buben des Toten?« Schulmeister will noch etwas sagen, doch Trost eilt schon nach draußen.

Bevor die Tür hinter ihm zufällt, ruft er noch »Lies den Brief« über die Schulter.

Er ist noch nicht ganz aus dem Gebäude, als sein Handy läutet.

»Armin? Tobias hier.« Tobias Schlierenbaum, sein schrulliger, väterlicher Freund aus dem Kelleratelier. »Ich habe etwas, das dich interessieren könnte, es geht um das Messer, das in deinem Zaun gesteckt hat, ich habe noch einmal mit meinem Bekannten, dem Archivar, geredet. Er ist ziemlich sauer auf dich, aber er war trotzdem so nett und hat sich das Ding noch einmal genauer angesehen. Er hat in Büchern recherchiert, du weißt schon, das Zeug, das in den Regalen verstaubt und …«

Schlierenbaum spricht schon wieder so schnell, dass einem unweigerlich ein Kopfschmerz ins Genick fährt. Trost versteht nichts, kehrt irgendwann doch wieder zum Text zurück und schließt daraus, dass der Mittelteil nicht so wichtig gewesen sein kann.

»Und worauf die Zeichen auf den Waffen hindeuten«, sagt Schlierenbaum, dessen Sprechtempo sich nun doch wieder auf Normalniveau verringert, »weißt du wahrscheinlich eh schon, oder?«

»Eine Komikertruppe, die auf Dan Brown oder Templer macht?«

»Ne-ein, da macht jemand auf alte griechische Gottheiten.

Arkadische, um genau zu sein.« Und jetzt ist er wieder ganz in seinem Element und spricht so schnell, dass Trost ihm kaum folgen kann. »Arkadien befindet sich in der Mitte der griechischen Halbinsel Peloponnes, seine Einwohner waren ein ziemlich hartgesottenes Hirtenvolk, lebten in einer kargen Landschaft und liebten es, zu behaupten, sie seien das älteste Volk Griechenlands. Überhaupt, diese Schäfer erregten die Phantasie der Leute, manche wollten dort leben, in absoluter Freiheit, im Einklang mit der Natur und so weiter und so fort, auf jeden Fall ist Arkadien Ursprungsgebiet zahlreicher Mythen, und eine davon ist jene von Pan, dem Hirtengott, der es auf Weiber abgesehen hat und zu Mittag gerne schläft.

Über Pan sagt man vieles. Bei seiner Geburt soll seine Mutter, eine Nymphe, so erschrocken über seine Ziegengestalt gewesen sein, dass der Vater ihn verstieß. Man sagt auch, Pan sei der Sohn des Zeus selbst. Andere Quellen kennen ihn als Halbbruder des Göttervaters. Sicher ist nur, dass der Mythos um ihn die Jahrhunderte überdauerte und er bis in die Gegenwart als Furchtgestalt weiterlebt. Ja, Armin, mit diesem Typen ist nicht zu spaßen. Er gerät leicht in Rage, verfolgt dich mit seiner Fratze bis in deine Träume hinein. Er ist zwar der Gott des Waldes und Beschützer der Hirten, doch nicht einmal die wagen es, ihn anzublicken.

Und deshalb gilt wie einst auch heute: Stört ihn nicht. Vor allem nicht um die Mittagszeit! Denn wer ihn weckt, dem wird er folgen. Überallhin. In Panik laufen dann Mensch und Tier davon, denn so ein unausgeschlafener Hirtengott kann ziemlich grausam sein. Das wollte ich dir noch mitteilen, denn genau dieser Pan, dieser Mann mit Ziegenkopf und Ziegenbeinen, ist auf den Waffenknäufen dargestellt, wie mein Freund, der Archivar, dir ja schon berichtet hat.«

»Hm«, brummt Trost.

»Eines noch, dann hör ich schon auf. Dieser Pan ist übrigens der Urahn unseres Krampus.«

»Hast du gerade ›Krampus‹ gesagt?«

»Exakt, ich wiederhole, Pan hat die Beine von einem Ziegenbock, überall Haare, spitze Ohren, und er ist ziemlich stark, außerdem hat er es auf Frauen abgesehen.«

»Der Krampus hat es auch auf Frauen abgesehen?«

»Also bei uns auf dem Land war das so …«

Nachdem Schlierenbaum irgendwann dann doch aufgelegt hat, wählt Trost Moosbichlers Nummer. Ohne zu grüßen, sagt er: »Weißt du, was? Tut mir leid, dass ich mich über dich lustig gemacht habe. Wenn du immer noch nichts dagegen hast, komme ich am Wochenende mit zu dieser Burg.«

Pause.

»Ja, Indianerspiel-Recherche …« Trost versucht ein Lächeln.

In einer anderen Welt

Armin hat sich früher für alles Martialische interessiert. Mittelalter, Fantasy, Indianer. Als Kind wollte er am liebsten als Kartenabreißer einer Mittelalterausstellung arbeiten. Oder in einer Wild-West-Stadt Limonade ausschenken. Hauptsache, nicht in der realen Gegenwart. Heute kann er das Zeug nicht ausstehen. Heute ist er nüchtern und sachlich ernst. Ist das nicht merkwürdig?
Charlotte beschreibt Armin einer Freundin

Der Wagen quält sich die steile Riesstraße im Osten von Graz hinauf, die früher die Verbindungsstraße nach Ungarn gewesen ist. Warum Trost das jetzt einfällt, weiß er nicht. Irgendwann verlässt der Bus die Windungen durch das östliche Umland, gewinnt an Fahrt, und während ringsherum Betonwände und Asphaltbeläge zunehmen und sie sich auf der Autobahn Richtung Wien einreihen, beginnt Moosbichler zu reden. Er redet immerzu, obwohl seine Stimme durch das Getöse des bis auf hundertzehn Stundenkilometer hinaufgetriebenen VW-Busses aus den achtziger Jahren manchmal kaum zu hören ist. Einmal klopft er ihm aufs Knie. »Es ist die richtige Entscheidung, mein Freund«, ruft er. »Du forschst in einer eigenen Welt, und deshalb wirst du auch deine Antworten nur in dieser besonderen Welt bekommen.«

»In welcher Welt?«

Moosbichler lächelt. »Na, in der, auf die wir zufahren.«

Trost geht zu viel durch den Kopf. Die Auseinandersetzung mit dem Archivar, seine Nervenzusammenbrüche, das Messer, Charlotte, Elsa.

Er denkt an die Blumenwiese vor seinem Haus. Charlottes Blumenwiese. Er muss lächeln. Es ist wie damals, als er die Geschichte von einem Nachbarn über dieses Raucher-Entwöhnprogramm hörte. Da bekamen die Seminarteilnehmer

Duftfläschchen, die sie an Glücksmomente erinnerten, mit nach Hause. »Das hat nur den Zweck«, erklärte der Nachbar, »dem Körper zu zeigen, dass er auch ohne Zigaretten glücklich sein kann.«

Der Gedanke an Charlottes Blumenwiese macht ihn ebenfalls glücklich, er hat die gleiche Wirkung wie die Fläschchen mit den duftenden Essenzen. Er schüttelt den Kopf, ist prompt wieder in der Realität und schaut Moosbichler an. »Okay, und jetzt sag mir einmal genau: Was erwartet mich da? Was wird meine Rolle sein?«

Als sie in das letzte Waldstück einbiegen, das hinauf zu der Burg führt, spürt Trost, wie sein Rücken feucht wird. Er ist gerade im Begriff, etwas ungeheuer Dummes zu tun, so viel steht fest. Er macht etwas, was er das letzte Mal vor dreißig Jahren gemacht hat. Sich verkleiden, sich verstellen, spielen … Er hasst Fasching. Wenn er nur niemanden trifft, der ihn kennt.

»Das musst du dir geben. Diese Burg ist einfach perfekt. Wir haben sie gemietet, keine Touristen, keine Besucher, nur wir. Wir haben einen Rittersaal, eine Folterkammer, eine Kapelle. Einfach klassisch. Immer wieder geil.«

Trost hört weg, ignoriert Moosbichlers mitunter merkwürdig anmutende Sprache. Er lässt aber die plötzlich vor ihm auftauchenden Steinmauern nicht aus den Augen. Es ist wieder grau geworden, kein Altweibersommer, kein Indian Summer, nur düstere, graue, nebelverhangene Novemberstimmung im Oktober. Nicht richtig kalt, aber unangenehm feucht. Schon als sie aussteigen, fröstelt ihn. Er hustet. Der Parkplatz ist nahezu voll, und er kann gerade noch sehen, wie eine Gruppe Fremder durch den Torbogen verschwindet. Wenn ihn nicht alles getäuscht hat, sind sie angezogen wie für einen Maskenball. Trost atmet tief durch.

»Folgendes«, sagt Moosbichler, während er die Kofferraumtür öffnet. »Ich schlafe im Bus, mache ich immer. Du hast ein Zimmer in der Burg. Ist alles organisiert. Du bekommst auch einen besseren Eindruck von allem, wenn du innerhalb der Mauern schläfst, find ich.«

Als Trost protestieren will, hebt Moosbichler die Hand. »Ich weiß, ich weiß, so lange bleiben wir gar nicht. Aber nur für den Fall. Du wirst sehen. Es taugt dir. Jedenfalls ist alles gecheckt. Und das sind deine Sachen.« Er reicht Trost ein Bündel bunter Stoffe, die ein wenig nach alter Truhe und Mottenkugeln riechen. Wie damals der Kleiderschrank seiner Großeltern.

Wenig später schreiten die beiden durch eines der Tore zur Burg. Trost wirft Moosbichler einen verunsicherten Seitenblick zu, denn der Hüne trägt einen archaischen Brustpanzer, einen Lederschild und eine mindestens drei Meter lange Lanze. Unter dem Helm fließt blondes Haar hervor, vom Gesicht ist nur das bartbedeckte Kinn zu sehen. Er sieht aus wie eine Mischung aus antikem griechischem Soldaten, Reiter von Rohan aus »Herr der Ringe« und Faschingskatalogmodel vom Penny-Markt, denkt Trost bei sich. Doch was ihn noch mehr beunruhigt, sind Moosbichlers plötzlich stolze Haltung und dessen weite Schritte über den Kiesboden. Sie lassen keinen Zweifel daran aufkommen, dass mit diesem Mann absolut nicht zu spaßen ist. Die an dessen Rücken geschnallte gewaltige Axt mit breiter Klinge, die aussieht wie eine übergroße Version eines indianischen Kriegsbeils, das aus dem Schaft eines Gewehrs hergestellt worden ist, verschärft Trosts Eindruck nicht unwesentlich.

Unweigerlich stellt sich für ihn aber auch die Frage, wie er selbst an Moosbichlers Seite wirkt. Trost sieht nicht nur einfacher aus, er besitzt auch keine richtigen Waffen. Er trägt nur ein einfaches blassrotes Oberteil mit Schnüren am Kragen unter einem weiten Fellmantel mit Kapuze.

»Was ist das eigentlich für ein Fell?«, will er wissen.

»Eichhörnchen.«

»Was?«

»Wir leben in einer anderen Zeit, vergiss das nicht.«

»Wie viele Eichhörnchen sind dafür draufgegangen?«

»Mehr als hundert sicher. Hundertzwanzig oder so, glaube ich.«

»Hundertzwanzig Eichhörnchen?«

»Jetzt scheiß dich bitte nicht an und geh weiter!«

Der Eichhörnchenmantel reicht Trost bis unter die Knie, wo eine beigefarbene Hose hervorlugt, die in dicke Stutzen gestülpt ist. Er stellt sich vor, wie ein Haufen von hundertzwanzig Eichhörnchen aussieht. Ihn graust, und er bekommt eine Gänsehaut.

Außerdem trägt Trost Holzpantoffeln und einen breitkrempigen Filzhut. In der einen Hand hält er einen langen Hirtenstab, die andere ruht auf einer speckig ledernen Umhängetasche an seiner Hüfte. Sein roter Bart verdeckt wie gewöhnlich das meiste seiner Mimik, dennoch ist vermutlich ein wenig Scheu auszumachen, weit weniger Selbstsicherheit als bei dem Hünen neben ihm jedenfalls, und Trost hätte in diesem Moment auch wirklich kehrtgemacht, wenn nicht plötzlich eine Fee vor ihnen aufgetaucht wäre und ihnen den Weg versperrt hätte. Ja, eine »waschechte« Fee.

Er bemerkt die mit Schnüren am Rist zusammengebundenen Lederlappen an ihren blau bemalten Füßen. Ein tailliertes blaues Kleid bedeckt eine ziemlich magersüchtige Figur. Jene Hautpartien, die außerdem noch zu sehen sind, also die Schultern, das Gesicht und die Arme, sind ebenfalls mit Körperfarbe in verschiedenen Blautönen bemalt, dazu glitzerndes Weiß und glänzende silberne Perlen. Ihr Haar ist zu einem Kunstwerk geformt wie ein Bergkristall. Große, glasklare Augen starren ihn an. Trost hat das Gefühl, sie blicken in ihn hinein bis ins Unterbewusstsein. Instinktiv senkt er seinen Blick. Der Schatten des Filzhuts verdeckt seine Züge, das Reden übernimmt, wie vereinbart, Moosbichler, der nun endgültig die Wandlung zu Heinrich von Donnerswalden vollzogen hat.

»Holdes Fräulein«, hebt er an. »Junker Heinrich von Donnerswalden meldet sich an, um an dem Schauspiel teilzunehmen, dessenthalben wir so weit gereist sind. An meiner Seite befindet sich ein namenloser Wanderer.«

Trost hat die Worte gar nicht alle verstanden. Schon bei den ersten Silben wäre er fast umgefallen vor Lachen. Als der Rede Heinrichs ein Schweigen folgt, versucht er, das Zittern seiner Schultern zu vermeiden, und blickt auf. Die Fee sieht ihn mit versteinerter Miene an.

»Mir scheint«, sagt sie mit einer Stimme, die viel eher zu einem strengen Kindermädchen gepasst hätte, als zu einer märchenhaften Waldfee, »Euer Begleiter hat nicht alle Sinne am rechten Fleck.«

Heinrich funkelt Trost an und rammt ihm eine Hand in den Rücken. »Ja, manche nennen ihn deshalb auch den *verrückten* Wanderer. Aber seid gewiss, das Herz trägt er ebendort, und nun wollen wir hinein in die gute Stube.« Und mit diesen Worten drängt er Trost weiter die Stufen empor.

Auf dem Weg zum großen Burgtor ist Moosbichlers Tonfall vorwurfsvoll. »Siehst du dort oben die Wachposten? Bitte reiß dich vor ihnen zusammen, sonst werfen die uns gleich wieder raus.«

Trost verspricht, nicht zu lachen, und wagt indes einen flüchtigen Blick unter der Hutkrempe hervor. »Was ist das für ein Typ im gelben Pullover?«

»Einer von den Schiedsrichtern. Die tragen alle so ein hässliches Ding. Die Farbe ist gewollt, war früher ein Schandmal. Juden mussten zum Beispiel gelbe Kappen tragen, manchmal im Lauf der Geschichte mussten auch die Rechtlosen Gelb tragen. Unsere Gelben haben dagegen immer recht. Nichts ist hier zufällig, also noch mal: Bitte reiß dich zusammen. Es wäre jedenfalls sehr freundlich von dir, stündest du das Prozedere ohne Gekicher durch. Und denk daran, was ich dir zuvor gesagt habe: Wenn du angesprochen wirst, nimm deine Arme in die Höhe, falte sie über dem Kopf und geh einfach weiter. Diese Geste macht dich zu Luft, du wirst sehen.«

»Wozu ist das eigentlich gut?«

»Na ja, du könntest ja ein dringendes Bedürfnis haben oder dich erst drinnen umziehen wollen oder einen Lachkrampf kriegen oder was weiß ich alles. Es würde den Spielfluss stören, wenn der Held einer Szene plötzlich pinkeln muss …«

Im nächsten Moment stehen sie vor dem Burgtor. Die unteren Fenster an der Burgmauer sind vergittert, die oberen werden flankiert von rot-gelb gestrichenen Balken aus Holz. Eine rot-gelbe Fahne, die in zwei Dreiecken ausläuft, hängt schlaff von einer Fahnenstange vor dem Tor. Der Burggraben ist eine Art Fitnessmeile. Vorrichtungen für Geschicklichkeitsspiele, eine Sandkiste, ein riesiges Schachbrett und dergleichen mehr säumen den Weg um die Wehranlage. Doch weit und breit sind keine arglosen Kinder oder deren Eltern auszumachen.

Zwei Wachposten wechseln mit Heinrich von Donnerswalden ein paar Worte. Trost achtet diesmal nicht auf den verschrobenen Dialog, betrachtet stattdessen unauffällig den Schiedsrichter. Ein kleines, kahlköpfiges Männchen mit einem Headset, gekleidet in einen lächerlichen knallgelben Pullover und mit Block und Kugelschreiber bewaffnet. Das Männchen wispert ein paar Worte ins Mikro, notiert sich etwas und schaut dabei sehr ernst drein. Ganz und gar nicht kindlich verspielt. Als ginge es um etwas.

»Was ist Euer Begehr?«

Als Trost sich den Wachen zuwendet, ist Heinrich schon durch das Tor verschwunden.

»Was Euer Begehr ist, Fremder.«

Die Feindseligkeit der Wachposten ist unüberhörbar. Die beiden haben ohne Zweifel den Auftrag, zu provozieren, etwas, worauf Trost getrost verzichten kann. Er hebt die Hände, faltet sie über dem Kopf und schreitet voran. Doch die gekreuzten Lanzen öffnen sich nicht. Ganz im Gegenteil, würde Trost nicht wissen, dass es sich nur um Schaumstoffwaffen handelt, müsste er sich nun ernsthaft Sorgen machen, denn die Spitzen der Stangen haben sich auf seinen Hals gerichtet. Trost schluckt.

»Hey, Jungs, ich muss zuerst auf mein Zimmer.«

»Was ist Euer Begehr?«, brüllt nun einer der Wachposten,

ein breiter, bulliger, nicht ganz intelligent wirkender Typ mit Augenbrauen, so dick wie Zeigefinger, zum dritten Mal.

Okay, meinetwegen, denkt sich Trost, ich gebe euch was. Ich spiele mit, ihr Verrückten. Er spürt, wie er unter dem Hut rot wird bis zum Haaransatz, und ruft dann viel zu laut: »Ja, ihr Recken! Tut wohl eure Arbeit, tut wohl eure Pflicht. Niemand soll sich verstecken, tut wohl eure Arbeit, tut wohl eure Pflicht. Ja, ihr habt gesprochen ein wahres Wort …«

Verblüfft schauen die Wachposten den einfach gekleideten Mann in ihrer Mitte an. Das Männchen wispert nervös ins Mikro und notiert sich hastig ein paar Worte.

»… und weil ihr bis zum Abendrot hier verharret, bis zum Morgengrauen aufrecht stehet, bis dass die Götter euren Seelen wohlgesinnt sind, sehe ich den Glanz in euren Augen. Die eherne Treue, das Pflichtgefühl …«

»Okay, okay, er kann passieren! Lasst ihn rein. Lasst ihn rein! Er ist der Verrückte, alles klar.« Das Männchen hat gesprochen. Verwirrt starren die Wachmänner zwischen Spielleitung und Trost hin und her. Trost ist nicht minder verwirrt. Verrückt?

»Lasst ihn endlich durch!«, befiehlt das Männchen noch einmal, und schließlich öffnet sich die Lanzensperre, und Trost schreitet so würdevoll, wie es einem »Verrückten« nur möglich ist, hindurch. Er kommt bis zum Innenhof der Burg. Dort bleibt er fassungslos stehen, wagt nicht, auch nur einen Schritt weiterzugehen.

Das Szenario, das sich ihm darbietet, ist irrwitzig. Da stehen zwei käsebleiche, adipöse Männer einander gegenüber, die sich wangenküssend umarmen wie Schulmädchen in der Unterstufe und dabei auch beinahe so kreischen. Dort schleift ein gewaltiger Kerl in schwarzem Lackkostüm eine Kugel an einer Eisenkette hinter sich her. Seine Oberarme lassen keinen Zweifel daran, dass er imstande ist, die Kugel jeden Moment durch die Luft jagen zu lassen, und sein Gesichtsausdruck lässt befürchten, dass er genau das heute noch vorhat. Ein Pärchen schreitet verträumt an Trost vorüber und lächelt ihm zu. Die

Dame hat die Schleppe ihres kleeblattgrünen Kleides über den rechten Arm gerafft, der Herr an ihrer Seite ist anscheinend ein Edelmann, denn er trägt ein buntes, eindrucksvolles Wappen auf seiner Brust und sein Schwert links an der Hüfte.

Der Innenhof der Burg wird bestimmt von gewaltigen Festungsmauern, die den Platz kleiner erscheinen lassen, als er ist. Die Bänke der Taverne sind allesamt besetzt. An einem Tisch hat sich offenbar die Gruppe eines gemeinsamen Herrn versammelt, denn die Kerle stecken in Kostümen derselben Serie. Graue Unterröcke mit schwarzen Phantasierüstungen. Ausbuchtungen an Schultern, Schulterblättern, Brust. Ein klobiger Handschutz liegt auf dem Tisch, einer bindet sich eine weiße Schleife ums Auge. Sie ist schmutzig und blutverschmiert.

»Das ist Harkor, ein großer Kämpfer, der beim letzten LARP mächtig eins über die Rübe bekommen hat. Er hat im Spiel sein Auge verloren, also darf er jetzt nur mit Verband weiterspielen. Regieanweisung.«

Moosbichler hat sich an Trosts Seite aufgebaut, und gemeinsam beobachten sie nun auch, wie zwei weitere Schiedsrichter am Treppenaufgang die Szenerie überwachen. Soweit Trost das Programm, das auf der Fahrt hierher beschrieben wurde, noch im Gedächtnis hat, müssen sich hier alle ein wenig gedulden, ehe es dann ins Innere der Burg geht. Jemand wird verurteilt, es gibt einen Tanz, Musik, ein gemeinsames Essen, »viel Alkohol zum Schluss«.

»Weißt du, was?«, sagt Moosbichler jetzt. »Ich habe den Zimmerschlüssel organisiert. Geh du mal rauf, sieh dich um und komm nachher wieder. Das dauert hier noch sicher ein, zwei Stunden.«

Trost sieht ihn fragend an.

»Von dort oben hast du einen perfekten Überblick über alle Teilnehmer.«

Trost blickt hinauf zum Rundgang, der auch zu den Zimmern führt. Kurz darauf ist er oben.

Ich bin im falschen Film. Und: Wenn mich einer erkennt, bin ich geliefert. Das sind die beiden Gedanken, die ihm dauernd durch den Kopf geistern. Er steht an der Brüstung und betrachtet alles aus sicherer Entfernung. Ein breitschultriger, verrußter Kerl hämmert auf eine glühende Lanzenspitze, die auf einem Amboss liegt, zwei bunte Typen spielen mit Glöckchen an den Mützen auf Flöte und Harfe. Ein Venus-von-Willendorf-Verschnitt mit gewaltigen Brüsten und einem Hinterteil, für das nur maßgefertigtes Stuhlmöbel geeignet sein kann, lacht derart laut, dass eine Gruppe Männer deshalb ebenfalls in schallendes Gelächter ausbricht. Die Venus ist mit Lederriemen gekleidet, ein anderes Kleidungsstück kann Trost nicht ausmachen. Zwei magere Burschen in lächerlichen Leggins treten zum Kampf mit Stöcken an, doch rasch wird klar, dass die beiden keinesfalls vorhaben, sich wirklich zu duellieren, sondern sich lediglich zur Schau stellen wollen.

Ein riesiger Maskenball mit Drehbuch. Nichts anderes ist das hier. Trost hat das dringende Bedürfnis, einen Augenblick allein zu sein. Er findet sein Zimmer am Ende des Flurs. Eine wuchtige, reich verzierte Holztür mit einem Originalschloss aus dem Mittelalter zur Zierde und einem modernen Schloss darüber führt hinein. Er tritt in den Raum und ist sofort überrascht, einen Fernsehapparat vorzufinden. Die Wände sind voller Bilder mit unterschiedlichen Motiven, eines erregt aber seine Aufmerksamkeit. Das im Stil des Pointillismus gemalte, also aus Pinseltupfern bestehende Bild einer Frau. Der anmutige Körper, der lange Hals und darüber ein in schwarzer Leere verschwindendes Gesicht. Als erzähle das Bild eine unheilvolle Geschichte. Trost muss grinsen. Der Wahnsinn färbt schon ab.

Trost packt die Toilettensachen und eine Garnitur zivilisierter Kleidung aus der Tasche und legt sich aufs Bett. Er blickt zur Decke hinauf, die so etwas wie ein Kreuzgewölbe bildet. Ganz geht sich das mit den Kanten aber nicht aus. Über dieser Betrachtung schläft er ein.

Als er aufwacht, hat sich das Licht verändert. Ihm ist kalt. Er wirft sich wieder den weichen Eichhörnchenmantel über und betrachtet sich im Spiegel. Resignierend blickt er sich selbst entgegen. Als er Stimmen auf dem Gang hört, reißt er sich zusammen, schnappt sich die Umhängetasche, setzt sich den Hut auf und schreitet hinaus. Zur Tat. Es gilt schließlich, einen Mord aufzuklären. Bevor er die Tür erreicht, schaut er noch einmal hinauf zum Bildnis der Frau. Sie ist geradezu betörend schön. Aber auch furchterregend.

Moosbichler hat ihm ein paar Grundregeln beigebracht. »Sprich niemals von ›Verkleideten‹, die Menschen hier sind alle ›gewandet‹. Sie leben ihren Traum, ob im Mittelalter oder in einer der zahlreichen, von Fantasyepen beeinflussten Welten. Die meisten haben sich ihre Kleidung und ihre Waffen selbst gebastelt.«

»Oder für teures Geld übers Internet besorgt«, wie Trost gehässig einwarf. Er weiß, dass er recht hat. Längst verdienen sich einige findige Geschäftsleute eine goldene Nase mit dem Mittelaltertrend.

Es sind wahrscheinlich mehr als dreihundert Gewandete, die sich an diesem Tag durch die Burg bewegen, um ein Abenteuer zu erleben, das ihnen die Wirklichkeit niemals bieten kann. Trost schließt sich einer Gruppe Gaukler an, die ihn kurzerhand in ihre Mitte nehmen. Es sind lustige Gesellen in bunten Mi-Parti-Kostümen, Kleidungsstücken, die links und rechts unterschiedliche Farben aufweisen. Sie tragen auch Schnabelstiefel und bunte Umhänge, und sie balancieren Bälle und schlucken Feuer. Wie Trost bald erfährt, hat er tatsächlich eine gute Stunde geschlafen. Passiert sein dürfte in der Zwischenzeit aber nicht allzu viel. Das Programm besagt, dass sie nun alle in den oberen Teil der Burg müssen, in den großen Ratssaal, dort solle es bei Dämmerung ein Spektakel geben.

Der Weg dorthin ist beeindruckend. Hier im Inneren der Burg ist es stockdunkel, nur Fackeln an den Wänden beleuchten den Gang. Es riecht nach Asche, irgendwo wird aber auch Essen zubereitet. Trost kann nicht umhin, langsam ein wenig Gefallen an alldem zu finden. Die lederne Tasche an seiner Schulter und der Stock in seiner Hand fühlen sich vertrauter an, und jetzt, wo er die anderen noch einmal betrachtet, ist ihm sein Aufzug gar nicht mehr so unangenehm. Immer noch besser als ein knallgelber Pullover, denkt er sich.

Die einzelnen Räume, die sich da und dort auftun wie düstere Höhlen, sind von außen beschriftet. Der Schriftzug »Folterkammer« lässt keinen Zweifel offen. Ein paar Gewandete sind drinnen und schauen sich um. Trost erkennt im Vorbeigehen eine Eiserne Jungfrau, immer wieder abschreckendes Instrument des Grauens. An der Wand befinden sich Abbildungen, wie man sich die diversen Quälereien vorstellen muss, daher hat Trost ein paar Minuten später einen recht genauen Eindruck von Jungfrauenmorden, Blutorgien und anderen entsetzlichen Folterungen bekommen. Das alles habe in dieser Burg stattgefunden. Der Geist einer Mörderin schwebe von Zeit zu Zeit noch immer durch das Gebäude.

Eine weitere breite Treppe führt abermals in einen Innenhof. Dieser hier ist etwas weitläufiger, ein paar aus seiner Gauklertruppe nutzen die Gelegenheit, um wieder zu spielen. Trost blickt sich um und hält Ausschau nach Pan, doch niemand sieht aus wie ein Ziegenbockwesen mit Hörnern und bösem Blick. Wie ein Steirischer Panther sieht ebenfalls keiner aus. Er hat das Gefühl, von der Sache so weit entfernt zu sein wie daheim in seinem Büro. Wenn nicht noch weiter.

Der Ratssaal ist bereits voll, als Trost und seine Spielleute endlich eintreten, und es schieben von hinten immer noch Menschen hinein. Minnesänger mit kleinen Harfen, Bogenschützen mit herrlichen Gesichtsbemalungen, eine Schar spitzohriger Elfen, ein paar bucklige Zwerge. Trost erblickt sogar einige Kinder, und jemand hat einen Hund als eine Art Minisaurier verkleidet. Nur Heinrich von Donnerswalden kann er nirgendwo ausmachen, wenngleich er aber auch nicht wirklich dazu kommt, nach ihm zu suchen, denn schon hat das Spektakel begonnen.

Die Schiedsrichter ziehen sich an die Ausgänge zurück, wo ihre gelben Pullover offenbar die bei Großveranstaltungen vorgeschriebenen beleuchteten Notausgangsschilder ersetzen. Auf der Bühne sitzt ein Fürst auf seinem Thron, flankiert von zwei Frauen. Ein düster dreinblickender Mann, ganz in Schwarz gekleidet, blickt hinter einem grauen Bart auf die Menge herab. Unter dem Raunen der Zuseher geht eine Tür auf, und ein Mann wird hereingezerrt. Über seinem Kopf befindet sich ein Jutesack. Man scheint ihm auch den Mund verbunden zu haben, denn man hört nur sein Gurgeln. Der Mann wehrt sich, fällt zwei-, dreimal auf die Knie, wird aber von den beiden beleibten Herren im Henkersoutfit immer wieder hochgezerrt.

Trost sieht sich um. Kein Zuschauer, der nicht gebannt auf das Schauspiel achtet. Alles schweigt. Die Luft wird schwül.

Dann bebt die Stimme des Fürsten durch den Saal. »Habt Ihr etwas zu Eurer Verteidigung zu sagen?«

»Hmhmhm.«

Der Mann würde gerne, aber er kann nicht. Die haben ihm wirklich den Mund verbunden, denkt sich Trost. Der Mann versucht zu brüllen. Sein Oberkörper ist nackt, sein weißer Bauch schwappt über den Gürtel seiner Hose. Er hat alle Straffheit im Laufe der Jahre eingebüßt, auch um die Größe seiner Brüste müsste ihn so manche Frau beneiden. Mit jedem seiner Schritte geht ein gewaltiges Zittern durch die haltlose Masse seines Fettgewebes. Er sieht erbärmlich aus. Kein schöner Anblick.

»Ach, verschont mich mit der Jammerei. Er soll denn sterben. Macht es kurz«, wirft der Fürst den Henkern zu.

Die Schergen zögern kurz, als fassten sie selbst nicht, wie gnadenlos ihr Herr ist, walten dann aber sogleich ihres Amtes. Der Delinquent wehrt sich zwar, doch einer der Henker hält ihn fest, drückt ihn auf einen Richtblock und bindet ihn fest. Der andere zieht mit dem Beil auf. Ein Stöhnen geht durch den

Saal. Die beiden Damen an der Seite des Fürsten verdecken ihre Augen mit den Händen.

In diesem Moment schreit jemand auf und läuft in den Saal. Es ist die Fee, die Moosbichler und er ganz am Anfang getroffen haben. Die Magersüchtige, die ihn so feindselig angeschaut hat. Sie bittet um Gnade, wirft sich dem Fürsten zu Füßen und weint und schreit und fuchtelt. Trost findet, das alles ist wirklich schlecht gespielt. Er kommt sich zunehmend dämlich vor. Im Schauspielhaus, in der Oper, im Kino, überall kann er sich Geschichten anschauen. Von Profis, von Leuten, die ihr Handwerk verstehen. Aber das? Die Texte der Beteiligten wirken nicht einmal wie auswendig gelernt. Es sind vielmehr spontane Dialoge von Menschen, die so tun, als lebten sie in einer anderen Zeit.

Sie reißen dem Delinquenten den Sack vom Kopf, ohrfeigen ihn theatralisch, verschonen ihn aber und führen ihn hinaus.

Es folgen lausige Sänger, lausige Tänzer und irr dreinblickende Fremde, die wiederum irgendwelche irrsinnigen Dialoge abliefern. Wie viele Stunden das Spektakel dauert, weiß Trost längst nicht mehr. Das Szenario zieht sich in die Länge.

Irgendwann hält er es nicht mehr aus, steht auf und eilt an den Schiedsrichtern vorbei aus dem Saal. Er läuft über die Stiegen durchs Burginnere, vorbei an einer Dauerausstellung über das Leben der Mönche und einer kleinen Sammlung von Dioramen, die den Kampf der Tempelritter in den Kreuzzügen darstellen, und kann den Anblick des in Ketten liegenden Mannes nicht vergessen. Doch nicht nur das unbarmherzige Szenario erschüttert ihn. Es ist der Mann selbst. Seine Gestalt. Sein Gesicht. Sein Name. Denn Trost ist sich ganz sicher, dass er ihn kennt: Das da eben war niemand geringerer als Polizeidirektor Karl Meinrad. Und allein die Tatsache, ihn hier gesehen zu haben, treibt Trost die Schamesröte ins Gesicht. Er muss hier weg, so viel steht fest. Er würde wer weiß was dafür gegeben, niemals hierhergekommen zu sein.

Trost überlegt. Er muss Moosbichler dazu bringen, die Burg

so schnell wie möglich zu verlassen, bevor sie Meinrad begegnen. Doch als er aufblickt und sich einmal um die eigene Achse dreht, muss er feststellen, ein neues Problem zu haben. Er hat keine Ahnung, wo er sich befindet, und hat sich in dem verwinkelten Gemäuer hoffnungslos verirrt.

»Scheiße.«

Zu allem Überdruss setzt auch schon die Dämmerung ein und macht das Fackelgeflatter immer unheimlicher. Das Klappern seiner Holzpantoffeln hallt von den Wänden wider, von der Ansammlung verrückter Verkleideter ist nichts mehr zu hören. Ziellos wandert er über steinerne Stiegen, verfolgt von seinem wild tanzenden Schatten an der Wand. Und von fremden, schnellen Schritten.

Trost horcht. Anfangs ordnet er das neue Geräusch seinem eigenen Echo zu. Doch nach einigen Sekunden ist klar: Jemand ist tatsächlich in seiner Nähe.

Soll er warten? Sich mit einem Räuspern bemerkbar machen? Er ist ohnehin nur deshalb hier, weil er etwas erfahren will. Mittlerweile ist die Treppe zu einem unregelmäßig in den Fels gehauenen Gebilde geworden, ein Schacht, der nach oben getrieben wurde und immer schmäler zu werden scheint.

Er horcht wieder. Was ist das? Neben den Schritten ist da noch etwas … ein Schnaufen.

Trosts Schuhe machen kla-klack, kla-klack. Plötzlich findet er diesen Klang widerlich, empfindet ihn als störend. Er zieht die Pantoffeln aus und beginnt zu rennen.

Der Gang öffnet sich zu einem Zwischenstock. Hier befinden sich Bilder von Soldaten mit den verschiedensten Waffen aus mehreren Jahrhunderten an den Wänden.

Er bleibt kurz stehen, lauscht.

Schnauf. Schnauf. Schnauf. Das Geräusch kommt jetzt rasch näher.

Er läuft weiter, hofft, vielleicht irgendwo an einen Ausgang zu gelangen. Er hetzt über Holzdielen und erreicht eine Wendeltreppe.

Den Flur entlang oder die Treppe nehmen? Trost muss eine Entscheidung fällen. Die Schritte werden lauter. Und spätestens jetzt ist klar, dass ihm jemand folgt.

In der einen Hand hält er die Pantoffeln, in der anderen immer noch den Wanderstock. Panik befällt ihn. Der Herzschlag galoppiert.

Schnauf. Schnauf. Schnauf.

Er entscheidet sich für die Wendeltreppe, nimmt vier, fünf Stufen auf einmal. Sie führen von einer Plattform zur nächsten. Er stolpert, schlägt schmerzhaft mit dem Schienbein an eine Kante, lässt aber Pantoffeln und Stab nicht los. Er eilt weiter. Die Oberschenkel brennen, und in diesem Moment hat sein Verfolger wohl den unteren Teil der Treppe erreicht. Trost vernimmt jetzt das Poltern schwerer Schritte auf den Stufen und merkt sogleich, dass er zu langsam ist. Der Abstand zwischen ihm und seinem Verfolger wird geringer. Er wird das Rennen verlieren. Und dann?

Trost hat den obersten Stock erreicht. Er ist schweißgebadet, und er muss sich eingestehen, in der Falle zu sitzen. Kein Ausgang. Eine Sackgasse. Sein Verfolger ist nur noch eine Plattform unter ihm. Trost lässt seine Schuhe und den Wanderstock fallen und tastet hastig in der Umhängetasche nach seiner Dienstwaffe.

»Halt! Bleiben Sie verdammt noch mal stehen! Ich habe eine Waffe! Polizei!«

Die Schritte verstummen. Er zieht die Pistole aus der Tasche, entsichert sie und wartet. Die Waffe schaukelt vor seinem Gesicht im Takt seines schweren Atems. Wieder hört er das Schnaufen des Unbekannten. Schnauf. Schnauf. Seine Hand zittert, der Wanderstock rollt immer noch durch den Raum hinter ihm, poltert gegen eine Truhe und verstummt schließlich.

Er versucht, einen Blick hinunter zu erhaschen, doch es gelingt ihm nicht. Er bemerkt einen Schatten und fährt zurück. War das der Schädel eines Tiers? Wieder gleitet sein Blick durch den Raum. Das Schnaufen verstummt, doch er weiß, dass sein Verfolger ganz in der Nähe ist. Er blickt an sich hinab und kommt sich dämlicher vor als jemals zuvor in seinem Leben. Ich habe eine Waffe und trage gleichzeitig ein Nachthemd aus echten Tierfellen. Der Schweiß brennt in seinen Augen, aber Trost ist sich nicht sicher, ob es nicht vielleicht sogar Verzweiflungstränen sind. Reiß dich zusammen, Herrgott noch mal!

»Polizei!«, schreit Trost wieder und weiß eigentlich nicht, warum er das tut. Es ändert ja nichts und klingt in der Wiederholung eher lächerlich. Er erwartet schon fast, dass sein Gegner genervt »Ja, ich hab's gehört« ruft, als in diesem Moment höchster Anspannung etwas geschieht, mit dem er nicht gerechnet hat. Das Licht geht an, und von unten vernimmt er nun eine neue, fiepsige Stimme: »Hallo? Ist da jemand?«

Im ersten Moment kann Trost sein Glück kaum fassen, dann rutscht ihm das Herz jedoch fast in die Hose, als sein Verfolger vor Wut zu brüllen beginnt. Der Tierschädel macht heulend kehrt und springt die Stufen hinab. Trost verliert keine Sekunde und folgt ihm. »Halt, bleiben Sie stehen!«

Keine Reaktion.

Er sieht gerade noch, wie ein Schatten auf einen Mann in gelbem Pullover zuspringt, ihn zur Seite wirft und dann den Gang entlang davoneilt. Trost hechtet ihm nach, vorbei an dem Schiedsrichter, der nun in einer Ecke kauert, und liegt plötzlich selbst der Länge nach auf dem Boden. Seine Pistole schlittert über die Steine dahin, sein Knie schlägt hart auf. Trost schreit vor Schmerz auf. Die Gestalt, die er eben noch verfolgt hat, bleibt stehen. Dreht sich um, und im Gegenlicht traut Trost seinen Augen nicht. Da steht die Silhouette des Leibhaftigen vor ihm. Die seltsamen Beine, das Fell, die Fratze – er muss es sein. Das ist der Hirtengott Pan.

Und dieser Kerl dort hat mächtig breite Schultern und einen starren, harten Blick. Kommt nun direkt auf ihn zu.

Pan brüllt erneut. Ein völlig durchgeknallter Typ muss das sein, so viel ist sicher, aber schließlich sind die meisten, mit denen es Trost in seinem Berufsleben zu tun bekommt, nicht ganz dicht. Und hier in dieser Burg war ja fast damit zu rechnen, dass so etwas passieren würde. Trotzdem geht von Pan etwas so unerwartet Böses aus, dass Trost Mühe hat, einen klaren Gedanken zu fassen. Er ruft: »Bleiben Sie stehen!«

Doch Pan denkt nicht daran, kommt langsam auf ihn zu, und Trost kneift die Augen zusammen wie ein kleiner Junge in Erwartung eines wahr gewordenen Alptraums. Wieder dieses Grollen, das ein irres Zittern in Trost auslöst. Er ist unfähig, etwas zu tun. Der Spuk hat ihn gelähmt.

Bis plötzlich ein Ruck durch seinen Körper geht, der Schiedsrichter an seiner Schulter reißt und ihn zurückzerrt, auf eine Tür zu, die kurz darauf krachend ins Schloss fällt. Pan schlägt auf der anderen Seite heftig gegen die Stahltür, brüllt abermals wie von Sinnen, lässt das Toben aber bald sein und trollt sich davon.

Trost liegt am Boden. »Ich hab mir fast in die Hosen gemacht.«

Der Schiedsrichter zittert jetzt auch. Sichtlich verängstigt blickt er sich um. »Scheiße, Mann«, sagt er. »Es tut mir leid, ich hab die Kordel zugemacht, über die du gestolpert bist. Ich weiß auch nicht, warum ich das getan hab. Tut mir leid, aber manche Trottel halten sich eben nie an die Regeln. Irgendwem fällt immer etwas ein.«

»Schon gut.«

»Alter, wir ham den Teufel gesehen. Ich bin der Fritz.«

»Fritz?«

»Ich weiß, ein schrecklich altmodischer Name und für euch Spieler sowieso banal …«

»Aber du hast uns den Arsch gerettet, Fritz.«

Fritz greift zum Funkgerät. Er krächzt. »An alle: Wenn ihr einen …« Er schaut Trost an. »Ja, was war das eigentlich?«

Trost hebt die Schultern. »Ein verkleideter Pan.«

»An alle: Wenn ihr einen Pan seht, sagt dem Typen, er soll damit aufhören, durch die Gänge zu laufen, und …« Er schaut Trost erneut an. »Scheiße, hast du ›Pan‹ gesagt?«

»Ja. Kennst du den vielleicht?«

»Wer kennt den nicht? Er ist der beste Kämpfer, den wir seit Jahren haben. Aber sein Besuch war heute gar nicht angesagt.«

Trost lauscht. Kein Geräusch mehr. »Ich glaube auch nicht, dass er sich irgendwo ganz offiziell ankündigt.« Ihn schaudert. Das Gesicht seines teuflischen Verfolgers sah wirklich genauso aus wie die Fratzen auf den Waffen, die er neuerdings aus Zäunen und Leichen gezogen hat.

Als sich die beiden ganz sicher sind, dass der Kerl fort ist, holt Trost sich Pantoffeln und Wanderstock wieder, ehe sie vorsichtig aus dem Gebäude schleichen. Sie gelangen vorbei an der Folterkammer und dem düsteren Riesenofen der Küche in den unteren Burghof und von dort ganz hinaus ins Freie. Dort angekommen, fühlt sich Trost, als öffne sich eine Brustklemme. Er holt tief Luft. Das Dämmerlicht von vorhin hat sich nun verdichtet. Auch im Freien brennen bereits Fackeln. Die Torwächter sind nicht mehr hier. Weitere Schiedsrichter auch nicht. Wölkchen bilden sich beim Atmen vor dem Gesicht.

»Wie viele Leute haben den Saal vorhin verlassen?«

»Nur du«, erwidert Fritz. »Deshalb bin ich dir gefolgt.«

Er hat noch nicht ausgesprochen, als die illustre Masse aus dem Inneren des Gebäudes quillt. Trost betrachtet die Menge, doch es ist niemand darunter, dem er zutrauen könnte, kurz in die Rolle des Pan zu schlüpfen. Er muss etwas tun. Und zwar rasch. Als er aus dem Schatten vortritt, begegnet er Moosbichler, der sich ziemlich zutraulich mit der magersüchtigen Fee unterhält. Als er ihn sieht, hellen sich seine Züge auf.

»Na, fandest du Gefallen an der Vorstellung?«

Unsanft zieht Trost ihn zur Seite. »Überhaupt nicht. Er ist hier, verdammt noch mal.«

»Wer ist hier?«

»Dieser Pan-Scheißkerl. Er hat mich fast erwischt. Irgendjemand ist hier völlig verrückt und hat vor, weiterhin das Monster zu spielen.«

Die Magersüchtige kommt ihnen nahe und kichert. »Habt ihr was von Monstern gesagt?« Ihr Atem riecht nach Zahnpasta.

Trost schiebt seinen Hut wie ein Cowboy aus dem Gesicht und runzelt die Stirn. »Schätzchen, du solltest lieber in den Wald gehen und Zauberformeln aufsagen oder Tee kochen. Aber bitte lass uns jetzt in Ruhe, ja?«

Natürlich hat die Geste zuvor ganz und gar nicht an James Dean oder irgendwelche anderen Cowboy-Zigarettenwerbungsklischees erinnert, sondern eher lächerlich gewirkt. Und dass Trost zum falschen Zeitpunkt das Falsche gesagt hat, ist ihm auch schnell klar, denn die Fee beginnt augenblicklich, wie von Sinnen zu kreischen, und in den Lärm hinein mischt sich ein seltsam anmutender Gesang. Als handle es sich vielmehr um ein einstudiertes Signal als um planloses Geschrei. Sie kann das wirklich gut, denkt sich Trost und vergleicht den Ton mit einer E-Gitarre. Doch dann entnimmt er ihrem Lied die Worte: »Der verrückte Wandersmann, der verrückte Wandersmann, er legt sich mit der Waldfee an. Er legt sich mit der Waldfee an.«

Trost hat keine Zeit, verdutzt zu sein, denn Moosbichler zieht ihn fort, zurück hinein in die Burg. »Man muss wissen, wer Freund und wer Feind ist, besagt eine alte Rittersregel«, faucht er. »Besonders Polizisten sollten das wissen.«

Die beiden eilen die Treppen hoch, vorbei an den immer noch herausströmenden kostümierten Massen.

»Waldsirenen sind ziemlich dick befreundet mit diesen Typen in den dunklen Rüstungen dort drüben. Du weißt schon, Harkor, der mit der blutigen Binde ums Auge, ist einer von ihnen. Und diese Typen warten nur darauf, Punkte machen zu können. Ich hab echt keinen Bock drauf, ihnen Gelegenheit zu geben, unser Spiel zu beenden.«

Aus dem Augenwinkel bemerkt Trost nun, wie sich tatsächlich vier, fünf der Riesen umdrehen und sogleich die Verfolgung aufnehmen. In diesem Moment fällt Trost ein, was er vorhin vergessen hat. »Meine Pistole!«

»Was?«

»Meine Pistole liegt noch irgendwo dort oben. Wenn sie nicht das Pan-Monster genommen hat.«

»Stooo-oopp!« Es ist die Stimme des Schiedsrichters, die plötzlich so kräftig wie die des Halbgotts Herkules klingt. »Stopp!«, ruft er noch einmal und starrt Trost an. »Ist das deine Pistole?«

Trost wird rot bis hinter die Ohren und kramt in der Tasche nach seinem Ausweis. Ein Murmeln setzt unterdessen unter den Teilnehmern des Treffens ein.

Fritz sieht sich den Ausweis lange an, ehe er ihn Trost mitsamt der Pistole in die Hand drückt. Dann spricht er leise weiter. »Mann, ich habe die Waffe oben auf dem Boden gefunden und meinen Augen nicht getraut. Ich hab gar nicht bemerkt, dass du eine dabeigehabt hast. Was geht hier vor? Warum bist du hier? Und sag mir jetzt, warum du verfolgt wirst.«

In aller Kürze schildert Trost im Flüsterton, dass er genau diesem Pan, der ihn verfolgt hat, auf den Fersen ist, doch die Akustik lässt nicht zu, dass alles verheimlicht werden kann. Als das Wort »Pan« fällt, geht ein Aufschrei durch die Menge. Trost ist überrascht. »Ich wusste nicht, dass der Typ so bekannt ist.«

»Langsam, aber sicher schon«, sagt Fritz verärgert.

Im Rittersaal dampft es, Trost spürt schnell, wie ihm Wein und Fleisch auf den Magen schlagen. Fast alle benehmen sich immer noch so, als wären sie Ritter, Bauern, Spielleute, Zauberer oder was auch immer. Einzig die zuvor wild schreiende Waldfee scheint genug von ihrer Rolle zu haben und setzt sich plötzlich auf den freien Platz an Trosts Seite. Er zuckt unwillkürlich zurück, als sie ihre Finger in seinen Oberarm drückt.

»Muss ich mir die Ohren zuhalten?«

Sie lächelt. »Nein, tut mir leid. Wir suchen nach Streit. Das ist meine Rolle.«

»Verstehe.«

»Nein, tun Sie nicht. Aber egal. Was wissen Sie über diesen Pan?«

Trost nimmt die Hühnerkeule aus seinem Mund, wischt sich die Finger, so wie Moosbichler es ihm zuvor geraten hat, an der Hose ab. »Mich interessiert, was Sie über ihn wissen.«

»Ah, stimmt. Polizisten sind die, die die Fragen stellen. Nicht die anderen. Auch so ein Teil vieler Geschichten.«

Es stellt sich heraus, dass die Waldfee nichts über Pan weiß, jedenfalls nichts, was Trost nicht schon weiß. »Pan ist so etwas wie ein Mythos«, sagt sie. »Nicht der alte antike Pan, sondern der neue. Dass er auftaucht und eine Armee an seiner Seite hat. Ich habe diesen Mistkerl noch nie erlebt, aber die meisten würden ihn, glaube ich, gerne einmal in Aktion erleben. Die Idioten himmeln ihn an, dabei zerstört er nur alles. Er zerstört unsere ganze Welt.«

»Hm«, macht Trost. »Erzählen Sie mir mehr.«

»Er soll großartig kämpfen. In Deutschland soll er schon so viele Punkte haben, dass ihm niemand das Wasser reichen kann. Aber um die Punkte geht es hier nicht. Es geht um seine Inszenierung, verstehen Sie? Er verkörpert das, was so viele von uns auch gerne wären. Ein Idol, ein Held. Wenn er auch der Böse ist …«

»Hauptsache, ein Star.«

»Ja, wenn Sie so wollen.«

»Und was halten Sie von ihm?«

Die Waldfee lacht, und ein seltsames Funkeln blitzt in ihren Augen auf. Ein bisschen irre, findet Trost.

»Ich finde, er ist ein gemeingefährlicher Irrer, dem irgendwann jemand gewaltig eines über den Schädel braten wird. Vielleicht wird er in Stücke gerissen, oder man lauert ihm an einer schattigen Stelle auf und reißt ihm die Innereien aus dem Körper. Ich würde ihm jedenfalls keine Träne nachweinen.«

Trost blickt die zierliche Frau entgeistert an. »Und Sie haben keine Angst, dass Sie ihm eines Tages begegnen?«

Ihre Pupillen bewegen sich nicht. »Ich würde mir sogar nichts sehnlicher wünschen, als ihm gegenüberzustehen.« Als hätte sie gemerkt, wie verrückt das klingt, fügt sie nervös lächelnd hinzu: »Alles, was mir passieren kann, ist, dass er die Waldfee tötet. Dann muss ich mir ein neues Leben suchen.«

Sie hat keine Ahnung davon, dass manchen mehr als das passiert. Dass ihnen bei einer Pan-Begegnung zum gespielten auch das echte Leben abhandenkommen kann, denkt Trost bei sich. Er sagt: »So einfach ist das?«

»Ja, so einfach ist das.«

Trost verkneift sich, zu fragen, ob die Waldfee nicht auch Angst um ihr wirkliches Leben hat.

»Wir rätseln alle schon herum, wann endlich ein großes Pan-Drehbuch kommt. Ich könnte mir sogar vorstellen, dass er der absolute Star in Brokeloh wird.«

»Wo?«

»Brokeloh in Niedersachsen. Das ist ein riesiger LARP, ein ›Life Action Role Play‹ mit siebentausend Teilnehmern. Das dauert fünf Tage. Es nennt sich ›ConQuest of Mythodea‹ und ist so etwas wie das Mekka für uns alle. Pan müsste heuer eigentlich auch dort sein.«

Trost will etwas erwidern, doch er hält sich zurück und erinnert sich daran, dass diese Leute nichts von dem Mord im Wald wissen können, nichts davon also, dass sich dieser Pan womöglich auch außerhalb der Mythenwelt einen Namen machen will. Wenn es überhaupt derselbe Pan ist. Wenn er überhaupt auf der richtigen Spur ist.

Als er Fritz, den Schiedsrichter, sieht, entschuldigt er sich bei der Fee und eilt ihm hinterher. Draußen im Burghof zieht er ihn auf die Seite. Es ist mittlerweile stockdunkel geworden, nur eine Laterne brennt und wirft entstellte Schatten an die Mauer.

Trost hat es längst aufgegeben, diplomatisch vorzugehen. Jetzt, wo seine Tarnung aufgeflogen ist und ihn ohnehin alle argwöhnisch betrachten, kann er gleich sagen, was Sache ist. »Wir müssen die Gepäckstücke aller Traumtänzer durchsuchen.«

Der Blick des Schiedsrichters ist schwer zu deuten. Er scheint die Möglichkeit, in den Sachen von dreihundert Leuten zu wühlen, zumindest in Betracht zu ziehen.

Trost hilft ihm. »Und wenn das Teil des Drehbuchs wäre?«

Die Miene des Schiedsrichters hellt sich auf. »Ja, großartig«, sagt er mit plötzlich schriller Stimme. »Das ist wirklich großartig! Zuerst kommt der Pan vor, nur weil ein Polizist unter uns ist, der glaubt, von ihm verfolgt zu werden. Dann ist Pan wieder weg, und wir durchsuchen alle Teilnehmer. Ich finde das großartig! Gut, dass wir die ganze Burg gemietet und an dem Drehbuch ein halbes Jahr geschrieben haben. Gut, dass sich die Leute alle Mühe geben, authentisch zu wirken für das Spiel.«

Trost blinzelt nicht, und trotzdem hat er das Bedürfnis, sich entschuldigen zu müssen. Natürlich, er hätte auch in James-Dean-Manier sagen können: »Jetzt hör mal zu, du kleiner Scheißer. Ich bin der Mann mit der echten Waffe, und das ist kein verdammtes Spiel. Hier ist ein verdammter Mörder in der Burg, und ich will …«, und so weiter. Aber in Wahrheit tut ihm der Schiedsrichter leid. Er spürt, wie viel Ehrgeiz und Leidenschaft diese Leute an den Tag legen. Sie meinen das alles wirklich ernst. Er, Trost, ist es in Wahrheit, der sich lächerlich macht. Während er mit seiner anachronistischen Pistole herumfuchtelt, leben sie ihren Traum. Er kommt sich schäbig vor. Ja, er ist der Einzige, der wirklich *verkleidet* ist.

Fritz rollt mit den Augen, dann schiebt er das Mikro vor den Mund und leitet alles in die Wege.

Kurz darauf eilt Trost gemeinsam mit der Spielleitung von Zimmer zu Zimmer. Er hat Fritz versichert, dass alles ganz legal sei und man dafür keinen richterlichen Bescheid brauche. Außerdem sei es ja gewissermaßen eine Regieanweisung. Es hat sich schnell herumgesprochen, dass er in den Sachen der Gäste wühlt, aber es ist kaum jemand unter ihnen, der daran Anstoß nimmt. Es sei denn, die jeweilige Rolle gebietet es ihm. Der Fürst zum Beispiel protestiert aufs Heftigste und schiebt seine Lakaien herum, sie mögen sich um die Sache kümmern. Ein paar Marktweiber zanken sich, auch die dunklen Helfer der Waldfee schupfen und murren herum. Richtige Gegenwehr gibt es aber nicht. Trost überwacht mit seinem breiten Hut und dem Wanderstab die Durchsuchung und wundert sich selbst, wie reibungslos sie abläuft. Es scheint, als befänden sich sämtliche Teilnehmer so sehr in ihrer Scheinwelt, dass ihnen Unterscheidungen zwischen Realität und Phantasie unmöglich sind. Niemand hier will eine wirklichere Wirklichkeit akzeptieren als die von den gelben Männchen vorgegebene. Eigentlich logisch, denkt sich Trost. Sonst hätte all das ja keinen Sinn. Sonst würde sich ja jeder in Grund und Boden genieren. Oder Lachkrämpfe bekommen.

Und dann steht Trost plötzlich Meinrad gegenüber. Er ist immer noch halb nackt. Seine Brüste heben und senken sich. Bis unter den Haaransatz verfärbt sich sein Gesicht und ähnelt immer mehr einem überreifen Paradeiser. An seinem Hals befindet sich sogar noch das Lederband, an dem sie ihn zuvor in den Saal gezerrt haben. Meinrad erinnert Trost an einen Darsteller aus einem Sadomasovideo.

Aus irgendeinem Grund ist der Direktor erst jetzt aufgetaucht. Sie müssen ihn direkt nach dem Verhör in ein Kellerverlies gesperrt haben, denn offenbar hat er tatsächlich keine Ahnung, was hier vor sich geht.

Meinrad ringt nach Luft.

Trost geht es ähnlich. Er senkt den Blick. »Es tut mir leid«, flüstert er.

Doch Meinrad hört es nicht. »Was …?«, hebt er an, atmet ein, versucht es erneut. »Was in Gottes Namen machen Sie hier, Mann?«

Trost erklärt, was geschehen ist und was er vorhat, und bemerkt die Schweißperlen, die Meinrad zwischen die Augen und über den Nasenrücken laufen und von dort auf seinen Bauch tropfen. Trost schämt sich.

An seiner Seite hat sich nun auch Heinrich von Donnerswalden aufgebaut. Als Trost seine kurze Erklärung beendet, herrscht sekundenlanges Schweigen, bis der Direktor seine Reisetaschen öffnet und sie hineinschauen lässt. Etwas an seiner Haltung hat sich verändert. Seine Schultern hängen noch einen

Deut mehr, sein Rücken ist gekrümmt, er blickt nicht mehr auf. Als Trost sein Gepäck durchwühlt hat, wendet sich Meinrad wortlos ab und geht.

»Alles in Ordnung?«, knurrt Moosbichler.

»Nein«, sagt Trost.

Als Trost zwei Stunden später im Zimmer steht, ist er erleichtert, hier nicht schlafen zu müssen. Sie haben nichts gefunden, kein Pan-Kostüm, keine Maske mit Hörnern, keine Hufeisenschuhe. Pan war kein Idiot und hat seine Verkleidung irgendwo in dem Gemäuer versteckt. Wenn es eine Verkleidung war. Trost schüttelt den Gedanken ab.

Das Areal ist jedenfalls viel zu groß, als dass es Sinn machen würde, weiter nach Pan zu suchen. Stattdessen haben Moosbichler und er beschlossen, den LARP zu verlassen. Moosbichler scheint ohnehin den Spaß verloren zu haben, die Schiedsrichter diskutierten viel zu lange herum, wie man das geänderte Drehbuch wieder dorthin biegen könnte, wohin sie mit der Geschichte ursprünglich wollten, und einige Krieger und deren Begleitungen haben sich bereits in Zelte oder Zimmer zurückgezogen.

Trost packt den Eichhörnchenmantel wieder ein und wendet sich der Tür zu. Bevor er hinausgeht, fällt sein Blick noch einmal auf das Bild der unheimlichen Schönheit an der Wand. Nein, er hätte hier ohnehin niemals in Ruhe schlafen können. Der Raum ist zu groß und das Haus einfach zu alt. Zu viele Geschichten in dem Gemäuer, zu viele gespeicherte Erlebnisse, Geräusche und Anblicke.

Auf dem Parkplatz begegnen sie noch einmal der Waldfee. Die zierliche Frau bemüht sich um ein Lächeln. »Keine Angst, ich schreie sicher nicht. Ich bin in Wirklichkeit nicht hysterisch.«

Was sie denn in Wirklichkeit sei, will Trost wissen.

»Chirurgin«, erwidert sie, während Moosbichler sich ins Führerhaus seines Wagens bugsiert. Ihre Antwort verschlägt Trost kurz die Sprache.

»Na, haben Sie gedacht, dass wir alles Idioten sind, Arbeitslose, Zirkusleute, bestenfalls Studenten mit zu viel Freizeit? Also, ich bin jedenfalls nicht die einzige Ärztin, die das macht, und ich habe eine Menge Freunde, die Lehrer sind und Anwälte, und zwei-, dreimal im Jahr sind sie eben auch Ritter oder Minnesänger.«

Das Mondlicht wirft einen blassen Schimmer auf ihre bemalte Haut und bringt die Farben geheimnisvoll zur Geltung. Doch Trost hat keine Angst mehr. Zum ersten Mal seit Stunden fühlt er sich sicher.

»Wissen Sie«, fährt die Waldfee fort, »das hört sich jetzt vielleicht merkwürdig an: Aber manchmal glaube ich, dass ich als Waldfee viel glücklicher bin. Als Ärztin bin ich oft einsam. Ich habe Träume, komme vor lauter Arbeit nicht dazu, sie mir zu erfüllen. Dann bemale ich mich, schlüpfe in diese Rolle, und alles ist fort. Der ganze Druck. Der Stress. Meine ganze Lebensgeschichte ist futsch. Ist das nicht großartig? All die Nachtdienste, die kaputten Körper, die ich flicken muss, dieser ständige Streit mit den Kollegen und die aufmüpfigen Schwestern und die dauernden Presseberichte, dass wir was falsch machen, und die Hektik und dass alles, ausnahmslos alles, von so immenser Wichtigkeit ist, weil es ja um Leben geht, um Gesundheit, um Schicksale. Ach.« Sie seufzt laut. »Ach, da bin ich schon irrsinnig glücklich, dass ich mir ab und zu was ausdenken kann, ein neues Leben, eine neue Identität, und wieder ganz von vorne anfangen kann. Und seien Sie einmal ehrlich: Würde das nicht jeder einmal gerne? Möchten Sie das nicht auch manchmal, ein anderer sein?«

Trost stellt fest, dass jedes ihrer Worte schwere Treffer gelandet hat. Will er nicht auch ein anderer sein? Will er nicht auch neu anfangen dürfen? Und reicht es noch, diesen Gedanken zu entfliehen, indem er an die Blumenwiese vor seinem Haus denkt und sich Charlotte dazuträumt, wie sie dort liegt, ein Buch liest und ihm lächelnd zuwinkt?

»Ich glaube«, sagt er endlich, »ich habe allen das Fest ziemlich versaut.«

Sekundenlang sagt niemand etwas. Sie scheint tief in einen Gedanken versunken zu sein, nickt ihm kurz zu, dreht sich um und verschwindet in der Dunkelheit. Er kann sie schon nicht mehr sehen, als sie ihm zuruft: »Wenn ich den Pan in der Burg treffe, liefere ich ihn aus.« Er hört ihre Schritte im Kies. »Wenn ich ihn nicht vorher getötet habe.«

Moosbichler lässt den Bus über den Parkplatz rollen, die Burg verschwindet in der Nacht. Erst nach ein paar Minuten bricht der Hüne das Schweigen. »Was macht dich eigentlich so sicher, dass dieser Pan ein kostümierter Mensch ist?«

»Wie bitte?«

»Na ja, es gibt Menschen, es gibt Tiere, wieso soll es nicht auch andere Wesen geben?«

Trost sagt nichts. Auf solche Gespräche will er sich nicht einlassen.

»Eines steht jedenfalls fest«, setzt Moosbichler seinen Gedanken irgendwann fort, »ab heute ist dieser Pan auch die meistgesuchte Kreatur in *dieser* Welt.«

»Na ja«, erwidert Trost. »So bedeutsam ist der Trottel nun auch wieder nicht.«

»Trottel?«

»Stimmt doch, was ist er denn sonst?«

»Immerhin ein Halbgott, Armin. Ein Halbgott.«

Eine Warnung

Es ist vollkommen egal, wie du dein Leben verbringst, solange es dich glücklich macht. Ist es nicht so?
aus Charlottes Tagebuch

Als Trost sich in den Drehsessel vor seinem Schreibtisch fallen lässt, kommt ihm das vor wie Nachsitzen in der Schule.

Während der Computer hochfährt, nimmt er sich einen Block und versucht sich Notizen zu machen. Über die Toten der vergangenen Tage, über die Gestalten, die auftauchten, die merkwürdigen Dinge, die passierten. Gibt es Zusammenhänge? Gibt es einen roten Faden? Gibt es –

In diesem Moment geht die Tür auf, und Schulmeister stampft grußlos in den Raum. Er schwitzt unter den Achseln, seine Stirn glänzt, und seine kleinen Augen funkeln. Er wirft seine Tasche auf halbem Weg auf seinen Schreibtisch und schenkt der Tatsache gar keine Beachtung, dass er damit die halbe Tischplatte leer räumt. Über den Boden kullern Kugelschreiber, DIN-A4-Seiten wehen sanft darüber hinweg, und durch das schräg einfallende Sonnenlicht ist auch die Staubschicht zu sehen, die sie bei ihrem Flug durchschneiden. Schulmeisters Stimme vibriert. »Wir haben uns gestern mit allerhand Kleinkram beschäftigt, Herr Trost.«

Er betont das »Herr«, als handle es sich dabei um eine unkorrekte Anrede.

»Du erinnerst dich ja vielleicht, da gibt's noch einiges aus dem Sommer, was wir aufzuarbeiten haben. Verschwundene Kinder, massakrierte Huren, verletzte alte Frauen, all so was halt. Wir haben eine Menge Berichte geschrieben, viel telefoniert, ein paar Überstunden gemacht. Vor allem hatten wir aber dauernd den Chef in der Leitung. ›Nein, ich weiß nicht, wo Herr Trost ist. Nein, Herr Trost hat mir nicht gesagt, wo er ist, wann er kommt und ob er überhaupt im Büro erscheint. Er wird wohl recherchieren. Den Fall klären. Einen guten Grund haben.‹« Er macht eine Pause, die er mit schwerem Atmen überbrückt. »Und, Herr Trost, hatten Sie einen guten Grund? Einen schönen Tag?«

Trost wendet seinen Blick langsam vom Monitor ab und spürt, wie ihm das Blut in den Kopf schießt. Es ist ein Affront, ein absoluter Ausrutscher, den sich Schulmeister da leistet, aber die Nerven des Mannes müssen völlig blank liegen, sonst würde er nie und nimmer diesen Ton anschlagen. Bei aller Missbilligung der Tatsache, dass er, Trost, ihm einst vor die Nase gesetzt wurde, so viel Selbstbeherrschung muss ein Mann seines Alters allerdings schon vorzubringen imstande sein.

Trotzdem zögert Trost einen Moment. Mit solchen Situationen umzugehen ist eine Sache, die ihm nicht liegt. Attacken gegen seine Person, gegen seine Arbeitsweise, gegen seinen Intellekt. Natürlich ist Trost so etwas wie ein Gruppenleiter, aber im Grunde genommen ist das eine Führungsposition ohne Verantwortung. Er ist einzig zuständig dafür, dass etwas weitergeht. Er ist also vielmehr dafür verantwortlich, wenn etwas nicht weitergeht. Er ist keine echte Gefahr für irgendjemanden, kann niemanden anstellen, niemanden rauswerfen. Hier geht es also um eine Auseinandersetzung Mann gegen Mann. Der Ältere gegen den Höherrangigen. Eine Auseinandersetzung auf Augenhöhe. Fast.

Er holt Luft.

Seine Pause war zu lang. Bevor Trost etwas erwidern kann, zittert Schulmeisters Stimme erneut durch den Raum. »Es geht mich nichts an, wie du deine Freizeit verbringst, Armin, aber ich finde es ehrlich gesagt unerhört, wie du uns hier hängen lässt. Ich finde das einen Wahnsinn. Sag mir bitte nur eines: Warst du krank, oder hast du dir wirklich einen freien Tag gegönnt?«

Trost überlegt einen Moment, ob er Schulmeister belügen soll. Er fühlt sich nicht dazu verpflichtet, vor ihm Rechenschaft abzulegen, andererseits hätte es auch keinen Sinn, ausgerechnet ihn, seinen erfahrensten Kollegen, im Dunkeln zu lassen. Also erzählt er ihm in knappen Worten, was passiert ist – vom Archivar, seinem Besuch bei Ferdinand Derler und dem Rollenspiel auf der Burg. Nur Schlierenbaum, das Messer und die Tatsache, dass er Meinrad in peinlicher Aufmachung gesehen hat, lässt er unerwähnt.

Als er fertig ist, starrt Schulmeister ihn an. Sein Kiefer ist weit aufgeklappt, was ihm einen beinahe debilen Ausdruck verleiht. Dann lässt er sich in den Sessel fallen und klatscht sich mit der flachen Hand auf die Stirn. »Zuerst habe ich gedacht, es handle sich um einen Scherz, einen Witz. Aber das mit dem Ritter-Spielen ist tatsächlich ernst gemeint. Mitten in einem Mordfall. Ein Wahnsinn …«

»Hör zu, das war wichtig«, hebt Trost an und trommelt mit den Fingern auf der Tischplatte.

»Nein, du hörst zu, Armin. Ich werde das melden. Muss mit dem Meinrad darüber reden. Es tut mir wirklich leid, aber das –«

»Stopp!« Trost ist aufgesprungen. Er hat keine Angst vor Meinrad – was soll der schon machen, so tief, wie er selbst in die ganze Rollenspielsache verwickelt ist? Aber Schulmeisters Drohung war zu viel. »Du hättest die Leitung der Abteilung wirklich gerne übernommen, nicht wahr?«

»Wie bitte?«

»Es wurmt dich, dass du übergangen wurdest. Dass man dir mich vor die Nase gesetzt hat. Aber, lieber Johannes, keine falschen Illusionen, das ist nicht so ein Traumjob, wie du denkst. Man muss sich da mit Kollegen herumschlagen, die ihre Grenzen einfach nicht akzeptieren wollen. Die einfach hereinplatzen und ihrem Frust freien Lauf lassen. Man muss sich mit Kollegen herumschlagen, die eigentlich gar keine Kollegen sind. Die einem das Leben nur schwer machen, schlechte Stimmung verbreiten. Kollegen, die –«

»Jetzt hör mir einmal gut zu, Klugscheißer!« Schulmeisters Stimme ist jetzt deutlich zu laut, und als er einen Schritt auf

Trost zugeht und drohend den Zeigefinger hebt, bewegt sich das Wasser im Glas auf Trosts Schreibtisch wie bei einer Szene aus »Jurassic Park«. »Du bist es, der schlechte Stimmung macht! Du bist nicht bei der Sache! Du kriegst ja nicht einmal mit, dass wir uns mit irgendwelchen Vagabunden herumschlagen müssen, die sich am Tatort herumtreiben. Spinner, die sich den Platz zum Campieren ausgesucht haben.«

Trost sieht ihn fragend an.

»Davon weißt du nichts, hä? Natürlich nicht. Was geht es dich auch an? Du rennst lieber mit Strumpfhosen durch Burgen und feierst irgendwelche perversen Ritterorgien. Anstatt einen Mord aufzuklären, kramst du in irgendwelchen Archiven herum, stöberst alte Mythen auf, blickst der Realität nicht in die Augen. Das sind doch alles Hirngespinste. Wem willst du das denn erzählen? Das mit den Fratzen, Geistern, Dämonen und so weiter. Dem Staatsanwalt? Den Zeitungen? Spinnst du schon vollkommen? Der Chef hat das auch schon erwähnt. Der kommt seit Langem schon nicht klar damit –«

»Der Chef?«

»Ja, er –«

»Du warst beim Chef?«

In diesem Moment plärrt das Telefon. Trost hebt ab, seine Augen werden schmal.

Er spürt, wie ihm eine Schweißperle über die Schläfe rinnt.

Er sagt: »Ich komme«, steht auf und geht, ohne ein weiteres Wort an Schulmeister zu richten, aus dem Zimmer.

Bevor die Tür hinter ihm zufällt, hört er Schulmeister noch murmeln: »Schönes Hemd.« Und erst als er das Büro des Polizeidirektors betritt, begreift er, dass er versehentlich immer noch das Hemd vom Vortag anhat. Die Gewandung als verrückter Wanderer aus einem nicht minder verrückten Burgspiel. Trost schießt neuerlich das Blut in den Kopf.

Viel länger als eine Sekunde hat er allerdings nicht, sich Gedanken über seine Aufmachung zu machen, denn Meinrads Stimme rollt durch den Raum über den Schreibtisch, den Teppich und den Parkettboden auf ihn zu wie damals die Ärgerwelle des Lateinlehrers auf dem Gymnasium, als er von zehn Vokabeln eine nicht gekannt hatte.

»Was ist los mit Ihnen, Trost?«

Keine Antwort.

»Wo waren Sie gestern?«

Trost räuspert sich. Was soll die Frage? Er weiß doch genau, wo er war. Schließlich sind sie einander begegnet. »Ich habe in dem Mordfall recherchiert«, erwidert er, »und befand mich in einer Burg. Dort bin ich einer Spur gefolgt, denn es besteht Grund zur Annahme, dass der oder die Mörder aus dem Milieu der Rollenspielerszene stammen.«

Die Worte verklingen so, als hätte er sie in ein Vakuum hineingerufen. In ein schwarzes Loch. Er hört nicht einmal den Klang seiner Stimme, er ist sich sogar unsicher, sie überhaupt laut gesagt zu haben.

»Wissen Sie eigentlich, was hier los ist? Pausenlos läutet das Telefon. Der Bürgermeister da, die Zeitungen dort. Kollegen aus der Sicherheitsdirektion, das Innenministerium, irgendein Landesrat, irgendein Staatsanwalt, irgendein …! Trost! Sie, Sie allein sind mir dafür verantwortlich, wenn es nicht bald Ergebnisse gibt!« Meinrads Hand knallt flach auf den Tisch. »Ihre Abteilung ist ein merkwürdiger Haufen, der nichts zuwege bringt, und Sie selbst … Was haben Sie gesagt, Sie waren auf einer Burg Ritter spielen? Haben Sie etwa sogar noch Ihr Kostüm an? Sind Sie noch bei Trost, Trost?«

Das musste kommen. »Bist du noch bei Trost, Trost?« war schon der Running Gag in der Unterstufe. Er wird es sein Leben lang bleiben. Dass dem Direktor der Spruch ungewollt rausgerutscht ist, ist an der Tatsache erkennbar, dass dieser jetzt völlig konträr zu seiner Gemütsverfassung zu lächeln beginnt. Das dämliche Wortspiel hat also zumindest den Vorteil, dass sich die Stimmung cholerischer Chefs abrupt bessert.

Trost wagt nun auch ein Lächeln, möchte schon etwas sagen, gewinnt an Selbstsicherheit, lächelt breiter, doch plötzlich legt sich ein Schatten auf Meinrads Gesicht. Er steht halb auf, stützt seine Arme auf die Tischplatte und presst die Wörter zwischen seinen Zähnen hervor, als bereite ihm jedes einzelne ungeheure Schmerzen. »Trost. Ich warne Sie. Sie können Ritter spielen, Sie können sich als Armenier bezeichnen, Sie können sich die Haare wachsen lassen, das ist mir alles scheißegal. Aber wenn Sie mit einem Wort erwähnen, dass wir uns auf dieser gottverdammten Burg getroffen haben, dürfen Sie bei uns nicht einmal mehr Wurstsemmeln einkaufen. Haben wir uns verstanden?«

Trost bleibt stumm.

»Ob wir uns verstanden haben? Ein Wort, und ich schieße Sie zum Mond. Ich mach Sie fertig.«

Trost nickt.

»Lösen Sie den Scheißfall endlich, schnappen Sie diesen Pan-Kerl. Und jetzt raus.«

»Ich nenne mich nicht Armenier.«

»Was?«

»Sie sagten, ich nenne mich Armenier. Das tun aber nur die anderen. Ich nenne mich nicht so.«

Schmale Schlitze flankieren einen in Falten gelegten Nasenrücken. Ein finsteres Flüstern: »Raus!«

Als er die Bürotür schließt, steht ihm Annette Lemberg gegenüber. Sie blickt ihn besorgt an.

»Haben Sie eine Spur von Ferdinand Derlers Sohn?«, fragt er und schluckt dabei einen dicken Kloß hinunter.

»Gar nichts, leider.«

»Wissen wir wenigstens, wer verdammt die Leiche ist?«

Annette Lemberg spannt die Lippen und schüttelt den Kopf.

»Und was ist mit diesen Leuten, die sich am Tatort herumtreiben?«

»Ach, das hat er Ihnen erzählt? Das ist doch nichts. Irgendwelche Leute, die im Wald spielen.«

Trost schaut seine Kollegin lange an. Will sie ihn auch verarschen? Er blickt den Gang rauf und runter. Niemand ist zu sehen. Einen Moment lang ist er unschlüssig, welche Richtung er nehmen soll. Zurück in sein Büro oder hinaus auf die Straße? Dann geht er hinaus und steigt in die nächste Straßenbahn. Dabei hat er das Gefühl, als stürzten hinter seinem Rücken Häuserblöcke ein.

Wenn es zu viel wird, denkt er bei sich, dann einfach gehen. Nichts tun. Die Dinge erledigen sich von selbst. Bestimmt tun sie das.

Luftballons und andere Alpträume

Man sieht die ganze Welt nur aus den eigenen Augen. Egal, was man tut. Immer die eigenen Augen. Du kannst nichts dagegen tun. Das ist fast zum Verrücktwerden.
aus Charlottes Tagebuch

Aus der Ferne ist eine Motorsäge zu hören, und der Wind hält seine Ansprachen zwischen den Baumkronen, die das mit eindrucksvoller Geräuschkulisse zur Kenntnis nehmen. Unter seinen Füßen knistert das Laub des Hohlweges.

Als er oben am Rücken des Hügels angekommen ist, stellt er fest, dass die Stelle immer noch mit Absperrbändern gekennzeichnet ist. Der Ort, an dem die Leiche vor vier Tagen gefunden wurde, ist nicht zu übersehen. Immer noch die zu einer Art Zelt aufgeschichteten Äste. Trost blickt sich um. Nichts weist darauf hin, dass jemand in der Nähe ist, und doch fühlt er sich beobachtet.

Er stemmt die Hände in die Hüften. Dreht sich im Kreis. Hört das Knacken von Zweigen. Es wird nicht von ihm verursacht. Er schaut auf. Sieht einen Schatten. Kann es nicht glauben und ruft: »Hallo?«

Keine Antwort.

Die Silhouette taucht wieder zwischen den Bäumen auf und verschwindet schließlich. Trost läuft hinterher, muss aber schon nach wenigen Metern feststellen, dass eine Verfolgung sinnlos ist. Er würde der Gestalt den Berg hinab nachhetzen und dabei, so schnell, wie sie sich bewegte, ohnehin nur den Kürzeren ziehen.

»Bleiben Sie stehen!«, ruft er noch und drückt sich eine Hand in die Seite. Seitenstechen.

Wie sinnlos ist das denn?, denkt er bei sich. Ich renne hier rauf, um mir die Typen anzuschauen, die am Tatort herumhängen, dann finde ich sie und kann nichts tun. Er geht zu der Stelle, an der er die Person zuerst gesehen hat. Er kriecht ins Dickicht, schiebt Zweige zur Seite und hält überrascht inne. Er findet alles, was man für einen perfekten Unterschlupf braucht. Schlafsäcke, Fernglas, Windjacke, ein paar Müsliriegel und Energydrinks.

Trost dreht sich im Kreis. Von hier aus ist der Tatort gut einsehbar, selbst wird man jedoch kaum wahrgenommen.

Er hat nur eine Silhouette gesehen. Vielleicht sind die anderen noch in der Nähe. Ob Pan darunter ist?

»Lemberg«, haucht er ins Telefon, »wären Sie so nett und schickten mir ein paar Leute zum Tatort? Ich hab das Lager unserer spielenden Freunde gefunden.«

Er dreht sich wieder im Kreis, hockt sich schließlich auf den Boden und wartet, bis die Streife eintrifft.

Bis dorthin geschieht nichts. Kein Wanderer, keine mystische Armee, kein Hirtengott, keine Kinder. Nur das drückende Gefühl von Unbehaglichkeit.

Als die Kollegen eintreffen, bemerkt er deren Reserviertheit. Sie wissen nicht recht, wie sie sich in seiner Gegenwart verhalten sollen. Er stellt sich vor, wie die Szenerie aus ihrem Blickwinkel aussieht. Ein rotbärtiger Typ sitzt auf dem Waldboden und erwartet sie in unmittelbarer Nähe zum Tatort eines Mordes.

Die Beamten werfen einander einen unsicheren Blick zu, einer schiebt sich die Schirmmütze aus der Stirn. Sie nähern sich, die Daumen in die Gürtel gehakt. Einen der beiden erkennt Trost. Es ist der Polizist, der unlängst den Scherz mit Schwert und Säbel gemacht hat. Sein Name ist Helmut Galler, fällt Trost ein, und er wäre vor Überraschung darüber, dass er sich den Namen tatsächlich gemerkt hat, fast aufgesprungen. Auch Galler erkennt Trost in diesem Moment. Er wird rot und räuspert sich.

Sein Kollege sagt: »Also, was haben wir denn nun gefunden?«

Trost schaut ihn an. »›Wir‹ haben gar nichts gefunden. Ich war das.« Er zeigt ihnen die Stelle des Lagers. »Stellen Sie bitte die Sachen sicher, lassen Sie sie überprüfen und schicken Sie mir den Bericht. Ja? Danke.« Dann lässt Trost die sprachlosen Polizisten stehen und verschwindet selbst zwischen den Baumstämmen. Er weiß, dass er beobachtet wird. Von den Kollegen. Und von ganz anderen Leuten.

Er hat Charlotte schon vor ein paar Tagen versprochen, heute in ein Autohaus in einer der großen, hässlichen Ausfallstraßen im Süden der Stadt zu kommen.

Als er aufblickt, sieht er durchs Schaufenster, wie ihm seine Frau aus dem Inneren des Autohauses zuwinkt. Er lächelt.

Es gibt Brötchen und Sekt und Orangensaft, und rund um ein paar glänzende Neuwägen steht ein Haufen Leute, die allesamt nicht recht zu wissen scheinen, was sie tun sollen. Das Autohaus feiert ein Jubiläum, und zu diesem Zweck ist eine Bühne aufgebaut worden. Die betritt nun der Moderator Emmerich Stadl, den viele aus dem Fernsehen kennen, weil er seine rechte Augenbraue heben kann. Er führt einige Schmähs, hebt wie erwartet ein paarmal seine Braue, und da und dort gibt es sogar jemanden, der klatscht oder lacht, wenn Emmerich wie ein aus der Übung geratener Stand-up-Comedian verzweifelt versucht, Stimmung zu machen. Trost kommt das Ganze sehr deprimierend vor. Hier am Stadtrand zu sein und irgendeinen halbseidenen Glamour vorgegaukelt zu bekommen, während sich hinten in der Ecke ein paar Anrainer einen Rausch ansaufen. Erst als Stadl endlich auf den Grund des ganzen Trallalas hinweist und auf ein riesiges Netz mit Ballons an der Decke zeigt, hebt sich Trosts Laune ein wenig. Er schaut hinauf, und eine Ahnung überkommt ihn. Er geht zur Seite und zwinkert Charlotte zu. Diese deutet auf ihren Bauch und drängt ihn energisch zurück.

»Bist du verrückt?«, raunt sie ihm ins Ohr und zupft ihm den Zipfel eines Tannenzweiges aus dem Kragen. »Wenn die die Luftballons loslassen, ist hier die Hölle los. Zu gefährlich für mich und das Baby. Du musst allein ran. Streng dich an!«

Und noch ehe er protestieren kann, ist der Teufel los. Er versäumt Emmerichs Kommando, und schon werden die Luftballons freigelassen und schweben von der Decke auf ihn zu.

Charlotte ruft ihm lachend zu. »Drei Schlüssel! In drei Ballons sind Autoschlüssel! Du musst sie platzen lassen!«

Im selben Moment setzt ein ohrenbetäubender Lärm ein. Trost steht in der Mitte des Raums, und von allen Seiten strömen nun die Leute auf ihn zu. Er sieht sie aus den Augenwinkeln, macht die Beine breit, doch es hilft nichts, beim ersten Bodycheck eines stämmigen Bierbauchmenschen geht er zu Boden. Er flucht, doch keiner nimmt Rücksicht auf ihn. Ballons zerplatzen, Leute schreien einander zu oder aufeinander ein, und schon kreischt ein Mädchen auf und hält einen Schlüssel hoch. Fragend dreht sich Trost Charlotte zu.

»Weiter, weiter, da sind noch mehr!«

Trost bekommt einen Schlag in die Rippen, eine ältere Dame hat ihn mit dem Ellbogen getroffen. Sie dreht sich aber nicht um, um sich zu entschuldigen. Trost schnappt ihr einen Luftballon weg, zerdrückt ihn – nichts. Jetzt packt ihn der Ehrgeiz. Irgendwie rollt sich die Menschentraube zu einem Knäuel zusammen, das die Ballons in seine Mitte drängt und sie wie von Sinnen bearbeitet. Trost stolpert und bekommt auf allen vieren einen der Ballons zu fassen. Wieder nichts.

Neben ihm schreit die ältere Dame, die ihn zuvor getroffen hat, auf. »Ich hab einen!«

Doch Trost gibt nicht auf. Er greift sich zwei, drei weitere Ballons, einmal kratzen seine Fingernägel sogar über den Handrücken einer Blondine. Er denkt daran, wie gern er seinen Wagen eigentlich hat. Den weißen Kombi, dessen Kofferraumdeckel ohne Hilfe eines Stockes, den er stets im Kofferraum liegen hat, nicht mehr offen bleibt. Im Winter springt der Wagen dafür immer an, auch wenn alle in der Familie wissen, dass ab einer bestimmten Temperatur keine Scheibe mehr heruntergefahren werden darf, da sie sich sonst nicht mehr schließen lässt. Jetzt kämpft er um einen *Neuwagen*.

Er erinnert sich, Charlotte hat während der letzten Tage auch erwähnt, dass ein Bus zu gewinnen sei oder so etwas wie ein Van, jedenfalls ein Wagen, den er sich regulär nie und nimmer leisten könnte. Wieder ein Luftballon, Trost bemerkt, dass er sich auf allen vieren leichter tut. Er bekommt mehr Ballons zu fassen, da es den anderen anscheinend zu blöd ist, sich zu bücken.

Seine Knie tun weh, doch er macht weiter. Mit der Zeit geht es auch immer leichter. Das Knäuel löst sich auf, der Wald aus Beinen lichtet sich, und endlich steigt ihm auch niemand mehr auf die Finger.

Wald, denkt Trost bei sich. Was mache ich im Wald? Was mache ich in Burgen? Was tue ich hier? In dem Autohaus zu knien und Luftballons platzen zu lassen sieht er plötzlich als Sinnbild seines Scheiterns. Er nimmt einen Ballon, zerdrückt ihn, dreht sich, wo ist der nächste, blickt auf – und erstarrt. Emmerich Stadl steht über ihm auf dem Podest und mustert ihn mit eingefrorenen Zügen. Die anderen Teilnehmer haben sich im Halbkreis um Trost aufgestellt, zwei jugendliche Mädchen zeigen auf ihn und schütteln sich vor Lachen.

Charlotte taucht neben ihm auf und legt eine Hand auf seine Schulter. »Ist schon gut, Armin, es ist vorbei«, raunt sie ihm ins Ohr.

Dann hört er auch Stadl, der ruft: »Wenn Sie noch weitere Luftballons zerplatzen lassen wollen, mein Herr, lassen sich später sicher noch ein paar auftreiben.« Alle lachen. »Die drei Gewinner stehen jedenfalls bereits fest. Bitte zu mir auf die Bühne, meine Damen und Herren, schauen wir uns nun an, welcher der Schlüssel zu welchem Auto passt.«

Und dann kommt wieder Bewegung in die Halle, die drei kreischen und umarmen die Leute, die mit ihnen hergekommen sind, und Charlotte und Trost werden an den Rand gedrängt. Da und dort erntet er noch mitleidige Blicke, doch als er hinauswill, hält Charlotte ihn zurück.

»Komm her, mein Held.«

Sie lächelt, und Trost lässt sich davon anstecken, spürt den Kuss auf seiner Wange und hört ihre Stimme.

»Ich bin jedenfalls sehr gerührt, dass du dich so für uns angestrengt hast. Vielleicht hat jemand Mitleid mit der baldigen Großfamilie und spendet ein Auto.«

Den zweiten Kuss erwidert er. Er vergisst darüber für einen Augenblick seinen aktuellen Fall. Sein ungelöstes Problem. Und er ist Charlotte unendlich dankbar dafür, dass sie ihn mit so seltsamen Aktionen wie dieser hier im Autohaus davon ablenkt. Auch wenn sie es ist, die ihn auch wieder zurückholt, indem sie einen Tannenzweig aus seinem Haar zupft.

»Sag, warst du im Wald?«

»Jaja, Wald«, haucht Trost und küsst sie erneut.

Zu Hause dringt die Sonne durch die Lamellen der Jalousien und taucht die Küche in harte gestreifte Schatten. Elsa malt am Tisch ein Bild, Jonas blättert in einer Zeitschrift, und Charlotte beginnt, den Stapel Prospekte, den sie seit ein paar Tagen angehäuft hat, durchzuackern. Sie schreibt alles auf, trägt Einsendeschlüsse in den großen bunten Kalender, der an der Wand hängt, ein, füllt Gewinnspiele aus und notiert die Aktionen der Supermärkte. Trost sieht ihr an, wie sehr sie Spaß daran hat. Sie lächelt und wischt sich eine braune Locke aus dem Gesicht. Dabei sieht sie aus wie in einer Orangensaftwerbung, blickt zu den Kindern auf, fährt Elsa liebevoll durchs Haar. Ja, eine Szene wie aus einem Werbespot, denkt Trost, der am Fensterbrett lehnt und kurz hinaus in den Garten schaut, hinter dessen Zaun der Wald im herbstlichen Grau Spalier steht.

Elsa ruft: »Schau, Mama, was ich gemalt habe.«

Charlotte greift nach dem Blatt Papier.

Und augenblicklich ist der Spot zu Ende. Trost bemerkt eine beunruhigende Veränderung in Charlottes Gesichtsausdruck, ehe sie das Bild fallen lässt.

Es flattert einmal hin und her, ehe es sanft über die Tischplatte gleitet und elegant und lautlos auf dem Boden aufsetzt.

Trost starrt auf die Zeichnung. Und dann auf Elsa. »Was ist das?«

»Das ist mein Engel, Mama«, sagt sie stolz, aber offenbar ein bisschen beleidigt, weil Charlotte das Blatt fallen gelassen hat. »Der Engel, der uns immer besuchen kommt.«

Nervös betrachtet Charlotte noch einmal die Zeichnung. Elsa hat eine Figur gemalt. Mit weißem Gesicht und großen Augen. Sie steht vor einem Haus und vor einer kleineren Figur. Nur dass man alles, was sich hinter der Figur befindet, erkennen kann. Als blickte man durch das Strichmännchen hindurch. Die Zeichnung sieht auf gruselige Weise erwachsen aus. Wie moderne Kunst. Aber davon versteht Trost eigentlich nichts.

Er geht auf Elsa zu und schüttelt sie. »Welcher Mann kommt dich besuchen? Und wann?«

Elsa beginnt zu weinen. »Na, gestern am Abend war er da. Ein fremder Mann. Er stand im Garten. Er ist immer so nett.«

Sie fahren mit dem Auto zu Charlottes Schwester. Die Landschaft rauscht an ihnen vorbei wie die Kulisse in einem alten Film. Im Rückspiegel wirft Trost einen beunruhigten Blick auf Elsa. Sie starrt auf das Brachland, das sich nun vor der Autobahnabfahrt ausbreitet. Er rekapituliert die Ereignisse der vergangenen fünf Tage:

Ein Messer in seinem Zaun, eine Leiche im Wald. Ein Ritterspielabenteuer auf einer Burg.

Ein irrer Verkleideter, der vermutlich Leute umbringt, ein irrer Verkleideter, der sein Chef ist.

Der Selbstmord eines Vaters, weil sein Sohn ein irrer Verkleideter ist.

Und jetzt: fremde Typen, vielleicht auch irre Verkleidete, die seine Tochter belästigen. Vor seinem Haus.

Als sie vor der Wohnung der Schwägerin ankommen, schwenkt die Stimmung blitzartig um. Elsa sieht ihre Cousins, springt lachend aus dem Wagen und verschwindet im Haus. Irene, Charlottes Schwester, winkt ihnen zu.

Kurz darauf holt Schwager Klaus die erste Rotweinflasche aus dem Keller und ruft: »Lasst uns lustig und auch sein.« Er hat die Angewohnheit, manchmal wie ein Mittelwesen aus dem Jedi-Meister Yoda und dem komischen Vogel in dieser Dinosaurier-Zeichentrickserie zu sprechen, die Elsa so gerne sieht. Das Ablenkungsmanöver in Richtung Ausgelassenheit funktioniert.

Während der Lärmpegel der spielenden Kinder rundherum anschwillt und die Sonne draußen verschwindet, wechseln die Neuigkeiten einander ab. Die Geschichte vom Luftballons zertretenden Trost, Charlottes aktuelle Versuche, mit Baumarkt-Coupons zu einem Gratisgartenhäuschen zu kommen, und Jonas' Merkwürdigkeiten lassen die Zeit verfliegen. Irgendwann verfallen sie in einen verschwörerischen Flüsterton, suchen nach Erklärungen für Elsas Zeichnungen, und Trost fühlt sich in die Enge getrieben. In Charlottes Aussagen glaubt er Vorwürfe mitschwingen zu hören, dass er solche Dinge doch im Handumdrehen erklären können müsse. Schließlich sei *er* der Ermittler. Er müsse doch zu mehr fähig sein, als seine Familie zu verstecken. Was mache er überhaupt noch hier?

Als Irene dann plötzlich das Gespräch auf den nächsten Tag lenkt, schlägt sich Charlotte mit der flachen Hand auf die Stirn. »Du meine Güte, Armin, die kommen ja morgen.«

»Wer?«

»Na wer, die Fernsehleute.«

Es ist noch nicht lange her, da hat ein Mitarbeiter eines Privatfernsehsenders angerufen und um ein Interview mit Charlotte gebeten. Es gehe um eine Reportage über schwangere Frauen und wie sie ihren Haushalt managen. Mehr hat Charlotte gar nicht mehr in Erinnerung, nur dass sie einmal irgendeinen Teilnahmeschein ausgefüllt hat und jetzt offenbar in der Kartei des Senders gelandet ist. Jedenfalls wurde ihr für den Beitrag und die Dreharbeiten, die einen Tag lang dauern und in einer Talk-show ausgestrahlt werden sollen, eine Summe angeboten, die sie sofort hat zusagen lassen.

Trost hat den Termin völlig vergessen. Sie beschließen, Elsa über Nacht bei Irene und Klaus zu lassen, damit sie auf andere Gedanken kommt.

»Das Fernsehteam soll kommen, danach kümmere ich mich um den Typen, der um unser Haus schleicht«, versucht Trost es mit einem Lächeln in die Runde. Niemand erwidert es. Klaus trinkt einen Schluck Rotwein.

»Und um den Mordfall«, fügt Trost noch hinzu, wie um deutlich zu machen, dass er eigentlich ganz woanders sein sollte.

Als auch daraufhin keiner etwas sagt, ruft der Schwager: »Am Wochenende fahren wir nach Schön und auch Brunn.«

Fragende Blicke.

»Na, nach Schönbrunn zum Koalabärschauen.«

Immer noch fragende Blicke.

Später am Abend, sie sind wieder zu Hause, läuft im Fernsehen eine dieser Endlosserien, die in einem Krankenhaus spielen. Genau das Richtige für einen Tag, den man, ohne zu denken und zu reden, zu Ende bringen will.

Trost liebt es, sich in solchen Stunden auf Charlottes Brust zu legen, ein Joghurt zu löffeln und gemeinsam auf den Bildschirm zu starren. Der gelbe Lichtkegel der Einfahrtsbeleuchtung fällt bis weit in den Garten, in dem ein paar alte, dürre Apfelbäume stehen. Deren Äste sind verkrüppelt und sehen aus, als litten sie unter einer Gelenkkrankheit. Sie werfen Schatten, die einem Angst machen können, vor allem wenn der Wind weht und sie sich bewegen. Als stünden dort Kreaturen, die nur darauf warten, bis endlich im Inneren des Hauses das Licht ausgeht und sie dann im aschfahlen Mondschein ihr Unwesen treiben können.

Aber nein, das Licht geht nicht aus. Jonas schläft zwar bereits, doch aus dem Wohnzimmer flackert der bläuliche Schimmer des Fernsehapparats und aus dem Kinderzimmer der gelbe Schein des Nachtlämpchens, das dort brennt, obwohl Elsa heute gar nicht da ist.

»Armin, ich stelle mir dauernd vor, wie jemand in unserem Garten steht und unser Haus beobachtet. Ganz egal, was du davon hältst. Heute bleibe ich auf.«

Trost seufzt. Er ist unendlich müde. Und ratlos. »Nein«, sagt er schließlich. »Ich bleibe auf, und du schläfst. Ich beschütze dich.«

Er hätte sich gewünscht, Charlotte würde etwas heftiger gegen seinen Vorschlag protestieren. Aber sie küsst ihn lediglich auf die Wange, sagt »Danke« und »Gute Nacht« und verschwindet im Schlafzimmer.

Das Haus liegt im Dunkeln. Trost starrt aus dem Fenster hinaus in die Nacht. Sie ist diesmal besonders düster, die Umrisse der Bäume sind weniger deutlich. Es wird auch immer nebliger, grauer, verschwommener. Jetzt, wo er hier sitzt, wird ihm erst klar, dass es ein Ding der Unmöglichkeit sein wird, wach zu bleiben. Er fasst den Entschluss, es wenigstens so lange zu versuchen, bis alle im Haus eingeschlafen sind. Also bemüht er sich, an allerhand zu denken. Doch ehe es dazu kommt und auch ehe er einen Mann erkennen kann, der in ihrem Garten herumschleicht, träumt er von Tränen und schwarzen Räumen und einem Typen, der sich eine Taschenlampe unter den Pullover steckt, damit er unheimlicher aussieht.

Als er wieder munter wird, ist es bereits sehr spät geworden. Er erinnert sich, dass er wegen eines Geräusches aufgewacht ist.

Es wiederholt sich jetzt. Tock-tock.

Es kommt von der Haustür.

Tock-tock. Diesmal etwas langsamer.

Zwei Stufen auf einmal nehmend rennt er ins Schlafzimmer und lässt im Treppenhaus das Licht an. Im Bett versucht er, Charlottes Körper zu spüren, die mit dem Rücken zu ihm liegt und deren Schnarchen nicht aus dem Takt kommt. Er weckt sie nicht. Lauscht in die Finsternis. Nichts.

Verliert er den Verstand?

Dann wacht er auf und blickt lange an die Decke. Er sitzt im Wohnzimmer. Er hat geträumt. Alles nur geträumt. Wahrscheinlich sogar erst vor ein paar Minuten, kurz vor dem Aufwachen. Sein Herz poltert immer noch.

»Ich hab ein Haus, ein Äffchen und ein Pferd ...«

Das größte Klumpert sind die Spielsachen, die du in den Fast-Food-Ketten und am Weltspartag bekommst. Die halten meistens nicht einmal lange genug, um sie auf dem Flohmarkt zu verkaufen. Ganz im Gegensatz zum Inhalt der Überraschungseier.
aus Charlottes Tagebuch

»Wir werden das durchziehen, sie kommen her, filmen uns, fahren wieder, danach stellt sich eine Polizeistreife vor die Tür. Noch heute Nacht. Diesen Typen schnappen wir, verlass dich auf mich.«

Trost lässt sich seinen Brummschädel nicht anmerken, steckt stattdessen all seine Überzeugungskraft in seine Worte. Er weiß, wie viel es seiner Frau bedeutet, dass er an ihrem Leben teilnimmt – so sonderbar es manchmal auch ist.

Sie küsst ihn. Dann blickt sie sich um. »Hilfst du mir noch beim Aufräumen?«

Eine Sekunde vergeht. Dann springen beide aus dem Bett.

In Elsas Zimmer steht die Luft, und Trost öffnet ein Fenster zum Stoßlüften. Als er sich umdreht, fällt sein Blick auf den Schreibtisch, auf dem Elsas Zeichnungen der vergangenen Tage herumliegen. Er zieht einen Sessel heran und setzt sich.

Auf dem Tisch liegt auch der Stapel an Bildern, der Charlotte und ihn gestern so in Rage versetzt hat. Das kindliche Gekritzel reicht gerade aus, um mit ein wenig Phantasie einen Mann mit Hut zu erkennen. Der Mann steht im Garten. Der Mann steht vor dem weißen Kombi. Der Mann steht vor zwei Kindern. Und ein Bild zeigt den Mann, wie er vor einem Bett steht. Im Kinderzimmer also.

Ihm wird heiß. Wenn nur das verdammte Fernsehteam endlich da wäre. Wenn nur der verdammte Mordfall endlich gelöst wäre. In diesem Moment hört er den Motor eines herannahenden Wagens.

Noch während die Schiebetür des Vans aufgeht und die Blondine sich in dem engen Rock mit ihren Stöckelschuhen über den Kiesweg mit gefährlich wippenden Knöcheln zum Haus vorkämpft, fällt dreimal das Wort »Scheiße« aus ihrem Schmollmund.

Sie drückt Trost flüchtig die Hand, und ihm fällt auf, dass ihre Finger sich so weich und warm wie ein Waschlappen anfühlen. Über seine Schulter hinweg winkt sie Charlotte zu, die ihr aber beharrlich die Hand entgegenstreckt, sodass sie sie doch noch halbherzig nimmt. Dabei beendet die Blondine das Telefongespräch, wischt mit dem Handy durch die Luft, als hätte jemand etwas gesagt, das ihre Speicherkapazität überfüllt hat, und ruft: »Ich sag gleich, das wird heute alles sehr knapp! Ich hoffe, Sie wissen das.«

Das alles passiert quasi gleichzeitig.

In ihrem Windschatten sausen ein Kameramann und der Tontechniker mit, ebenfalls nur beiläufig grüßend, keine Zeit für Höflichkeitsfloskeln. Mit anderen Worten: Der Auftritt der Fernsehleute macht deutlich, dass sie unter normalen Umständen niemals einen Fuß in dieses Haus setzen würden. Sie wirken, als hätten sie bis gerade eben über alles andere geredet, nur nicht darüber, was sie hier vorhaben. Alle drei sehen aus, als hätte man sie aus einem Hubschrauber in unbekanntes Terrain abgeworfen. Sie müssen sich erst mit der Situation vertraut machen.

Trost beobachtet, wie die Reporterin durchs Haus trippelt und sich die Räumlichkeiten zeigen lässt. Sie lächelt Elsa zu, die am Vormittag von Klaus gebracht worden ist, und scheint auch Jonas' Blick zu spüren, der offenbar voller Bubenträume ist und irgendwo zwischen ihrem Nabel und ihrem Kinn haften bleibt. Er starrt die sich unter der weißen Bluse durch den etwas zu dunklen BH abzeichnenden Brüste mit so unverhohlener Begeisterung an, dass das Lächeln der Reporterin eine Sekunde lang breiter wird. Trost schmunzelt innerlich über die Reporterin, die sich ihre Haare mit ausladender Geste in den Nacken wirft und die Hüften beim Gehen etwas mehr schwingen lässt. Und weil nun mit jedem Schritt ihr ganzer Körper schaukelt wie ein Naturereignis, hüpfen auch die Brüste aufgeregt mit, was Trost dazu veranlasst, demonstrativ wegzuschauen. Er rückt ein Foto auf dem Fensterbrett zurecht und sieht aus dem Augenwinkel, wie die Reporterin die Schultern noch etwas weiter nach hinten drückt und seinen Buben so lange angrinst, bis dessen Wangen dunkelrot anlaufen. Ihre Deoduftwolke nebelt ihn ein.

Trost bemerkt, dass Jonas an Dinge denkt, die sich ihm vielleicht niemals – jedenfalls nicht heute – erfüllen werden, und schickt ihn zum Kaffeemachen. Der Bub verdreht die Augen und schlurft davon. Das Lächeln der Reporterin verfliegt. Trost bemüht sich, nicht ebenfalls auf ihre hüpfenden Brüste zu starren.

»Okay, ich sag Ihnen jetzt, wie das läuft.« Die Reporterin nippt an dem Kaffee, während ihr Blick pausenlos durchs Wohnzimmer streift. »Wir machen eine Geschichte über die Familie, die sich von Gewinnspielen ernährt. Ich schlage Sie aber auch für Familientausch vor, in Ordnung?«

»Familientausch«, wiederholt Charlotte, doch Trosts Stimme ist lauter, als er einwirft:

»Moment, Moment, das mit den Gewinnspielen ist ja nicht unsere einzige Einnahmequelle. Ich verdiene ja auch noch Geld.«

»Jaja, schon gut, schon gut. Das wissen wir. Aber um die Gewinnspiele geht es. Und um Ihre Frau. Das ist die Geschichte. Deshalb sind wir hier. Wir wollen keine Männergeschichte drehen, nur damit das klar ist. Und bitte auch keine Mann-ist-eifersüchtig-auf-seine-erfolgreiche-Frau-Geschichte, ja?«

Was in den Stunden danach geschieht und wie das in einen zusammenhängenden Beitrag passen soll, entzieht sich Trosts Kenntnis. Immer wieder flammt das grelle Licht auf, immer wieder hallt ein »Scheiße, so geht das nicht« durch die Gänge, wenn irgendjemand sich falsch bewegt, falsch schaut oder etwas Falsches sagt. Unbeholfen stolpert Trost wie ein Fremder durchs eigene Haus. Ihm ist es bald ganz recht, dass sie es mit Kamera und Mikrofon eher auf Charlotte abgesehen haben, und als sie dann irgendwann wieder im Wohnzimmer auf dem Sofa sitzen und interviewt werden, versucht er verzweifelt, an etwas anderes zu denken als an den Schweiß, der ihm über den Nacken die Wirbelsäule entlangrinnt. Doch je mehr er daran denkt, nicht daran zu denken, denkt er daran, und bald schon schwitzt er so sehr, dass er anfängt, sich mit dem feuchten Handrücken über die Stirn zu wischen in der Hoffnung, dass es niemand bemerkt. Das Licht wird immer unerträglicher, und die Fragen beantwortet er nur noch mechanisch.

»Ja, meine Frau macht das großartig mit der Schwangerschaft ... Nein, wir haben keine Geldsorgen ... Ja, ich ... wir ... freuen uns auf das Baby sehr ... Nein, in Karenz gehe ich nicht ... Warum? Weil ... Jaja, ich hab schon verstanden, keine allzu langen Pausen beim Sprechen, also ... weil –«

Als es an der Tür läutet, springt er erleichtert auf. Er glaubt zu spüren, dass alle anderen auch erleichtert sind über die kleine Pause. Als leide jeder in dem Raum mit ihm.

Im Vorzimmer wischt er sich noch einmal mit dem Ärmel seines Hemds übers Gesicht und zupft sich den Stoff zurecht. Wer immer es ist, er wird ihn in ein Gespräch verwickeln, um der Fortsetzung des Interviews so lange wie möglich zu entgehen. Vielleicht sind es Zeugen Jehovas, dann könnten sie über Gott und die Welt reden und der Story einen neuen Drall geben. Vielleicht ist es aber auch der Postler, der einen Gewinn vorbeibringt, das wäre dramaturgisch dann wohl fast zu viel des Guten.

Er öffnet die Tür, sieht etwas Schwarzes auf sich zukommen,

spürt, wie es seine Stirn trifft, und taumelt rücklings zurück ins Haus.

Er geht auf die Knie, fühlt, wie sich Taubheit ausbreitet. Benommen kippt er auf den Boden. Der Schlag hat ihm aber nicht vollständig das Bewusstsein geraubt. Er sieht, wie mehrere Paar behaarte Hufe an seinem Gesicht vorbei ins Innere des Hauses stürmen, und ist so verwirrt über dieses Bild, dass er es sogleich verdrängt

Mit einem Hieb derselben Waffe, die wohl auch Trost getroffen hat, geht nun der Kameramann zu Boden, und auch der Lichtassistent scheint mit jemandem zu ringen, denn irgendetwas geht in der Küche zu Bruch, und heisere Hilferufe dringen zu ihm. In diesem Moment setzt auch ein völlig irres Gekreische ein, das alle Kampfgeräusche überlagert. Trost versucht sich aufzurichten, doch sein Nacken schmerzt so sehr, dass er zunächst schon Mühe hat, wenigstens den Kopf zu heben. Er sieht, wie eine Gestalt nach der Reporterin greift. Die Frau will in ihren hochhackigen Schuhen fliehen, stolpert aber, und einer ihrer Füße dreht sich bei dem Sturz im rechten Winkel nach außen. Ihre Schreie verstummen erst, als wieder jemand mit einer Waffe so lange auf sie einschlägt, bis sie sich nicht mehr rührt. Im Hintergrund sieht Trost eine der Kameras am Boden liegen. Ein rotes Lämpchen leuchtet. Die Bilder vom Überfall könnten später ein Vermögen einbringen, denkt Trost bei sich. Sie würden die Täter überführen. Ganz schnell. Jetzt nur überleben. Einfach überleben. Dann sieht er, wie ein Fuß auf die Kamera tritt, immer und immer wieder, bis davon nichts weiter übrig ist als ein Haufen wertloser Sondermüll.

Trost nimmt alles nur schemenhaft wahr, sieht verschwommen, kann die Dinge nicht scharf stellen. Er hört Charlottes Stimme »Armin« rufen, und unwillkürlich greift er nach dem Fuß eines Eindringlings. Seine Stimme ist ein Gurgeln, aber sie ist kräftiger, als er vermutet hätte. Er schreit: »Nimm den Wagen und hol Hilfe!« Aber es klingt wie »Nemnagn uhlfe«.

Noch ehe er einen weiteren Versuch starten kann, sich zu

erheben, spürt er einen Windhauch und blickt den Silhouetten nach, wie sie sich entfernen. Er sieht jetzt klarer: Charlotte, die Elsa hinter sich herzieht. Das Kind ist es, das so kreischt. Der Fuß, den er hält, tritt ihm ins Gesicht, und Trost lässt los. Als er die Augen wieder öffnet, bemerkt er, dass Charlotte den Kombi gestartet hat und rückwärts aus der Einfahrt donnert. Jemand rennt dem Wagen hinterher.

Trost stemmt sich so weit hoch, bis er seine Knie unter den Bauch ziehen kann. Es kostet ihn unendlich viel Mühe. Als er den Blick hebt, sieht er unscharfe Füße vor sich auftauchen. Wie in einem uralten Videofilm flimmert alles.

Schnitt.

Jetzt taucht eine Fratze vor ihm auf. Grün leuchtende Augen in einem knallroten Gesicht, das ein abstruses Grinsen zeigt, gehässig und böse. Die Hörner, die ihm aus der Stirn ragen, sind nicht einmal so schlimm. Trost redet sich ein, zu halluzinieren, und kämpft sich weiter hoch, so weit, bis er sich aufrichten kann und Schritt für Schritt aus dem Haus taumelt.

Schnitt.

Er sieht seinen Kombi davonrasen und gefährlich schlingern. Nicht so schnell, denkt er noch, als der Wagen ins Schleudern gerät und kippt. Einmal, zweimal.

Schnitt.

Trost liegt wieder auf dem Boden. Er schreit: »Nein!«, doch aus seinem Mund kommt nur ein unverständlicher Grunzlaut. Er rappelt sich wieder hoch. Jeder Schritt schmerzt, noch einmal fällt er hin, doch er hetzt weiter auf das auf dem Dach liegende Fahrzeug zu. Immer wieder taucht die Fratze von vorhin vor seinem inneren Auge auf. Sie drängt sich einmal von links, einmal von rechts ins Bild. Sie grinst in einem fort. Trost wird schlecht. Er hört die Musik des beim Starten automatisch eingeschalteten CD-Players.

»… Ich hab ein Haus, ein kunterbuntes Haus, ein Äffchen und ein Pferd, die schauen dort zum Fenster raus …«

Schnitt.

Er sieht, wie sich durch die Staubwolke, die den Wagen umhüllt, Schatten dem Auto nähern und sich rasch wieder entfernen. Trost stolpert weiter. »Charlotte! Elsa!«, brüllt er jetzt schon deutlicher. Dann erscheint ein weiteres Mal dieses Gesicht vor ihm, und diesmal ist es sehr real. Es lächelt tatsächlich. Ein starres, eingefrorenes, bösartiges Lächeln. Der Mund ist so verzerrt, dass seine Winkel beinahe bis zu den schwarzen Tränensäcken reichen. Nein, beschließt Trost, das ist kein echtes Lächeln. Das ist eine Maske.

Schnitt.

Trost erinnert sich jetzt auch an die Füße, die zuvor an ihm vorübergetrampelt sind. Behaarte Hufe wie die eines Ziegenbocks. Er weiß sofort, dass er dieses Gesicht, diese Pan-Erscheinung bereits gesehen hat. Und er weiß auch, wo. Auf Waffengriffen. Und damals auf der Burg. Da ist er Pan noch in letzter Sekunde entkommen. Diesmal offenbar nicht.

Die Bilder vor seinen Augen flackern erneut.

Schnitt.

Pan lacht. Er lacht ihn an und lässt ihn nicht aus den Augen. Trost will »Verschwinde!« rufen, doch nichts, was einem Wort ähnelt, kommt ihm über die Lippen. Stattdessen hört er weiter das Lied aus dem Auto: »… Ich hab ein Haus, ein Äffchen und ein Pferd, und jeder, der uns mag, kriegt unser Einmaleins gelehrt …«

Schnitt.

Etwas Schwarzes rast abermals auf Trost zu. Und dann endet das Abenteuer. Die Geschichte ist aus. Was bleibt, ist das erinnerungslose Nichts.

Dunkelheit.

Trost kippt zur Seite.

Ob jemals wieder jemand etwas sagen wird?

Manchmal versuche ich, nicht in den Wald hineinzusehen. Als könnten mich seine Schatten verstören.
aus Charlottes Tagebuch

Mühsam öffnet Trost die Augen. Vorsichtig blinzelnd blickt er sich um und hofft, der Fratze nicht noch einmal zu begegnen. Doch diesmal ist alles hell und klar. Und warm.

Zu hell, zu klar und zu warm, wie er nun feststellt.

Er versucht sich aufzurichten, doch es gelingt ihm nicht. Plötzlich taucht aus dem Augenwinkel eine Gestalt auf. Sie ist das genaue Gegenteil von der Fratze von vorhin. Eine blonde Frau mit dunklen Augen und geschwungenen Lippen wie vom Cover einer Frauenzeitschrift. Er kennt diese Frau, kann sie aber noch nicht einordnen. Sie ist viel zu schlank, geradezu bedenklich dürr. Sie lächelt, auch wenn es etwas bemüht aussieht.

»Herr Trost«, sagt sie, »bleiben Sie ganz ruhig. Bewegen Sie sich nicht. Haben Sie Schmerzen?«

Trost will etwas sagen, entschließt sich dann aber doch, nur ganz leicht den Kopf zu bewegen. Ein wilder Schmerz sticht ihm durch die Wirbelsäule. Er nickt.

»Ich verstehe. Sie werden gleich wieder einschlafen. Keine Sorge.«

»Schlafen«, hat sie »schlafen« gesagt? Aber Charlotte, Elsa, das Auto und die Fratze. Er muss ihnen doch nach, ihnen helfen. Alles, nur nicht schlafen!

»Keine Sorge«, wiederholt die Frau, die jetzt plötzlich eine Spritze in der Hand hält.

Jetzt findet er, dass sie besser aufs Cover der Betriebszeitung eines Krankenhauses passen würde. Und er erinnert sich wieder an sie, auch wenn er sie das letzte Mal als phantastisches Waldwesen gesehen hat, bemalt und mit einem zauberhaften Kostüm bekleidet. Als Kreatur einer anderen Welt. Es ist die Waldfee, die vor ihm steht. Mit hohen Backen, eingefallenen Wangen und schwarzen Augenringen. Sie sieht traurig aus. Überarbeitet. Unendlich müde.

Wird sie womöglich wieder schreien, um ihre Schergen hereinzuholen, diesen wilden Haufen Sonderlinge, die ihm dann den Hals umdrehen würden? Ist Harkor, der Typ mit der Augenbinde, schon hier?

Die Waldfee lächelt, sagt wieder, er möge sich beruhigen. Die Spritze nähert sich. Sie will ihn jetzt zum Schlafen bringen. Doch genau das Gegenteil sollte er jetzt tun! Er sollte Charlotte suchen. Aufstehen und nach ihr suchen. Um Himmels willen, lassen Sie mich in Ruhe! Er richtet sich auf, oder er glaubt jedenfalls, das zu tun.

Er schließt die Augen und träumt. Jemand schlägt die morsche Tür einer Gartenhütte zu. Elsa rennt mit einer Maske in der Hand durchs Haus. Annette Lemberg reißt sie ihr aus der Hand und lacht hysterisch. Charlotte ist auch da. Sie lacht mit.

Jemand singt: »Ich hab ein Haus, ein Äffchen und ein Pferd …« Dann setzt Charlotte sich die Maske auf. Es ist die Maske des Pan. Sie rennt auf ihn zu, reißt die Arme in die Höhe und brüllt wie ein Tier.

Wieder schlägt jemand eine Tür zu. Das Geräusch ist so laut wie ein Pistolenschuss.

Als er die Augen neuerlich öffnet, ist er ziemlich sicher, dass diesmal mehr als vier Minuten vergangen sind. Er ist sogar überzeugt davon, dass auch beim letzten Mal, als er aufgewacht ist, mehr als vier Minuten vergangen waren. Er hat keine Ahnung, wie viel Zeit seit dem Überfall verstrichen ist, seit dem Autounfall, seit den Schlägen ins Gesicht, die ihm die Fratze verpasst hat, aber er weiß, dass jeder Tag, jede Stunde zu viel ist. Wo ist seine Frau? Seine Tochter?

Als er den Kopf dreht, ist der Schmerz nicht mehr ganz so schlimm. Er schaut zu dem Jungen hinüber, der im Sessel neben seinem Bett kauert. Es ist Jonas, der eingerollt, die Beine über eine Lehne und den Kopf auf den Knien, schläft. Er muss den Namen seines Sohnes ein paarmal zischen, ehe dieser endlich aufwacht und ihn aus verklebten Augen ansieht.

»Papa …«

»Wie lange war ich weg?«

»Was?«

»Wie lange habe ich geschlafen?«

»Keine Ahnung, der Überfall ist gestern passiert. Zu Mittag, am Nachmittag. Ich war die ganze Nacht bei euch.«

»Euch?«

Jonas stockt. »Mama ist auch da.«

Trost fixiert seinen Sohn, wagt aber nicht, ihm eine Frage zu stellen.

»Es geht ihr gut.« Er lächelt unsicher. »Na ja, also nicht so schlecht halt.«

Trost nickt. »Nicht so schlecht« ist die beste Antwort, die er erwarten darf. »Und dem Baby?«

Jonas hebt die Schultern. »Also, ich glaub, auch gut.«

»Du glaubst?« Trost seufzt. Er glaubt. »Weißt du, ob hier irgendwo Polizisten sind?«

»Was?«

»Schau nach, geh aufs Klo und schau nach, ob du Männer siehst, die allein Zeitung lesen. Oder telefonieren. Geh aufs Klo, mach die Augen auf und erzähl mir nachher alles.«

»Aber –«

»Raus jetzt, und beeil dich! Und achte auch auf die dürre Ärztin. Die darf dich nicht sehen.«

Jonas stellt keine Fragen mehr, steht auf und geht hinaus. Die Tür fliegt auch nicht zu. Es riecht nach Krankenhaus.

Trost wartet.

Als der Bub zurückkommt, ist er erleichtert. Wenn man der Beobachtungsgabe seines Sohnes trauen kann, ist weiter nichts nötig, als aufzustehen und hinauszugehen.

»Wir sollten nur schnell sein«, sagt Jonas.

»Wieso?«

»Weil wir am Schwesternzimmer vorbeimüssen.«

Als Trost sich aufsetzt, wird ihm schwindelig.

Einige Minuten später ist er Jonas unendlich dankbar dafür, dass er ihm ein paar Sachen zum Anziehen mitgebracht hat. Sein Sohn hat ihm auch berichtet, dass Elsa bei Irene in Sicherheit ist. Sie hat wie durch ein kleines Wunder nur ein paar Schrammen abbekommen. Trost muss lächeln bei dem Gedanken, dass es offenbar doch Schutzengel gibt.

»Mama liegt einen Stock über uns und schläft die ganze Zeit. Ein paar Knochen sind gebrochen, Gehirnerschütterung, ich hab nicht alles verstanden.«

»Wir müssen zu deiner Mutter. Sofort.«

Es gelingt ihnen, ohne angehalten zu werden, bis in Charlottes Zimmer vorzudringen. Dort angekommen, bleibt Trost wie angewurzelt stehen. Sein Unterkiefer klappt auf, und er flüstert immer wieder ihren Namen. Auf dem Bett vor ihm liegt Charlotte. Jedenfalls steht das auf dem Patientenblatt am Fußende.

Ihr Kopf ist von weißen Bändern verdeckt, nur ihre Augen und der Mund sind zu sehen. Ein Arm ist eingegipst. Links und rechts zahlreiche Flaschen, die an Haken hängen, und dünne Schläuche, die irgendwo unter ihrer Decke verschwinden. Auch in den anderen fünf Betten in dem Krankenzimmer liegen Frauen, doch er beachtet sie gar nicht. Durch die weißen Vorhänge dringt milchiges Vormittagslicht.

Trost setzt sich an Charlottes Seite und drückt ihre Hand. Die Augen öffnen sich, und ihre Mundwinkel wandern nach oben. Erleichtert zwingt Trost sich auch zu einem Lächeln.

»Wie geht's dir, mein Schatz?« Er kommt sich dämlich vor. Wie soll es ihr schon gehen?

Sie antwortet auch gar nicht. Schließt die Augen, um sie Sekunden später wieder zu öffnen.

»Es tut mir so leid«, haucht er.

Wieder antwortet sie nicht. Er kann nicht verhindern, dass eine Träne über seine Wange kullert. Jonas schaut ihn erschrocken an.

»Ich verspreche dir, ich höre auf mit dem Scheiß. Ich such mir eine andere Arbeit, mir fällt schon was ein. Ich versprech's.«

Statt zu antworten, wird Charlottes Händedruck nun stärker, und ihre Augen starren ihn an. Direkt und bis hinein hinter seine Pupillen, so kommt es ihm vor. Er deutet das Zeichen richtig und nähert sich mit seinem Ohr ihrem Mund. Und deshalb versteht er ihr Flüstern auch sehr deutlich.

Sie sagt: »Red keinen Blödsinn, Armin. Fang diese Typen.«

»›Fang diese Typen‹?«, wiederholt er laut. Wenn die Situation nicht so unpassend gewesen wäre, hätte er jetzt laut aufgelacht. Charlotte benimmt sich wie eine strenge irische Einwanderin im New York der Zwischenkriegszeit, deren Sohn bei der Polizei und der ganze Stolz der Familie ist.

Aber es ist trotzdem so, als hätte sie einen Code gesprochen, der etwas in ihm auslöst. Er fährt hoch und spannt seinen Rücken. Sie sehen einander an.

»Noch etwas«, flüstert Charlotte. Er kommt wieder näher. Sie sagt: »Lies mein Tagebuch.«

»Was?«

»Lies mein Tagebuch!«

Ihre Augen flattern, und sie stöhnt auf. Es muss sie furchtbare Anstrengung kosten, zu sprechen. Ehe sie neuerlich in den Dämmerschlaf sinkt, treffen sich ihre Blicke. Trost glaubt, so viel Wärme in ihren Augen zu spüren wie noch nie zuvor. Behutsam küsst er ihre Stirn. Dann ihren Mund.

»Mir geht es gut, Armin. Dem Baby auch. Aber du musst los. Lies das Buch. Da steht alles drin«, haucht Charlotte.

Sie drückt noch einmal seine Hand, und er spürt plötzlich das kleine schwarze Büchlein in seinen Fingern. Fragend schaut er zu Jonas auf.

Der hebt die Schultern. »Sie hat gesagt, ich soll es ihr von zu Hause mitbringen.«

Charlottes Hand erschlafft, und sie schläft von einem Moment auf den anderen ein. Das Büchlein fällt zu Boden, und Trost hebt es auf.

Fang diese Typen.

Er und Jonas sehen sich an.

»Was soll ich mit dem Buch?« Trost betrachtet es und seufzt. »Na, komm, du hast gehört, was deine Mutter gesagt hat. Ich muss die Kerle fangen. Hilf mir raus hier.«

Beim Aufstehen zittern seine Beine. An der Hand seines Sohnes wankt Trost hinaus auf den Gang. Sie hätten sich keinen schlechteren Moment aussuchen können. Trost zischt: »Visite«, und schiebt Jonas zurück ins Zimmer. Er wartet.

Ein Pulk von zehn, fünfzehn Ärzten, Schülern und Krankenschwestern zwängt sich durch den Gang. Der Erste der Gruppe, wohl der Primarius, gibt mit kurzem, energischem Watschelgang das Tempo vor. Er hat die Hände in den Manteltaschen vergraben und genießt es offensichtlich sehr, dass die anderen kaum Schritt halten können, zumal sie meist hintereinandergehen müssen, wenn sie nicht in Putz- oder Speisewägen rennen wollen.

Die Szene hat etwas Absurdes. Da wird gerempelt und getuschelt, manche Ärzte werfen einander boshafte Blicke zu, und das aggressive Gemurmel wird ab und zu von den überlauten Begrüßungsfloskeln des Chefarztes übertönt.

Schwestern und Putzfrauen pressen sich an die Wand, um die Ärzte vorüberziehen zu lassen. Auch die Grimmigsten unter ihnen zwingen sich zu einem freundlichen Lächeln und Blickkontakt mit dem Anführer des Pulks.

Als die Gruppe im Nebenzimmer verschwindet, erkennt Trost ihre Chance. Alle Aufmerksamkeit ist auf die Visite gelenkt, der Flur ist plötzlich leer. Pfleger und Schwestern sind in irgendwelchen Räumen verschwunden.

Trost und Jonas eilen los. Am Lift angekommen, drückt Jonas sämtliche Tasten, rauf, runter, alles. Trost stiert den Gang entlang zurück. Ein Arzt kommt wieder aus dem Zimmer. Er telefoniert. Ein Lift nähert sich von oben, der andere von unten. Trost beobachtet die Zahlen über den Lifttüren, wie sie sich langsam von zwei Seiten ihrer Etagennummer nähern. Nun drängen auch die anderen Ärzte aus dem Raum. Plötzlich steigt es Trost heiß auf. Anstatt auf dem Klo oder sonst wo unterzutauchen und zu warten, bis die Gruppe vorübergezogen ist, steht er hier wie auf dem Präsentierteller. Und es kommt wirklich so, wie es immer kommt, wenn es nicht sein soll. Einer der Ärzte schaut auf und erkennt ihn.

»Herr Trost? Sind Sie das?«

Trost hat den Mann noch nie gesehen, der ihn aber offenbar schon.

Er macht zwei Schritte auf ihn zu und ruft jetzt etwas lauter: »Was machen Sie denn da? Sind Sie verrückt? Sie müssen ins Bett.«

In diesem Moment vernimmt Trost hinter sich ein »Ping!«, und die Tür öffnet sich. Jonas zerrt ihn hinein, drückt zigmal auf denselben Knopf, und die Tür schließt sich erbärmlich langsam. Der Arzt, der ihn erkannt hat, beginnt zu laufen, zwei, drei andere folgen ihm. Sie sind schnell. In Sekundenbruchteilen werden sie den Lift erreicht haben. Nur noch ein Spalt. Das neuerliche Klingeln der Tür. Die Männer nähern sich. Und im allerletzten Moment schnappt die Lifttür zu. Sie hören noch, wie ein Arzt verärgert dagegenschlägt.

Der Aufzug setzt sich in Bewegung. Die Zahlen auf dem Display sinken nur langsam. Zu langsam.

»Sie werden uns erwarten, wenn wir unten ankommen, stimmt's?« Jonas' Stimme klingt traurig.

Trost nickt.

Zumindest können sie nicht weit kommen, denn sein fünfzehnjähriger Sohn wird kaum ein Auto direkt vor dem Krankenhaus geparkt haben, mit dem sie in Windeseile abhauen könnten. Der Lift öffnet sich.

Sie eilen hinaus und sehen eine Handvoll Ärzte den Gang entlang auf sich zulaufen. Auch von der anderen Seite nähert sich Personal. Bleibt nur der Weg nach vorn, vorbei an den Kaffeeautomaten durch die Eingangshalle und die große Schiebetür hinaus ins Freie. Als sei das ein Spiel, bei dem der gewonnen hat, der als Erster den Ausgang erreicht, versuchen es die beiden wirklich. Sie hetzen aus dem Lift, und sie haben es auch fast bis hinaus geschafft, als plötzlich eine schrille Frauenstimme Trost zusammenfahren lässt.

»Herr Trost, um Himmels willen, was machen Sie denn?«

Es ist Annette Lemberg, die ihn mit ihrer vom Schnupfen geröteten Nase zweifelnd ansieht. An ihrer Seite befindet sich Schulmeister. Ausgerechnet der. In diesem Moment erreichen sie auch die Ärzte und wollen ihn schon links und rechts an der Schulter packen.

Trost reagiert schnell. Seine Stimme rollt gebieterisch durch die Eingangshalle. »Frau Lemberg, sorgen Sie dafür, dass wir hier so schnell wie möglich rauskommen, organisieren Sie einen Wagen, checken Sie das mit dem Spital und dann mir nach ins Präsidium, aber dalli, wir haben keine Zeit zu verlieren, ist das klar?«

»Herr Trost, ich –«

»Ver-stan-den?«

Schulmeister schaltet sich wie erwartet ein. »Meine Herrschaften, ich denke, dieser Mann steht noch unter Schock. Wie kann es überhaupt sein, dass er hier herumläuft? Packen Sie ihn ein und sehen Sie zu, dass er seine Bettruhe einhält. Der Mann ist ja ganz außer sich.«

Trosts Lippen werden schmal. »Ich gebe dir genau zwei Sekunden, um mir aus dem Weg zu gehen, Johannes. Wir haben es hier mit einem Mordfall zu tun. Die Mörder rennen immer noch frei herum. Sie haben einen Polizisten angegriffen. Und seine Familie. Ich warne dich also: Wer sich mir in den Weg stellt, der steckt bis zum Hals in der Scheiße. Und du, Johannes, du tauchst bald darin unter.«

Zwei Sekunden vergehen, ohne dass jemand etwas sagt. Und wenn nicht plötzlich eine singende Stimme durch das Foyer zu ihnen herübergehallt wäre, wer weiß, ob jemals wieder jemand etwas gesagt hätte.

Es ist die Waldfee im weißen Kittel, die aus heiterem Himmel auftaucht und die eingefrorene Welt auftaut. Sie ruft: »Meine Herren, so lassen Sie den Mann doch gehen. Er ist für sich selbst verantwortlich.« Dann wendet sie sich Trost zu. »Sie fühlen sich kräftig genug?«

Trost nickt.

»Kräftig genug, um zu tun, was Sie vorhaben zu tun?«

Ein zweites Nicken.

Es ist wie damals vor der Burg. Er hat das Gefühl, ihre Augen würden bis hinein in sein Unterbewusstsein schauen. Doch diesmal senkt er seinen Blick nicht.

Ihr Lächeln ist kaum zu bemerken, nur für ihn bestimmt. »Ihrer Frau geht es gut. Auch mit dem Baby ist alles in Ordnung. Wir haben alles unter Kontrolle. Passen Sie also auf sich auf. Sie werden noch gebraucht.«

Sie sehen einander an.

»Danke«, haucht Trost.

Engel gibt es wirklich

Ich habe keine Angst vor der Dunkelheit. Nur davor, dass Licht auf etwas wirklich Düsteres fällt.
aus Charlottes Tagebuch

Im Wagen schlägt Trost das Buch auf. Wahllos, irgendwo. Er liest den Satz: »Heute bin ich fast so glücklich gewesen wie in einer Happy-Day-Werbung.«

Er blättert weiter. Da steht:

Werbegeschenke werden natürlich sortiert und verpackt, sofern wir sie nicht sowieso gleich benötigen. Wenn aber nicht, dann schlichte ich sie in eine Schachtel. Sind dann genug Schachteln da, stelle ich mich mit dem Zeug und einem Tapeziertisch auf den Flohmarkt. Das macht Spaß, man lernt eine Menge Leute kennen, und etwas Geld kommt auch herein.
Und das ist keine Floskel.
Ich stand heute in einer Tiefgarage zwischen einer Familie, die irgendwann Mitte der siebziger Jahre stehen geblieben zu sein scheint, und einem älteren Ehepaar, das jedes freie Wochenende auf Flohmärkten verbringt. Ich weiß das, weil ich sie gefragt habe.
Man hat viel zu besprechen, wenn der Tag um fünf Uhr morgens beginnt und man die meiste Zeit auf der Kofferraumkante des geparkten Wagens sitzt. Ja, ich hatte wie immer vergessen, einen Klappsessel mitzunehmen. Und wäre Armin mit Elsa nicht im Laufe des Vormittages mit einer Kanne Kaffee und ein paar Brötchen gekommen, ich wäre dort sicherlich umgekippt. Andererseits: Das bin ich dann sowieso …

Trost erinnert sich an die Geschichte. Damals haben sie erfahren, dass Charlotte wieder schwanger ist. Das Buch enthält offenbar Gedankensammlungen, die sich wie eine Gebrauchsanweisung für ein Leben à la Charlotte lesen. Auf manchen Seiten hat sie auch nur eine Zeichnung angefertigt. Das tut sie hin und wieder, wenn sie telefoniert oder nachdenkt. Sie kritzelt in ihr Buch. Einmal entsteht etwas daraus, ein Bild, irgendetwas Konkretes, Erkennbares. Ein anderes Mal stellt das Gekritzel nichts dar außer einer Linie, die sich nach außen kreisförmig verflüchtigt. Ein Schneckenhaus. Trost spürt, dass er aufgeregt ist. Im Tagebuch seiner Frau zu blättern löst eigenartige Gefühle aus. Ob da etwas über ihn steht?

Als er aufblickt, benötigt er ein paar Sekunden, um wieder in die Gegenwart zu gelangen.

Es bleibt keine Zeit, sich lange darüber zu freuen, dass es ihnen gelungen ist, so schnell aus dem Krankenhaus hinausgekommen zu sein. Die Gewissensbisse lassen keine Erleichterung zu.

Diese Uniklinik zählt zu den größten Krankenhäusern Europas, ein eigenes Viertel am Ostrand der Stadt, mit eigener Stromversorgung, einem eigenen Transportdienst, eigenen Regeln, einem eigenen unterirdischen Gängesystem auf verschiedenen Ebenen, Tausenden Angestellten. Am Rande dieses Areals, in dem ständig irgendwo ein Baukran steht, die Straßen voller Ärzte sind und rauchende Patienten vor den Hintertüren der einzelnen Gebäude im Freien stehen, befindet sich dieser vielstöckige Würfel, den seit Jahren der Schriftzug »Help!« ziert. Mit dieser einst von einem Künstler gestifteten Tafel spielt die Klinikleitung darauf an, dass alles veraltet ist. Die Zimmer, die Geräte, die Flure, die Lifte, die Wände, einfach alles. Er erinnert sich an Charlottes Sechs-Bett-Zimmer. Nur die Wunden, die immer wieder hereinkommen, sind neu, frisch und glitschig und blutig. Sonst ist alles alt.

Trost blickt zurück auf das soeben im Verkehr verschwindende »Help!«. Charlotte liegt noch dort drinnen. Seinetwegen.

Und sie weiß es noch nicht einmal. Sie denkt vielleicht, ein paar Scherzbolde, irgendwelche Typen von so einem Krampusverein, hätten sie überfallen. Sie hat keine Ahnung, dass ihr Mann schuld daran ist, dass seine Familie in ihren eigenen vier Wänden attackiert wurde. Oder doch? Sie kennt die Zeitungsartikel.

Fang diese Typen.

Er will sich die Nase mit Daumen und Zeigefinger reiben, doch als er hingreift, spürt er den Verband, und augenblicklich setzt auch ein Kopfschmerz ein, der ihn fast das Bewusstsein verlieren lässt.

Jonas sitzt neben ihm auf der Rückbank des Streifenwagens, der sie durch die Stadt chauffiert, und schaut schweigend aus dem Fenster. Vorne sitzen der Fahrer, ein uniformierter Beamter, und Annette Lemberg. Während das Auto durch den Morgenverkehr rollt, berichtet Lemberg, was geschehen ist.

»Die Gruppe, die in Ihr Haus eingedrungen ist, bestand aus etwa vier oder fünf Personen. Der Kameramann liegt im künstlichen Tiefschlaf mit inneren Verletzungen auf der Intensivstation. Die dürften ihm mit einem stumpfen Gegenstand mehrmals in den Magen geschlagen haben. Sein Kollege hat eine Platzwunde am Kopf und ist übersät mit Schnittwunden am ganzen Körper. Er ist in den Scherbenhaufen der zersprungenen Bodenvasen gefallen. Ich denke aber, es hat ihn sonst nicht allzu schwer erwischt. Er steht ein bisschen unter Schock, das ist alles. Dafür hat sich die Fernsehlady den Knöchel gebrochen, und ihr Gesicht sieht auch nicht so aus, als könne sie bald wieder vor die Kamera. Die Krankenschwestern dürften sich aber längst wünschen, sie hätte sich bei dem Überfall auch die Zunge ausgebissen. Die Frau liegt nämlich in einer Privatklinik mit Liegegips, wo sie mit ihrem angeschwollenen Gesicht ununterbrochen telefoniert und das Personal herumkommandiert. Ihre Tochter, Herr Trost, und das ist eine wirklich gute Nachricht, hat sich zum Glück nur ein paar Schrammen zugezogen und wird von Ihrer Schwägerin versorgt. Es geht ihr so weit gut. Ihre Frau hat Kopfverletzungen, einen gebrochenen Oberarm, wahrscheinlich eine Gehirnerschütterung. In ein paar Tagen ist sie aber auch wieder draußen, Sie werden sehen. Und Ihrem Baby, das haben Sie ja gehört, geht es auch gut …«

»Ich hätte bei ihr bleiben sollen, anstatt abzuhauen.«

Die Lemberg löst den Blickkontakt und schaut durch die Windschutzscheibe nach vorne. »Aber Sie haben einen Fall zu lösen. Und Sie selbst haben im Übrigen auch Glück gehabt, Herr Trost. Eine gebrochene Nase, Gehirnerschütterung, ein paar blaue Flecken, das ist alles. Haben Sie Schmerzen?«

Trost schüttelt den Kopf. In Wahrheit hämmert jeder Pulsschlag durch seinen Schädel, als würden weiterhin irgendwelche Fratzen auf ihn einprügeln. Erst jetzt bemerkt er, dass eine Gesichtshälfte seines Sohnes dunkelviolett gefärbt ist, und er schämt sich. »Um Gottes willen, das hab ich gar nicht gesehen. Was haben sie dir angetan?«

Jonas schaut auf seine Kniescheiben. Auch die zweite Gesichtshälfte verdunkelt sich jetzt. »Einer ist mit einem Knüppel auf mich losgegangen. Er hat mich getroffen, ich hab mich aufgerappelt und bin ins Zimmer gelaufen. Hab hinter mir abgeschlossen. Dann hab ich Elsas Schreie gehört und bin wieder raus, ausgerutscht und die Treppe hinuntergefallen. Als ich aufgestanden bin und draußen ankam, hab ich bemerkt, dass ich zu spät gekommen bin. Du bist am Boden gewesen und Mama und Elsa im Auto. Es hat sich überschlagen.« Mit dem Handrücken wischt er sich über die Nase. Er weint. »Ich hab gedacht, ihr seid alle drei tot, und ich hab nichts dagegen getan.«

Lemberg und Trost wechseln einen Blick. Trost streicht seinem Sohn über den Kopf. Er sagt: »Hey, komm. Du bist hier, du hast alles richtig gemacht. Du hättest nichts gegen die Bande ausrichten können.«

Es dauert eine Weile, bis er sich so sehr an Charlottes Schrift gewöhnt, um im gewohnten Tempo lesen zu können. Sie wirkt sehr gleichmäßig, rund, aber die Linien sind an einigen Stellen nur schwer zu interpretieren.

Er blättert abermals wahllos in dem Buch herum. Charlotte schreibt nicht jeden Tag und manchmal auch nur einen Satz, ein paar Stichworte. Hin und wieder sind es aber auch kleine Geschichten, die sich an einen imaginären Zuhörer richten. Eigentlich an eine imaginäre Zuhörerschar.

Trost spürt, wie er ins tiefste Innerste seiner Frau vordringt, und nimmt sich vor, nur das Notwendigste zu lesen. Wenn er nur wüsste, wie das zu bewerkstelligen ist. Welcher Tag ist wichtig, welches Ereignis?

Er schlägt irgendeine Seite auf und liest.

Es macht mich krank, das Gefühl zu haben, dass ich Zeit vergeude, Woche um Woche, Tag um Tag, und das alles nur, damit sich die Spirale dreht. Wir brauchen das Geld für den Kindergarten, und den Kindergarten brauchen wir, weil ich arbeiten gehe, und arbeiten gehe ich, weil es immer schwerer wird, eine Arbeit zu finden, je länger ich warte und …

Ein Blick aufs Datum verrät ihm, dass es sich um einen Eintrag aus dem Vorjahr handelt. Charlotte saß damals in einem Büro und machte die Lohnverrechnung für eine Markisenfirma. Einen Sommer lang.

Er blättert ein paar Monate weiter.

Seid ihr nicht auch bei eurem letzten Besuch im Baumarkt an dem bauchigen Plastikbehälter am Eingang vorübergegangen? Dabei hättet ihr nur eine dämliche Gewinnfrage beantworten und die Karte in den Schlitz werfen müssen.
Übrigens: Es läuft einem nur beim ersten Mal heiß über den Rücken, danach gewöhnt man sich daran – aber es kann natürlich nicht schaden, so viele Karten wie möglich auszufüllen und einzuwerfen. Ich habe noch keinen Verkäufer erlebt, der das persönlich genommen und mich vor

aller Leute Augen deshalb gemaßregelt hätte. Ich denke, denen ist das völlig egal.

Trost klappt das Tagebuch zu. Er hat keine Ahnung, was das bringen soll. Warum will sie, dass er das alles liest?

Süßsaures zerhacktes Fleisch in undefinierbaren Soßen, während draußen vor dem Fenster lautlos der Verkehr der Stadteinfahrt vorüberrollt. Oder: ein Wirtshaus auf dem Land mit Spielplatz und Weitblick.

Der halbe Tag ist um. Sie haben sich durch den Verkehr gequält, Elsa abgeholt und sich vor dem Chinarestaurant absetzen lassen.

Trost trägt Kleidung, die er sich von Klaus ausgeborgt hat. Ein groß kariertes Hemd und eine braune Schnürlsamthose, die um seine Oberschenkel weite Falten wirft. Die Lemberg ist zurück ins Büro gefahren.

»Wir gönnen uns jetzt einmal was«, versucht Trost es mit einem Lächeln.

Elsa erwidert es dankbar, und auch Jonas versucht etwas Ähnliches.

Elsa beobachtet das Geschehen um sie herum und schnalzt plötzlich mit der Zunge. »Du, Papa. Wenn ich jetzt auf die Straße gehen würde, dann würde mein Schutzengel aufpassen, dass ich nicht überfahren werde, stimmt's?«

Vater und Sohn sehen einander an. Trost bemüht sich, so ruhig wie möglich zu klingen, auch wenn seine Hände vor Aufregung, vor Zorn, vor Hilflosigkeit zittern.

»Ja, das stimmt, Schatz. Dazu sind Schutzengel schließlich da. Aber sie helfen nur, wenn man vorher auch nach links und rechts schaut und achtgibt.« Er trommelt mit den Fingern seiner rechten Hand auf dem Tisch, während seine linke das Bierglas dreht. Er trinkt selten tagsüber und noch seltener in Anwesenheit seiner Kinder. Heute hat er aber Lust dazu. Richtige Lust auf Bier. Trotz der Kopfschmerzen. Oder gerade deshalb.

»Ich find's nur gemein«, hebt Elsa wieder an, »dass er Mama nicht geholfen hat. Nur mir. Echt gemein. Findest du nicht, dass wir ihm das sagen sollten?«

Trost dreht das Bierglas nicht mehr. »Hm. Du hast recht, Elsa. Das sollten wir. Sobald du ihn sieht, sagst du es mir, versprochen?«

Zwei, drei Herzschläge später antwortet Elsa. Sie zeigt über Trosts Schulter hinweg und sagt: »Okay. Dann bitte sag es ihm gleich. Dahinten sitzt er.«

Trost fährt herum, und sein Blick fällt auf einen Tisch beim Eingang. Die Tür, eine Westernsaloon-Schwingtür-Variante, schwingt auf und zu, sogar der Sessel scheint sich noch zu bewegen, die Flüssigkeit im Getränk schwappt vor und zurück. Trost springt auf und hetzt los. Alle Gedanken sind fort, die Atmung setzt aus, jeder Muskel spannt sich. Der pochende Schmerz in seiner Nase ist fort. Mit zwei, drei Schritten ist er bei der Tür und drückt sie so heftig auf, dass sie mit lautem Krach gegen die Wand knallt. Die Glastür dahinter hätte er fast gerammt, ohne sie vorher zu öffnen, und er spürt, wie er sich den Arm prellt. Als er die Tür aufreißt, brüllt ihm der Straßenlärm entgegen. Ein Motorrad heult auf, ein Rumpeln und Stöhnen verrät die unteren Touren eines Lastwagens, irgendwo heult die Sirene eines Einsatzwagens. Unentschlossen steht Trost vor dem Lokal, von dem »Engel« keine Spur. Soll er nach links oder rechts? Wie viel Vorsprung kann jemand haben, der kurz vor ihm aus einem Gasthaus gerannt ist?

Sein Blick fällt auf ein Kind, das an der Hand seiner Mutter an einer Ampel steht. Das Mädchen sieht ihn an und deutet in eine Richtung. Trost hat keine Zeit, sich Gedanken zu machen. Über Kinder und das, was sie sehen und er nicht. Auch nicht über seine Fitness oder besser seinen Mangel daran. Im Laufen hätte er jetzt gerne seine Waffe aus der Brusttasche gezogen, aber die hat er natürlich nicht bei sich. Seit er Vater ist, lehnt er es ab, die Glock zu Hause zu haben, und nun liegt sie im Büro in der verschlossenen Schreibtischlade.

Als er die nächste Häuserecke erreicht, flucht Trost. Beim Versuch, über eine Mauer zu klettern, schürft er sich das Knie auf, die Hose reißt. Auf der anderen Seite angekommen, landet er auf den Handflächen. Auch das brennt. Trost rennt dennoch weiter.

Hinter der Mauer befindet sich ein schmaler Verbindungsgang, der in ein Haus mündet. Ohne nachzudenken, steuert er darauf zu, reißt die Hintertür auf, steht im Stiegenhaus, versucht zu lauschen, gibt es auf, weil sein eigener Atem viel zu laut ist, rennt einen Halbstock hinauf und auf der anderen Seite wieder hinunter, durch den Haupteingang hinaus. Er schaut nach rechts und nach links, kein Mensch zu sehen, auch kein Engel, und er fragt sich noch, wie es möglich sein kann, dass ihn jemand so weit abhängt, als ein Seitenstechen durch seinen Bauch jagt, das ihn fast umkippen lässt. Er bleibt stehen und wartet, bis es vergeht. In seinem Kopf wirbeln jetzt wieder die Gedanken. Aber sie kommen zu keinem Ergebnis.

Das ändert sich erst, als er wieder im Chinarestaurant steht, um seine Kinder zu holen. Er folgt dem Blick seines noch blasser als sonst wirkenden Sohnes zu dem Tisch, an dem der Unbekannte zuvor gesessen hat. Da liegt ein Messer zwischen Glas und Aschenbecher. Das war kein Engel. Der Knauf des Messers zeigt ein Armin Trost nur allzu bekanntes Abbild. Das Gegenteil eines Engels.

Die Macht des Pan

Damit mich hier niemand falsch versteht: Ich bin keine Spielerin. Ich halte nichts von Casinos, habe kein Pokerface und kein goldenes Händchen. Ich bin nur hartnäckig.
aus Charlottes Tagebuch

»Kennst du Zwölfen?«, ruft Klaus.

Elsa macht große Augen, grinst und schüttelt den Kopf.

»Na, das sind die Freunde der Elfen.«

Die Kleine lacht auf, als habe sie vergessen, was in den letzten Stunden passiert ist. Sie sieht Engel, fremde Leute kommen, sie flieht mit Mama, das Auto überschlägt sich, sie tut sich weh, muss ins Krankenhaus, darf zu Tante Irene, dann wieder essen mit Papa, dann wieder Aufregung, jetzt wieder hier …

Nach dem Vorfall beim Chinesen ist Trost ins Büro gefahren, hat sich seine Dienstwaffe aus dem Schrank geholt und Lemberg kurz von der Verfolgungsjagd unterrichtet. Danach fuhr er wieder zu seinem Schwager. Die Wohnung in der beschaulichen Siedlung mit den wohnzimmergroßen Gärten und den Carports für Familienkutschen, in der Irene und Klaus wohnen, ist der einzige Ort, der Trost einfällt, an dem sich seine Kinder sicher fühlen dürfen.

»Willst du mehr von Elfen und Zwölfen hören?«

»Jaa!«

»Na, dann komm mit.«

Immer zwei Stufen auf einmal nehmend springt Elsa voraus in die obere Etage.

Bevor er ihr folgt, dreht sich Klaus an der Türschwelle noch einmal um. »Es ist okay, Armin. Wir kümmern uns die nächste Zeit um sie. Wenn sie etwas braucht, rufen wir dich an. Mach dir keine Sorgen.«

Trost saugt die Lippen ein und hebt eine Hand. »Es tut mir

leid, dass ich euch da reingezogen habe, aber ich weiß nicht mehr weiter.«

Er schämt sich: Messer im Gartenzaun, wilde Kerle im Wald, auf Burgen und sogar in meinem Haus. Dann der Typ beim Chinesen. Ich werde von den Typen verfolgt, die ich einbuchten soll, und das während meine Frau im Krankenhaus liegt und ich zwei Kinder beschützen muss. Jetzt steht sogar das Haus meines Schwagers unter Polizeischutz.

»Zwei Beamte bewachen das Gebäude vor der Tür, eine Streife fährt in der Gegend alles ab. Es ist nur für ein paar Nächte. Niemandem wird etwas passieren.«

»Ich sagte, es ist okay. Wirklich.« Klaus dreht sich noch einmal auf einer Stufe stehend um. »Was ist das Gegenteil von Zitrone?«

»Was?«

»Was ist das Gegenteil, sag schon ...«

»Ach, Klaus, ich hab echt keinen Kopf für so etwas.«

»Das ist dein Problem. Keinen Kopf haben. Es ist ein Spiel, ein Rätsel, eine Frage, mehr nicht. Dir geht es auf die Nerven, also fällt dir die Lösung nicht ein, obwohl sie vielleicht einfach ist. Worum auch immer es hier also geht, Alter, lös den Fall. Und hör auf, so zu tun, als sei er dir lästig.« Er macht eine Pause und seufzt. »Wir machen uns alle Sorgen um dich, weißt du? Also, hol dir die Kerle, und dann häng den Scheißjob am besten gleich an den Nagel.«

Die beiden Männer sehen sich lange an.

Dann sagt Klaus: »Drückmit.«

»Wie?«

»Das Gegenteil von Zitrone ist Drückmit.«

Trost bemüht sich um ein Lächeln.

Als er hinausgeht, täte er nichts lieber, als den Job an den Nagel zu hängen. Schluss, aus, vorbei. Das Dumme ist nur: Seit er sich vor ein paar Tagen genau dazu entschlossen hat, holen ihn die Ereignisse ein.

Trost und Jonas fahren mit dem Wagen des Schwagers durch einen Wolkenbruch. Sie wollen noch ein paar Sachen für sie von zu Hause zu holen – Pyjama, Elsas Kuscheltier, Zahnbürsten. Die Scheibenwischer leisten Schwerarbeit. Trosts Gedanken rasen.

»Papa –«, sagt Jonas, doch im selben Moment klingelt das Handy.

Annette Lemberg meldet sich. »Wissen Sie schon das Neueste? Nein? Die Presse zerreißt uns, und im Büro flippen alle aus, weil dauernd jemand anruft und nervt. Die Presseabteilung wollte schon Ihre Nummer bekannt geben, aber wir haben das abwenden können. Offiziell sind Sie noch im Krankenstand, das heißt inoffiziell offiziell. Für die Öffentlichkeit also. Für uns nicht. Meinhard war bei uns und hat sich nach Ihrer Familie erkundigt. Er hat Sie nicht angerufen? Sie kennen ihn ja besser als ich, aber mir kommt er in letzter Zeit merkwürdig vor. Irgendwie übertrieben interessiert. Ich weiß auch nicht, verstehen Sie das?«

Trost versteht alles.

»Na, wie auch immer. Der Direktor wirkt jedenfalls so, als sei er zutiefst betroffen, was irgendwie nicht zu ihm passt. Ihrer Frau geht es übrigens unverändert. Gut also. Ich habe gerade mit der Klinikleitung telefoniert, um die Formalitäten Ihrer vorzeitigen, wie nennt man das, Kündigung, Entlassung, um das jedenfalls zu regeln. Ich hoffe, das ist in Ihrem Sinne. Ihre Frau schläft die ganze Zeit. Sie hat Glück gehabt, wenn man das so sagen kann. Ja, und in dem Schwertkampf-Fall, also da haben wir die Bestätigung, dass das Messer aus dem Chinarestaurant die gleiche Fratze zeigt, wie wir sie auf der Tatwaffe gefunden haben. Die Fingerabdrücke werden noch überprüft. Ich bin der Meinung, dass Sie nicht allein agieren sollten.«

»Ich habe sie aber nicht um Ihre Meinung gebeten …«, versucht Trost den Redefluss seiner Kollegin zu unterbrechen.

»Ja, ich weiß. Also, weiter im Text: Außerdem ist jetzt klar, dass der Händler, dieser Ferdinand Derler, definitiv Selbstmord verübt hat. Auch hier wird noch ein Bericht von Ihnen erbeten, denn Sie waren ja am Vortag bei ihm. Wahrscheinlich der Letzte, der ihn lebend gesehen hat. Ich weiß, dass Sie für Berichte kaum Zeit haben, aber der Chef war wie gesagt da und hat uns ein bisschen die Hölle heiß gemacht. Auch wegen anderer Fälle. Und ich weiß, dass das kein guter Zeitpunkt ist, aber ich wollte nur mal anfragen, wann ich wieder einmal ein paar Tage freinehmen kann. Ich hab seit vier Monaten keinen Urlaub mehr gehabt …«

»Ich bitte Sie, das ist jetzt wirklich nicht der richtige Zeitpunkt, oder?«

»Ich weiß, okay, wir reden nächste Woche darüber. Kann ich sonst etwas für Sie tun? Haben Sie zu Hause alles? Soll ich Ihnen etwas vorbeibringen?«

»Danke, aber ich brauche kein Kindermädchen.«

»Ich weiß, dass Sie kein Kindermädchen brauchen. Ich … Tut mir leid.«

Trost legt auf. Sie macht das gut, diese Annette Lemberg. Sie hält ihn auf dem Laufenden, ist engagiert, ehrgeizig und hilfsbereit, redet so schnell, dass er sie kaum zu unterbrechen vermag. Aber irgendwie kommt sie ihm zu nahe. Es ist nicht so, dass er sich etwa zu ihr hingezogen fühlt, weil sie, zugegeben, mit ihrer flotten Art, ihrer kurvigen, trainierten Figur und ihren kastanienbraunen langen Haaren attraktiv ist, vielmehr hat sie die Gabe, sich anziehend zu machen. Sich einzumischen. Sich einzubringen. Man sagt das ja: Jemand zieht die Blicke auf sich. So eine ist die Lemberg. Er will nicht darüber nachdenken. Jetzt nicht, später auch nicht. Erst nach einigen Sekunden bemerkt er, dass sein Sohn ihn anstarrt.

»Die spinnen alle schon«, würgt Trost jedes Gespräch ab. Auch Jonas hat vergessen, dass er etwas sagen wollte, oder zumindest wartet er immer noch auf den richtigen Zeitpunkt.

»Asia-Wochen« und zwei Cola später rast der Wagen über die nachmittägliche Straße in Richtung Norden. Der Wolkenbruch ist vorüber, graue Nebelschleier lassen Gespräche verstummen, Gedanken trüb und Augen schläfrig werden. Für Trost ist das die gefährlichste Zeit. Zuletzt ertappt er sich immer häufiger, wie er zu dieser Stunde im Büro sitzt und ihm die Lider schwer werden. Einmal hat er sogar seine Stirn an die Tischkante gelegt und ist für einige Minuten eingeschlafen. Ein kurzer, heftiger Traum, peinliches Aufschauen, ob ihn jemand bemerkt hat, Wegwischen der Speichellache, die sich unter seinem Kinn gebildet hat, aber immerhin wieder etwas munterer.

Seine Augen werden schmal, und seine Schultern entspannen sich, die Gedanken driften ab. Immer wieder muss er die Nackenmuskeln dehnen, die Schultern spannen und den Kopf rollen, um nicht wegzubrechen. Er wird nie vergessen, wie er vor Jahren vom Urlaub heimkam und keine zwei Kilometer vor der Haustür in einem Gedanken hängen blieb. Immer tiefer und tiefer verstrickte er sich in den Wirrungen der Bilder. Er vernahm ein Rauschen wie einen fernen, einschläfernden Regen, der einen sich umdrehen und weiterschlummern lässt. Irgendein rettender Geistesblitz ließ ihn dann plötzlich hochfahren, der Wagen hatte die Kurve schon kerzengerade angesetzt, vor ihm der Baum. Ein kurzes Reißen am Lenkrad, und das Leben ging weiter. Im Auto bemerkte keiner etwas. Alle schliefen. Sein Herz raste.

Genau daran denkt er jetzt, doch diesmal ist es Jonas' Stimme, die sie beide rettet. Und das Hupen des Wagens, der ihn gerade überholen will, während Trost tagträumend nach links abdriftet. Verlegen räuspert sich Trost und reibt sich die Lider. »Entschuldige.«

Wenig später stehen sie vor ihrem Haus. Der Regen hat wieder eingesetzt, und das sanfte Nieseln wirkt wie eine traurige Hintergrundmusik. Der Wald ist stumm und scheint Trost zu beobachten. Er hat sich in seiner Nähe immer wohlgefühlt, doch diesmal ist er unsicher. Wer sich nicht alles verstecken könnte in den finsteren Schatten seiner Bäume. Welche Fratzen lauern dort auf ihn? Sind die Dämonen immer noch hier?

Jonas steht nun an seiner Seite.

»Ich werde dieses Gesicht nicht vergessen«, sagt Trost. Und er denkt sich: Der Fremde hat mich überrascht und mich außer Gefecht gesetzt, sonst wäre das alles nicht passiert. Er hat mich bloßgestellt vor meiner Familie. Dafür krieg ich ihn und reiße ihm die Maske vom Kopf, und dann gnade ihm Gott.

Jonas fragt: »War es eine Maske?«

»Wie meinst du das? Was soll es sonst gewesen sein?«

Knurrend setzt er sich in Bewegung und huscht – vorbei an den Reifenspuren im Garten, die von einem gewaltigen Aufgebot an Einsatzkräften zeugen, und einem Fleck, der ein getrockneter Blutfleck sein könnte – ins Haus.

Während Jonas sich ein Glas Milch aus dem Kühlschrank holt, steigt Trost die Treppe hoch, die Augen auf seine Fußspitzen gerichtet. Er stützt sich auf den Oberschenkeln ab wie ein Wanderer kurz vor dem Ziel. Oben angekommen, blickt er auf und bleibt wie festgenagelt stehen. Es fühlt sich an, als würde sich ein Sack Eisbeutel über seine Brust legen, und gleichzeitig wird seine Stirn schweißnass. In der Tür, die in Jonas' Zimmer führt, steckt ein Messer. Ein Messer mit einer Fratze, die Trost aus nächster Nähe kennengelernt hat. Ein Messer von der Art, wie Trost sie mittlerweile zur Genüge kennt.

Seine Nase schmerzt. Er geht stöhnend in die Knie, bevor Jonas die Treppen hinaufgelaufen kommt und zu schreien beginnt, als er sieht, was sein Vater sieht.

Stumm beobachtet Trost die Reaktion seines Sohnes, während sein Handy in der Jackentasche wieder anfängt zu summen. Diesmal ignoriert er den Klingelton.

Jonas geht auf das Messer zu, ohne es zu berühren. »Scheiße, Scheiße, Scheiße«, sagt er immerzu. Seine Augen werden feucht. »Verdammt, verdammt, verdammt.«

»Was hast du, Jonas?« Trosts Stimme ist kaum zu hören. »Kennst du dieses Messer etwa?«

Irgendetwas in ihm keimt auf. Irgendetwas undefinierbar Schreckliches. Sein Brustkorb zieht sich zusammen. Trost richtet sich auf. Abermals setzt das Handyklingeln ein. Diesmal dauert es etwas länger, bis er verstummt.

»Jonas, was hast du, hab ich gefragt. Was ist mit diesem Messer? Was weißt du? Jetzt red schon endlich!«

Er hätte auch sagen können: Sonst muss ich es aus dir herausprügeln, dich verhören, dich fertigmachen, so lange, bis du die Wahrheit sagst. Jedenfalls ist es das, was er fühlt, was er aber nicht imstande wäre zu tun. Denn in dieser Sekunde wird ihm bewusst, was hier gerade passiert. So etwas geschieht manchmal: Da erkennt man in einem Augenblick alle Zusammenhänge.

Jonas sagt: »Natürlich kenne ich dieses Messer. Ich wollte eh schon nach dem Chinarestaurant mit dir darüber reden.«

»Ach, und wann dachtest du, sei dafür die richtige Zeit?«

Jonas rauft sich die Haare. »Na, jetzt. Ich mach es ja gerade! Papa, die sind wegen mir da. Das sind Zeichen. Ich soll mich stellen. Ich muss mich stellen, verstehst du? Es ist alles meine Schuld.«

Trost starrt seinen Sohn an. Jonas wimmert und kaut an seinem Daumennagel.

Nur ihr rasselnder Atem ist zu hören.

Das Messer im Zaun war für Jonas bestimmt. Es gilt gar nicht mir. Mein Sohn kennt dieses verfluchte Messer. Es ist eine Botschaft.

Es sind jetzt seine eigenen Tränen, die ihm seinen Buben verschwommen erscheinen lassen. Diese verdammten Messer. Charlotte liegt im Krankenhaus, und wer weiß, ob sie sich jemals wieder erholen wird. Seine Kinder haben Furchtbares erlebt. Er selbst auch. Dann der Mord.

»Jonas, Scheißdreck noch mal, jetzt erklär mir das doch endlich!«

Sie sitzen in der Küche, das Messer liegt zwischen ihnen auf dem Tisch in einem Frischhaltebeutel. Trost hat es aus der Tür gezogen und sich dafür einen Einwegplastikhandschuh aus der Putzlade geholt, den er sonst nur fürs Reinigen verstopfter Abflüsse verwendet. Mit immer noch versteinerter Miene sitzt sein Sohn vor ihm – und fängt zu reden an.

»Ich spiele seit ein paar Monaten mit, bin über ein Internetforum dazugekommen, weiß nicht mehr genau, wie. Irgendwie halt, ist ja auch egal. Jedenfalls hab ich mitgemacht bei diesem Spiel, ein Rollenspiel, eine Art Theaterspiel. Als normaler Soldat.

Nach einigen E-Mails und Foreneinträgen haben wir uns zweimal getroffen, eh immer nur, wenn es ein Treffen in der Nähe gegeben hat, sonst hättet ihr das ja gemerkt. Ich wollt euch nichts sagen, wollt das allein machen, einmal in Ruhe einfach Sachen tun, ohne jemandem von euch Rechenschaft abzulegen. Mir hat das gefallen. Zu diesen Treffen sind wildfremde Leute gekommen, aus Wien und so. Per Mail haben wir so etwas wie ein Drehbuch bekommen, und vor Ort ist dann für alles gesorgt gewesen. Essen und so, manche haben auch dort geschlafen. Ich hab mich umgezogen, ja, so ein Mittelaltergewand hab ich mir einmal gekauft, und die Waffe, so eine Schaumstoffattrappe halt, hab ich mir ausgeborgt. Und dann haben wir gespielt.

Beim ersten Mal musste ich wirklich nur vor einem Tor stehen und von den Besuchern ein Losungswort fordern. Da ging es im Drehbuch um eine wichtige Zusammenkunft im Haus des Dunkel-Fürsten. Beim zweiten Mal musste ich mit einer Gruppe etwas erledigen, eine Art Orientierungslauf. Wir sollten im Wald Zutaten zusammensuchen, flache Steine, Zapfen, bestimmte Gräser für so eine Art Hexengebräu, und mir kam dabei entgegen, dass wir in Thal in der Nähe des Sees spielten und wir also von der anderen Seite des Kogels heraufkamen. Nein, da hat uns niemand gesehen, weil wir auch sehr darauf geachtet haben, unentdeckt zu bleiben. Ich hab die anderen dann verloren, bin allein weiter. Und plötzlich hörte ich Kampflärm. Ich schlich näher und sah ein paar Typen mit weißen Masken. Sie umkreisten einen von uns, einen vom Spiel. Er hatte die

Rolle eines Troubadours oder Minnesängers oder so was und war nur mit einem langen Holzstab bewaffnet. Um seine Schultern trug er eine Ledertasche, und er rauchte andauernd aus einer beeindruckend langen Pfeife. Diesmal rauchte er nicht. Einer von der Maskenbande, offenbar der Anführer, trug eine gewaltige Maske auf dem Kopf, die ganz anders aussah als die seiner Begleiter. Ich wusste gleich, dass das der Pan war. In der Szene kennt ihn jeder, weil er seit Jahren ungeschlagen ist. Er ist die perfekte Figur der gegenwärtigen Liverollenspiele. Wildes Gesicht, Hörner auf dem Kopf, schwarze schulterlange Zotten, ein Fellkostüm und Hufe an den Beinen. Manchmal kämpft er mit speziellen Waffen, zum Beispiel auch mit so einer Art Bumerang. Manchmal spielt er außerdem auf seiner Panflöte. Die haben in Deutschland sogar schon eine Reportage in der Zeitung über ihn gemacht. Ein irrer Vogel, etwas skurril, keiner weiß, wer er im wirklichen Leben ist.

Sie kreisten den Minnesänger ein, und Pan trat vor, und die beiden begannen zu kämpfen, er und der Minnesänger. Der Kampf war sehr schön, manchmal haben sie in Zeitlupe weitergemacht, doch nach einigen Minuten legte der Minnesänger an Tempo zu. Die Stöcke flogen, und Pan musste einiges einstecken. Er war größer als der Minnesänger und sicher auch viel stärker, aber eben nicht so schnell wie er. Einmal krachte die Holzlatte auf seine Schulter, er ging schreiend zu Boden, und der Minnesänger imitierte den finalen Todesstoß, indem er sich auf ihn stürzte und die Latte an seinem Hals ansetzte.

Dann geschah eine Weile nichts.

Die Maskenbande schien fassungslos zu sein, unschlüssig, und als der Minnesänger sich entfernte, trat einer von Pans Männern vor und schrie, dass er das büßen werde. Sie liefen dem Minnesänger nach, schleiften ihn auf einen Baumstamm, und plötzlich steckte ein Schwert in seinem Rücken. Ein echtes.

Es war mucksmäuschenstill. Ja. Und dann trat ich auf einen Ast. Er knackte laut, und die Maskenbande entdeckte mich. Ich rannte, was das Zeug hielt, sie holten mich nicht ein, aber …«

Jonas schluchzt auf. »Ja, aber sie haben offenbar herausgefunden, wo ich wohne …«

Trost steht auf, zieht ein Foto aus seiner Manteltasche und schiebt es seinem Sohn unters Kinn. »Ist das der Minnesänger?«

Es ist eines von den weniger schlimmen Fotos, aber eine Leiche ist trotzdem darauf zu sehen.

Jonas wird blass. Entsetzen in seinen Augen. »Kann sein.«

Nun zieht Trost den Zettel aus der Jackentasche, der vor einer Woche am Zaun befestigt war. »Was ist das?«

Jonas blickt konzentriert auf die Zeichnung. »Das markiert die Stelle, an der der Kampf passiert ist.«

»Und warum in Gottes Namen hast du mir nichts davon gesagt?«

»Sie werden uns alle töten, Papa.«

Trost schlägt mit der flachen Hand auf den Tisch. Sein Sohn zuckt zusammen. »Jetzt red nicht so ein Zeug! Ich bin bei der Polizei. Du bist mein Sohn. Du musst mir so etwas doch sagen!«

Jonas weint. »Ich hätte es gesagt, ich hätte es ganz bestimmt gesagt, wenn ich gewusst hätte, dass sie wissen, wo ich wohne. Ich wollte euch doch nur beschützen. Elsa, Mama, dich. Ich wollte euch nicht in Gefahr bringen. Aber mir war alles erst klar, als sie bei uns aufgetaucht sind.«

Die eisige Kälte kriecht wieder über Trosts Rücken. Er weiß, was das heißt. Das bedeutet, denkt er bei sich, dass ich schuld an allem hab. Hätte ich sofort von dem Messer erzählt, hätte Jonas viel früher von der Geschichte erfahren. Und ich hätte meine Familie beschützen können. Meine Kinder, meine Frau.

Jonas massiert seine Hände, wirft noch einen Blick auf das Foto.

Trost zieht es von ihm weg und steckt es ein. »Was hat es mit dem Messer auf sich?« Wieder klingelt sein Handy.

»Ich weiß es nicht. Aber es stellt die Maske dar, die der Typ getragen hat. Pan, den Hirtengott …« Jonas zögert. »Ich glaube … er will, dass ich mich stelle. Einem Kampf … aber …«

»Was?«

»Woher hast du die Zeichnung?«

Jetzt ist es an Trost, Gesichtsfarbe zu verlieren. Er schluckt. »Vor einer Woche steckte ein Messer in unserem Zaun. Es sah genauso aus. Genauso wie das im Chinarestaurant. Genauso wie das an deiner Zimmertür.« Vom Messer in Derlers Garten sagt er nichts.

Jonas brüllt: »Warum hast du das nicht gesagt? Ich hätte damals schon alles aufklären können. Dann wäre Mama nicht verletzt worden.«

Eine Übelkeit breitet sich in Trost aus, die er nur mit Mühe hinunterschlucken kann.

Der Klingelton hält weiter an.

»Sag, willst du nicht mal rangehen? Da will ja anscheinend wieder einmal jemand etwas sehr Dringendes von dir.«

Die beiden wechseln einen frostigen Blick.

»Wieso sagst du mir so etwas nicht, Jonas? Wieso erzählst du mir nicht von den Spielen im Wald?« Die letzten Worte schneiden scharf durch den Raum. »Da wird jemand umgebracht, und du erzählst mir das nicht, Herrgott noch eins.«

Jonas schnauft und sieht aus, als wäre er kurz davor, aufzustehen, den Stuhl so heftig zurückzuschieben, dass er umfällt, und ins Zimmer zu laufen. Wie er es schon so oft getan hat. Diesmal wird nur seine Stimme laut. »Und für wie blöd auf einer Skala von eins bis zehn hättest du mich dann gehalten, eh? Zehn ist das Blödeste. Hm? Sag schon, für wie blöd? Außerdem wollte ich es dir sagen. Gleich nachdem die Typen hier waren, aber da waren wir im Spital. Und dann im Auto, nach der Sache beim Chinesen, hast du ja telefonieren müssen. Früher ging es also gar nicht, weil du mir das von dem Messer im Zaun ja auch nicht erzählt hast.«

Das Klingeln wird immer penetranter. Trost nimmt den Anruf an, ist einige Sekunden still und beginnt dann, vorsichtig seine Augen zu reiben. Zuerst nur rund um die schmerzende Nasenwurzel, dann die Lider selbst. Das linke mit dem Daumen, das rechte mit dem Mittelfinger.

Er steht auf, geht ans Fenster und späht wieder hinaus. In seiner Jackentasche spürt er immer noch Charlottes Tagebuch.

Draußen befindet sich nichts als graue Herbstlandschaft. Keine Schatten. Keine Engel. Nichts. Er fühlt sich dennoch nicht mehr sicher in dem Haus.

Trost beendet das Gespräch mit den Worten »Ich komme«.

Düstere Kunstwerke

Armin sagte einmal, wir wären auch glücklich, wenn wir einsam auf einer Alm leben würden. Ich antwortete, ja, ein, zwei Tage, dann bekämen wir Hunger. Ich lachte über meinen Scherz. Er wirkte traurig. Das nahm ich ihm übel.
aus Charlottes Tagebuch

Wieder der Regen, der mittlerweile etwas heftiger auf die Windschutzscheibe prasselt. Wieder die Scheibenwischer. Sie wischen ihm auch die Schläfrigkeit fort. Nachdem sie hastig eine Tasche mit dem Notwendigsten gepackt hatten und Trost sich umgezogen hatte, brachte er seinen Sohn wieder zurück zu Irene und Klaus. Jetzt steht Trost im Linienbus, spürt das Schaukeln der Stoßdämpfer in den Knien und schaut am Fahrer vorbei auf die spiegelnde Straße hinaus. Er nimmt das Tagebuch aus seiner Jackentasche und schlägt es auf.

Auf dem Flohmarkt unterhalte ich mich mit meinem Standnachbarn, einer Art Siebziger-Jahre-Familienvater, dessen blondes Haar in dicken verfilzten Strähnen von brauner Kopfhaut hängt. Seinen Sohn bekomme ich kaum zu Gesicht, weil er die meiste Zeit im Bus sitzt. Ich nehme jedenfalls an, dass es sein Sohn ist.
Ein wenig Unterhaltung tut immer gut, wenn sich seit einer Ewigkeit keiner für das Gerümpel, das man aus dem Keller gezerrt hat, interessiert. Es hat sehr gut begonnen. Schon als ich den Kofferraum öffnete, standen die ersten Flohmarktprofis um das Auto herum und beobachteten jeden meiner Handgriffe.
Die Lichtkegel ihrer Taschenlampen streiften gespenstisch durch das Innere meines Wagens. Irgendwann ebbte das Interesse aber ab.

Die meisten sehen einem auf dem Flohmarkt nicht in die Augen, und so beachte auch ich meistens die Leute irgendwann kaum noch, tratsche mit dem blonden Nachbarn und spüre, wie sich mein Magen zusammenzieht vor Hunger.
Irgendwann kauft jemand das Glühweinset.
Ich ärgere mich schon bald darüber, allein gefahren zu sein, und nehme mir vor, nicht länger als bis zehn oder elf zu bleiben.
Die Zeit bleibt stehen. Der Blonde steht plötzlich auf, drischt mit der Hand gegen die Buswand, sodass der Ritter, der darauf abgebildet ist, zittert. Er befiehlt seinem Begleiter, auf meinen Stand aufzupassen. Ich schaue ihn fragend an. Der Bub kommt heraus, lächelt gezwungen und stellt sich demonstrativ hinter meine Sachen. Der Nachbar lächelt mir zu, nimmt mich am Arm und zieht mich in seinen Bus hinein. Drinnen ist es nicht viel wärmer, deshalb gibt er mir eine Decke, in die ich mich einwickle. Aus der Thermoskanne gießt er mir warmen Tee in einen Becher. Ich setze mich auf die Bank.
Ich finde, das ist die netteste Geste, die man auf einem Flohmarkt erwarten kann. Und während der blonde Mann wieder hinaus zu seinem Stand geht, blicke ich mich um. Im Bus befindet sich fast mehr Gerümpel als davor. Nur an der Wand hinter den Vordersitzen ist alles schön geschlichtet. Da hängen Waffen an Haken, Schilde, Speere, Schwerter, ich kenne mich damit nicht so aus. Auch Helme kann ich erkennen, und da ist auch etwas, das mit einem dunklen Tuch abgedeckt ist. Das ist natürlich wie eine Einladung, und ich mache das, was man nur in schlechten Filmen tut. Ich blicke hinter das Tuch. Was ich dort sehe, erschreckt mich so, dass ich sofort aufstehe und mich zurück zu meinem Stand stelle. Es war eine Maske, wie man sie von Perchtenläufen kennt. Nur irgendwie realer. Als stecke ein echter Mensch, ein echtes

Irgendwas dahinter. Ich bin so einer Maske auch noch nie so nahe gekommen. Mir lief ein eiskalter Schauer über den Rücken.

Trost klappt das Buch zu, steckt es in seine Jackentasche und blickt aus dem Fenster. Seine Gedanken rotieren. Während er im realen Leben versucht, die Dinge zu ordnen, will er nun auch Charlottes Worte in einen Zusammenhang bringen. Soll das etwa heißen, dass sie den Mörder gesehen hat? Ist es das, was sie ihm mitteilen möchte? Steht der Name des Mörders in diesem Buch?

Trost will es wieder aus der Tasche holen, weiterlesen, doch es wird immer enger in dem Bus. Jemand hustet. Jemand riecht nach Knoblauch, ein anderer nach Zigarettenrauch.

Er denkt sich: Wenn die Leute in dem Bus wüssten, wer ich bin. Ich jage einen Mörder. Ich fahre gerade wohin, wo ein Toter liegt. Dann schaue ich mir alles an, seine tödlichen Verletzungen, die Spuren, die Bekannten und Verwandten des Opfers. Ich spüre Täter auf, verhöre sie, bringe sie vor Gericht. Stöbere in Privatsphären herum, kratze in Innenleben wie in eitrigen Wunden. Einen nach dem anderen nehme ich mir vor. Am Abend fahre ich dann heim zu meinen Kindern. Ich erzähle meiner Tochter Gutenachtgeschichten, bin froh über jedes Wort, das mein Sohn an mich richtet, und schlafe mit meiner Frau oder spiele Karten mit ihr oder schaue mir einen Film an.

Tagsüber gehe ich Mörder fangen, abends bin ich Familienvater. Ich komme manchmal später heim, je nachdem wie gut sich die Mörder verstecken. Aber meistens bin ich pünktlich zum Schlafengehen zu Hause. Im Sommer sogar oft, bevor die Sonne untergeht.

Trost lacht auf. Eine ältere Dame dreht sich misstrauisch nach ihm um. Jemand, der im Bus einfach so lacht, kann nicht alle Tassen im Schrank haben.

Trost reibt sich wieder die Augen, um trübe Gedanken zu verwischen. Doch sie kehren immer zurück.

Es ist eine angenehme Busfahrt; die Insassen lassen einander in Ruhe. Niemand unterhält sich zu laut, niemand telefoniert zu laut, niemand führt verrückte Selbstgespräche oder ist so blau, dass man fürchten muss, jeden Moment Kotze auf die Oberschenkel gespült zu bekommen. Alles schweigt sich an. Als würde jeder seinen eigenen Gedanken nachhängen. Die Busfahrt an den Stadtrand ist wie das Drücken einer »Pause«-Taste. Wartestellung. Zwischenzeit. Auch so eine Zwischenzeit. Wie die Dämmerung.

Als er aussteigt, bleibt er am Gehsteigrand stehen, um sich an den Anblick zu gewöhnen. Auch der Bus scheint länger als sonst an der Haltestelle zu verharren. Ohne Grund, denn außer Trost will keiner aussteigen, und einsteigen will auch niemand. Außerdem herrscht hier draußen kaum Verkehr. Nur ein paar Radfahrer mit an der Lenkstange hängenden Einkaufssackerln oder mit Kindersitzen gefüllte Familienkutschen fahren vorbei. Durch das Fenster des Hauses, vor dem er steht, sieht er, wie Annette Lemberg ihm bedeutet, hineinzukommen. Etwas an ihrer Bewegung macht deutlich, dass seine Anwesenheit längst dringend erwartet wird. Im Garten stehen Polizeiwägen, ein Polizeihundeführer mit Hund wacht am schmiedeeisernen Tor, Spezialeinheiten mit dunklen Overalls, Gesichtsmasken und dicken Waffen warten, die Daumen in ihre Gürtel gehakt und breitbeinig, auf Anweisungen, und Beamte in Zivil mit Sonnenbrillen und versteinerten Gesichtern beobachten die Umgebung. Einige drehen sich zu ihm um, nicken, andere stecken die Köpfe zusammen. Trost weiß, was jetzt wieder durch die Reihen huscht. Der Armenier. Der Armenier ist da. Oder nennen sie ihn mittlerweile schon den Verrückten?

Immer noch verharrt er, rührt sich nicht. Das Haus vor ihm ragt in den bewölkten Himmel wie eine Kathedrale. Die Eingangspforte erinnert an einen altehrwürdigen englischen Club aus dem 19. Jahrhundert. Es ist ein altes Haus am Stadtrand von Graz. Und jemand rollt jetzt das berühmte Absperrband aus, das Spurenverwischer auf Distanz halten soll. Hinter diesem

Band postiert sich sofort eine kleine Gruppe bunt gekleideter Journalisten, die hektisch in ihren Taschen kramen. Einer zieht einen Schreibblock hervor, andere halten plötzlich Fotoapparate in der Hand. Ein Mikrofon wird ausgestreckt. Hektisches Telefonieren, ernste Mienen, nervöse Auf-und-ab-Geher. Ein paar von ihnen winken lässig irgendwelchen Kollegen zu, tun vertraulich, wissend, verständnisvoll. Ja, schon klar, jetzt nicht reden vor den anderen, zwinker, zwinker, erzähl mir nachher alles für die Story. Ich warte hier.

Was weiß man?

Der Bus setzt sich endlich in Bewegung. Trost rührt sich immer noch nicht. Er betrachtet weiterhin das Haus, als weise seine Fassade Hinweise auf. Die dunklen, feindseligen Fenster, die verrostete Hollywoodschaukel auf der steinernen Veranda. Zwei Säulen halten den Balkon darüber, zwei Löwenfiguren zieren dessen Geländer. Ausgewachsenes, aber einmal sehr korrekt in Formen geschnittenes Buschwerk, wolkenweiße Kieselsteine auf dem Weg zum Eingang. Ein gemauerter Grill steht auf dem Rasen. Er ist ein bisschen verwittert, als habe dort das letzte Mal vor vielen Jahren ein Kotelett gelegen. Trost stellt sich vor, wie die Leute damals im Garten gesessen haben, den Duft in der Nase, mit belegter Zunge vom viel zu schweren Wein schon am Nachmittag. Das Lachen. Die Stimmen. Alles ist entspannt und sehr privat.

Trost betrachtet auch die gelb gestrichene Fassade mit den weißen Rändern um die Fenster und den Stuckaturen. Da und dort blättert die Farbe ab, sogar manches Fensterglas wirkt milchig. Die Schrauben, mit denen die Zeitungsbox am Schmiedeeisentor befestigt ist, sind angerostet. Ein Werbeprospekt liegt klatschnass auf dem Gehsteig davor. Dicke Tropfen fallen in eine Lache vor dem Tor. Erst jetzt wird Trost gewahr, dass auch er selbst durchnässt wird. Er friert. Als er sich in Bewegung setzt, schrecken einige Beamte hoch, die ihn offenbar beobachtet haben. Er glaubt, jemandem das Wort »Achtung« von den Lippen lesen zu können, ein Polizist eilt mit einem Schirm auf ihn zu.

»Was weiß man?«, hört er jetzt eine Stimme und hat das Gefühl, die Worte seien ein Déjà-vu. Eine Frau in weißer Jacke, weißen Stiefeln und mit blondem dickem Haar sieht ihn erwartungsvoll an. Trost lächelt der Journalistin nur zu und sagt: »Guten Tag.« Er gibt sich Mühe, freundlich zu wirken, obwohl er gedanklich abwesend ist. Dann zieht er wieder den Kopf ein und duckt sich zwischen der plötzlich wuselnden Schar von Polizisten hindurch ins Haus. Die Journalistin blickt ihm kopfschüttelnd nach.

Drinnen folgt er seinen Sinnen, als wäre er hier schon das x-te Mal an diesem Tag ein und aus gegangen. Als wäre er auch schon zuvor wenigstens einmal hier gewesen. Er hält sich, ganz im Gegensatz zu draußen, dennoch nicht lange mit Beobachtungen auf, eilt die breite Treppe hinauf in den ersten Stock und lässt sich dort von Schulmeister bremsen. Sein Kollege kommt ihm beim Sprechen sehr nahe, flüsternd und mit leicht säuerlichem, aber nicht unangenehmem Mundgeruch, und fast hätte er Trost auch an der Schulter berührt, als wolle er ihn von irgendetwas abhalten.

Als Schulmeister wieder von ihm ablässt und ihn ansieht, als wolle er seine Reaktion auf das Gesagte überprüfen, schreckt Trost hoch. Er geht auf das Bild zu, das ihn vom Ende des Ganges her fesselt.

Ein offenes Fenster, eine umgestürzte Kaffeetasse auf einem silbernen Tablett. Er ist ein paar Schritte gegangen und findet sich in einer Art Salon wieder, Teppichboden, stillstehende Pendeluhr in der Zimmerecke, Bücherregal. Bieder. Wie passend. Es riecht nach Pfeifentabak. Nach Tee. An der Wand hängt ein Ölgemälde, das hässliche Gesichter zeigt. Blutleere, steife Mienen um einen Tisch herum, vor ihnen Teller, randvoll mit Fressalien, ungustiös bunt und üppig sieht das aus. Die Personen sind mit Tierköpfen und monströsen Extremitäten dargestellt, und am Tischende sitzt ein Typ, dessen Erscheinung an einen Ziegenbock erinnert. Trost kommt auf Armlänge an das Bild heran, ohne seinen Blick von dieser Figur abzuwenden. Aus ihrem Kopf ragen Hörner.

Aus bösen Augen scheint sie zurückzustarren. Jetzt von Nahem erinnert die Fratze Trost an eine Perchtenmaske. An ein geschnitztes Monstrum, das Angst und Schrecken verbreitet.

Als Trost ein Räuspern vernimmt, fährt er herum. Annette Lemberg und Johannes Schulmeister stehen im Türrahmen und beobachteten ihn argwöhnisch.

Trost macht eine ausholende Handbewegung. »Sieht nach einem Streit aus, der hier stattgefunden hat. Oder jemand hat sich sehr hastig wegbewegt und dabei alles umgestoßen. Und das Bild ist auch interessant, nicht wahr?«

Schulmeisters Gesicht bleibt starr. Er sagt: »Ich sehe nur ein offenes Fenster, der Wind könnte diese Tasse umgestoßen haben. Ich bin sogar sicher, dass es so war. Vielleicht hat sich der Herr Direktor aber auch nur ganz plötzlich entschlossen, sich umzubringen. Willst du uns also jetzt nicht lieber zum Tatort begleiten? Mittlerweile haben die Leiche ja alle außer dir eingehend studiert.«

Einen Augenblick lang mustern sich die beiden, schätzen sich ab. Dann fängt Trost an zu brüllen.

»Wofür hältst du dich eigentlich? Wie viel hast du schon beigetragen zur Aufklärung? Wie viel hast du eigentlich jemals zu irgendeiner Aufklärung beigetragen?« Trost läuft mit großen Schritten auf Schulmeister zu und treibt ihn, mit dem Zeigefinger auf seine Brust deutend, vor sich her. Schulmeister weicht sprachlos zurück. Sie betreten den Nebenraum, und Trosts Aufmerksamkeit wird von einem weiteren Kunstwerk in den Bann gezogen.

Er lässt den Finger sinken, kommt der Wand auch diesmal bis auf Armlänge nahe. Dieses Bild ist direkt auf die Tapete mit dicken Farben aufgetragen worden, Rot, Orange, Ocker, Grau. Ohne Rahmen. Dann bemerkt Trost, wie die Farben ineinander zerfließen. Wie sie immer noch tropfen.

Als er sich umdreht, blickt er direkt in den zerfetzten Schädel von Karl Meinrad, dessen Hirnreste er tatsächlich gerade wie ein Gemälde betrachtet hat.

»Alles deutet auf Selbstmord hin.« Die Lemberg steht jetzt neben ihm und spricht mit zittriger Stimme. »Da unten liegt noch seine Dienstwaffe. Als er sich erschossen hat, war seine Frau«, Trost hat sie noch nie gesehen, »beim Friseur. Mittlerweile befindet sie sich im Krankenhaus. Nervenzusammenbruch, Schock. Sie hat die Leiche entdeckt und uns verständigt.«

Trost findet, es sieht aus, als hätte der Direktor die Augen im Moment des Todes fest zusammengekniffen wie ein Kind in der Geisterbahn. Als hätte er nicht sehen wollen, was kommt, wenn er abdrückt. Das verleiht ihm nun einen merkwürdig zerknüllten Ausdruck. Wie den eines Schrumpfkopfs, nur größer.

Das Blut und all die anderen Flüssigkeiten haben sich offenbar schnell über die rechte Schulter seines dunklen Anzugs verteilt. Ja, Meinrad ist tatsächlich angezogen, als könne er jeden Moment an einer Zusammenkunft im Zigarrenclub teilnehmen.

Kurz bevor die Inspektion des Tatorts ihrem Ende zugeht, blickt Trost sich um.

»Er ist raus und ins Büro«, erwidert Lemberg, als sei sie fähig, seine Gedanken zu lesen. Trost hat sich tatsächlich gerade gefragt, wo Schulmeister seit ihrer Auseinandersetzung abgeblieben ist. Lemberg zieht ein Taschentuch aus der Tasche und schnäuzt sich. Trost findet, sie sieht mittlerweile richtig krank aus.

Dann fällt ihm etwas ein, und er tut das, was er vor ein paar Tagen auch schon hätte tun sollen. Er greift in die Manteltasche und reicht Annette Lemberg ein Messer. »Das haben mein Sohn und ich heute in unserem Haus gefunden. Es steckte in der Zimmertür meines Sohnes. Es ist das gleiche wie das vom Chinesen und wie das vom Buchladen und das von meinem Gartenzaun.«

»Von Ihrem Gartenzaun?«

Trost wird heiß. »Egal, es sind zu viele Messer. Wir sollten den verdammten Fall endlich lösen.«

Lemberg hält das Messer in dem Plastiksack in der Hand und blickt Trost lange an.

»Ich kümmere mich darum.«

»Ich weiß.«

Er betrachtet noch einmal den Polizeidirektor. Er fragt sich, ob er selbst es ist, der ihn auf dem Gewissen hat. Trost bleibt so lange, bis sie Meinrad in einen Blechsarg legen und forttragen. Koffer werden geschlossen, Plastikhandschuhe abgestreift. Trost rührt sich nicht. Was für ein großes Haus. Was für eine Verschwendung. Wozu die Rolle, diese andere Rolle, wenn du im echten Leben schon so eine Art Held warst? Er versteht es nicht.

Eine Stunde später sitzt Trost bei der Pressekonferenz im Rathaus. Sein Bart wuchert, die Nase ist immer noch mit einem dicken Verband verziert. Über seinen optischen Eindruck hinweg versucht Trost dennoch, einen gefassten und sachlichen Eindruck zu machen. Er wird flankiert vom Bürgermeister und einem hochrangigen Sicherheitssprecher des Landespolizeikommandos, die nun – gemeinsam mit den Journalisten im Saal – seinen Ausführungen lauschen.

»... Zum gegenwärtigen Zeitpunkt ist nichts auszuschließen. Wir gehen allerdings davon aus, dass es sich um Selbstmord handelt.« Seine Worte hallen monoton durch den Raum. »Nein, ein Motiv für die Verzweiflungstat ist uns zum gegenwärtigen Zeitpunkt nicht bekannt.«

Er denkt auch daran, ob das alles noch einen Sinn hat oder er stattdessen gleich seinen Dienst quittieren sollte. Gleich hier auf der Stelle, vor aller Augen, das würde dann auch die Maske mitbekommen und ihn fortan vielleicht in Ruhe lassen. Was die anderen wohl dann denken würden? »Nein, einen Zusammenhang mit anderen Gewalttaten sehen wir nicht.«

In Wahrheit ist es doch egal, was die anderen denken. Es ist sein Leben, seine Familie. Und die ist von diesem Fall so massiv betroffen, dass ein Jobwechsel durchaus nicht ganz abwegig ist.

Vielleicht hätte das auch der Polizeidirektor tun sollen. Viel früher hätte er erkennen sollen, dass er sich gerne verkleidet. Gerne spielt. Gerne ein anderer wäre. Meistens muss man eben sein Leben ändern, wenn man ein anderer sein will.

Seine Gedanken rotieren aber auch ständig um den Griff eines Messers, und er stellt sich vor, wie er der Waffe und ihrem Benutzer aus der Perspektive einer erdachten Helmkamera heraus im Rückwärtslauf folgt. Wie er durch Wälder streift, Füße in seltsamem Schuhwerk sieht, durch Kapuzen verdunkelte Gesichter, eine Hand, einen Arm, eine behaarte Schulter, eine verzerrt lachende Fratze, die ihn aus schwarzen Augen anstarrt. Trost schreckt hoch. Vor ihm sitzt eine Menge, die ihn erwartungsvoll anschaut.

»Ich denke, das war's. Mehr gibt es nicht zu sagen.«

Er räuspert sich und ist in dem allgemein aufkeimenden Lärm durcheinandersprechender Stimmen schon fast aufgestanden, fast weg von dem Tisch, dem Mikrofon, den Journalisten, dem Raum voller betreten dreinschauender Beamter. Da verstummt alles plötzlich wieder, weil jemand etwas gesagt hat. Eine kleine Dame, die hinten in der letzten Reihe sitzt, etwas unscheinbar, eine graue Maus mit Brille und braunen Locken und einer Bluse, die etwas altmodisch anmutet, wird rot um die Wangen.

Trost beugt sich noch einmal nach vorn, bemüht sich um ein Lächeln und fragt: »Ja, bitte? Eine letzte, eine allerletzte Frage?«

Ein paar Journalisten aus der ersten Reihe schmunzeln, als fühlten sie mit ihm, fühlten seinen Druck, seine Zeitnot, seine Verantwortung, als seien sie ganz bei ihm. Wie alte Bekannte.

Da stellt die Journalistin noch einmal ihre Frage, diesmal mit festerer Stimme: »Finden Sie nicht, dass die Polizei derzeit überfordert ist?«

Stille.

»Ein Mordfall im Wald … der Tod des Polizeidirektors …« Sie fügt das hinzu, um die atemlose Pause, die nach ihrer Frage folgte, zu überbrücken. Als müsse sie die Frage erklären.

Während Trost sich eine Antwort überlegt, täuschen seine Mundwinkel noch immer den Anflug eines Lächelns vor. Gelassenheit.

Ehe Trost etwas erwidern kann, nimmt der Bürgermeister das Mikrofon an sich und blickt ernst in die Runde. »Meine Damen und Herren, es sei Ihnen versichert, dass gerade jetzt, in dieser ernsten Stunde, die Polizei beweisen wird –«

Das Handy, das vor Trost auf dem Tisch liegt, beginnt zu vibrieren.

Brr, brrr, brrrr.

Trost wirft einen Blick aufs Display und würgt den Anrufer ab. Er erntet einen kurzen, undefinierbaren Seitenblick vom Bürgermeister und bittet die Anwesenden um Verständnis. »Polizeiarbeit, Sie verstehen.«

Jemand hustet, Trost zieht den Bauch ein und zwängt sich mit dem Rücken zur Wand hinter dem Sessel des Bürgermeisters vorbei, stolpert über den Ständer einer Fernsehkamera, jemand kichert. Er spürt die auf sich gerichteten Blicke wie Nadelstiche, würde sie am liebsten mit der Hand wegwischen, kann es nicht. Trost beginnt zu schwitzen, seine Jackentasche verheddert sich an einer Stuhllehne, er löst sie, lächelt jemanden an, einen Journalisten, einen Pressesprecher, einen Tontechniker, keine Ahnung. Er geht weiter mit steifen Knien, streckt die Arme nach der Türklinke viel zu früh aus und kriegt sie endlich zu fassen.

Im Stiegenhaus nimmt er zwei, drei Stufen auf einmal. Plötzlich taucht Annette Lemberg neben ihm auf. Sie versucht, mit ihm Schritt zu halten.

Warum er nichts gesagt hat, will sie wissen.

»Wozu?«

Zum Tod des Polizeidirektors. Ein paar Worte des Bedauerns. Ein wenig Mitgefühl. Die Leute stünden auf so etwas. Vor allem die Presse. Und man müsse die Presseleute bei Laune halten, gerade jetzt, wo sie sowieso schon so viel Arbeit am Hals haben, ihnen alles über den Kopf zu wachsen drohe. Da wäre schlechte Presse das Letzte, was sie gebrauchen könnten. Trost bleibt so abrupt stehen, dass Lemberg beinahe gestolpert wäre. Sie hält sich am Geländer fest.

»Jetzt hören Sie mir einmal zu: Diese Rolle spielte der Chef, doch der ist tot. Bestenfalls maßt sich das noch Schulmeister an, aber Sie? Wie kommen Sie dazu, mir zu sagen, wie ich was zu tun habe? Und noch etwas: Meine Frau liegt im Krankenhaus, und ich bin auf der Suche nach dem, der ihr das angetan hat. Nach einem Mörder. Also noch einmal: Sagen Sie mir nicht, wie ich mich zu benehmen habe.«

»Es ist nur …«

»Was?«

Als Annette Lemberg eine Sekunde zu lange für eine Antwort braucht, wiederholt er, diesmal lauter und drängender: »Was?«

»Es ist nur, dass wir nicht mehr wissen, ob Sie …«

»Was?«

»Versuchen Sie sich doch einmal in uns hineinzuversetzen. Sie lassen uns die meiste Zeit im Dunkeln über Ihre Ermittlungen. Sie recherchieren in einem Mordfall, und dann werden Sie auch noch überfallen. Das wäre vielleicht nicht passiert, wenn Sie uns eingeweiht hätten. Sie schauen sich an den Tatorten nicht einmal die Leichen genau an, sondern suchen nach irgendwelchen Märchen. Nach Teufelsmasken, Bildern, Kindergeschichten. Kommt Ihnen das nicht alles reichlich seltsam vor? Verstehen Sie denn nicht, dass Sie keiner mehr ernst nimmt? Schulmeister wird Sie fertigmachen, wenn Sie nicht damit aufhören.«

»Und Sie?«

Sie zögert. »Was, und ich?«

»Glauben Sie mir auch nicht?«

Sie sieht ihm in die Augen. Direkt. Er bildet sich ein, dass ihre ein wenig wässrig wirken. Ihre Nasenspitze bewegt sich mit ihrer Unterlippe, auf der sie kaut.

Er packt ihren Arm, zieht sie mit sich und sagt: »Großkampftag.«

Dann fliegen die beiden durch den Innenhof, die Eingangspforte hinaus, laufen über den Hauptplatz und verschwinden im Dienstwagen, einem unscheinbaren blauen Fünftürer.

Annette Lemberg kann sich gerade noch anschnallen, ehe Trost den Wagen so unsanft beschleunigt, dass sie in den Sitz gedrückt wird. Den ganzen Weg vom Stiegenhaus bis zum Auto hat er sie nicht losgelassen.

Die Maske fällt

Früher hat man es Armin angesehen, wenn er einen Fall gelöst hat. Heute erfahre ich es meist nur noch aus der Zeitung, während er schon längst beim nächsten ist.
aus Charlottes Tagebuch

Er parkt den Wagen am Taxistand, lässt die Lemberg darin zurück und sprintet die hundert Meter ins Krankenhaus, um nach seiner Frau zu sehen. Sie schläft, und Trost küsst sie auf den Verband, der um ihre Stirn gewickelt ist. Eine Schwester kommt herein und macht sofort ein besorgtes Gesicht, als sie Trost bemerkt. Sie sagt, seine Frau sei, wenn auch langsam, auf dem Weg der Besserung. Sie schlafe die meiste Zeit, was gut sei. Wenn sie aufwache, frage sie immer nach ihm. Was sie ihr das nächste Mal sagen solle.

Trost schaut Charlotte an. Er hat ihr das eingebrockt. Er allein. Aber er will alles wiedergutmachen. Gutmachen, dass er die Tür geöffnet und sich hat überrumpeln lassen. Er blickt an ihrem Körper hinab bis dorthin, wo sich unter der Decke eine Rundung abzeichnet.

Die Schwester nimmt seine nächste Frage vorweg. »Dem Baby scheint es nach wie vor gut zu gehen.«

»›Scheint‹?«

Die Schwester wird rot. »Nein, nein, dem Baby geht es gut.«

»Sie haben aber ›scheint‹ gesagt. Sind Sie sicher, dass es dem Baby gut geht?«

Jetzt verändert sich die Gesichtsfarbe der Schwester in ein nahezu knalliges Rot. »Ganz sicher.«

Trost ist zufrieden. »Wenn sie aufwacht, sagen Sie ihr bitte, ich bin ihm dicht auf den Fersen.«

Wie gern hätte er jetzt noch ein paar Worte mit Charlotte gewechselt. Ihr gesagt, wie sehr er sie liebt.

Dem fragenden Blick der Schwester antwortet er noch: »Sie wird es verstehen.« Dann küsst er Charlotte noch einmal auf die Stirn, betrachtet ihre geschlossenen Augen, und in dieser Sekunde öffnet sich eine Tür in ihm.

Ihm wird heiß.

Wie auf ein Zeichen hin öffnet nun auch Charlotte die Augen. Keine erkennbare Wiedersehensfreude. Mit schwacher Stimme fordert sie ihn nur tadelnd auf: »Lies das Tagebuch!«

Trost beugt sich über sie. »Wie sah der Mann aus, Charlotte? Wie sah der Bus aus?« Als die Schwester einen Schritt näher kommt, gibt er ihr zu verstehen, dass er gerne einen Moment allein mit seiner Frau verbringen möchte.

Kaum ist sie draußen, holt er das schwarze Büchlein hervor und blättert hektisch bis zu der Stelle vom Flohmarkt.

»Hier schreibst du was davon, dass der Blonde plötzlich aufsteht und gegen die Buswand drischt.« Nein, vorher. Es muss vorher etwas über ihn stehen. »Er ist blond, groß, ein Typ hängt in seinem Bus herum. Hinten vor der Fahrgastzelle ist ein Vorhang«, murmelt Trost vor sich hin.

Trost blättert vor. Kein Eintrag. Er blättert zurück ans Ende des Flohmarktberichts, da hatte Charlotte ein paar Tage danach noch einen Eintrag hinzugefügt.

Lustig, ich komme jetzt drauf, dass Armin den Mann vom Flohmarkt wahrscheinlich gekannt hat. Erinnerung an mich: Ich muss ihn einmal darauf ansprechen. Jetzt geht es gerade nicht, denn er ist wieder einmal unterwegs auf Mörderjagd.

Er ist sich nun ganz sicher, genau die Stelle gefunden zu haben, die er hätte finden sollen. Charlotte hat die Maske wiedererkannt, als die Bande in ihr Haus gestürmt ist. Sie erkannte den Mörder wieder. Und er selbst kennt ihn anscheinend auch.

Trost rüttelt an ihrer Schulter. Charlottes Augen zittern immer noch. Die Schwester stürmt herein.

»Sagen Sie, kann ich meine Frau nicht einfach aufwecken? Es ist wirklich wichtig.«

Die Schwester lächelt ihn an wie eine Erzieherin ein Kind, das eine unglaublich naive Frage gestellt hat. »Ihre Frau braucht alle Ruhe, die sie kriegen kann.«

Trost verdreht die Augen. »Ich weiß, es ist aber wichtig.«

Ihr Lächeln wird nervöser. »Selbst wenn sie aufwachen würde, was bei der Menge an Schlafmitteln unwahrscheinlich ist, würde es Ihnen nichts nützen. Ihre Frau wäre vollkommen verwirrt, würde Sie vermutlich nicht einmal erkennen.«

Trost sucht im Gesicht der Schwester einen Anflug von Ironie. Nimmt sie ihn auf den Arm? Er rüttelt wieder an Charlottes Schulter. »Charlotte! Ich bin's, Armin. Wach auf!«

Eine Hand legt sich auf seine Schulter. »Herr Trost. Ich muss Sie bitten, das Zimmer zu verlassen. Auf der Stelle. Sie haben heute Morgen bereits einen Aufstand gemacht; wenn die Ärzte Sie jetzt so tobend bei Ihrer Frau vorfinden, behalten wir Sie hier, ob Sie wollen oder nicht.«

Er dreht sich um. Das Lächeln ist nur um ihren Mund herum zurückgeblieben. Der Rest des Gesichts zeigt Entschlossenheit. Ihre beschämte Röte ist einem blassen Teint gewichen.

Wenig später ist Trost draußen und schnappt nach Luft. In seinem Kopf rotiert es. Er läuft zurück zum Wagen.

Den Taxifahrer bemerkt er schon von Weitem. Er steht wild gestikulierend vor dem Auto und brüllt, die Lemberg solle endlich mit dem Wagen verschwinden.

Eine Minute später sieht Trost den noch immer wütend fuchtelnden Mann im Rückspiegel kleiner werden, und der Wagen taucht in den Spätnachmittagsverkehr ein. Vorbei an vertrauten Häusern auf dem schnellsten Weg zu seinem Sohn. Er will Annette Lemberg alles erzählen, was er weiß. So ist es zumindest geplant. Bis Trost bei Irene und Klaus anruft, um sich zu vergewissern, dass mit Jonas alles in Ordnung ist, und bald darauf mit betretener Miene die Verbindung unterbricht.

Lembergs fragenden Blick erwidert er mit der knappen Feststellung, dass sein Sohn fort ist.

Jonas hat wohl gesagt, dass er nur etwas erledigen müsse, das ist aber nun schon zwei, drei Stunden her. Deshalb hat er vermutlich auch bei Trost angerufen, aber er hat nicht abgehoben. Trost erinnert sich an den Anruf während der Pressekonferenz.

Für ihn gibt es nur zwei Möglichkeiten.

»Planänderung«, sagt er. »Wir fahren zuerst zu mir nach Hause.«

Lembergs Blick ignoriert er, denn er weiß auch so, dass die Wahrscheinlichkeit, seinen Sohn dort anzutreffen, eher gering ist.

»Kann es sein, dass einer unserer Streifenwagen ihm gefolgt ist?«, fragt Trost.

Einen Anruf später schüttelt Lemberg den Kopf. »Negativ. Er muss sich vorbeigeschlichen haben.«

»Na bravo. Da haben sie wieder einmal Vollprofis eingesetzt.« Er treibt den Dienstwagen so sehr durch die abendlichen Ausfallstraßen von Graz, dass das wilde Hupen der anderen Verkehrsteilnehmer nur wie eine vage Erinnerung an ihnen vorüberrauscht. Der Motor heult auf, an den Kreuzungen lösen seine Schaltfehler lautes Knirschen aus, und die Reifen quietschen, als seien sie Budgetposten einer Hollywoodproduktion. Trost hat das Gefühl, vor einer nahenden Sintflut zu fliehen. Zwischen all dem Hupen und Schalten und Schreien versucht er immer wieder, Jonas auf dem Handy zu erreichen, doch es gelingt ihm nicht. Sein Sohn hebt nicht ab.

»Lemberg!«, brüllt er gegen den Motorenlärm an.

»Ja?«

»Organisieren Sie eine Wache vor dem Krankenzimmer meiner Frau! Sie hat den Mörder gesehen.«

»Was?«

»Keine Fragen jetzt! Machen Sie schon! Die Typen beschatten uns, sind uns in ein Restaurant gefolgt, haben uns zu Hause attackiert. Die meinen es ernst.«

»Aber Herr Trost. Ihre Frau wird doch schon den ganzen Tag über bewacht.«

»Ach ja, wer hat das angeordnet?«

»Schulmeister.«

»Rufen Sie ihn an.«

Lemberg schnappt sich das Handy. »Um was zu sagen?«

»Er soll sich bereit machen. Irgendetwas sagt mir, dass wir bald Unterstützung brauchen. Er soll die Kavallerie organisieren. Oder die Artillerie. Mir egal.«

»Muss ich das verstehen?«

»Nun machen Sie schon!«

Er sieht sein Haus von Weitem, und nichts weist darauf hin, dass sich jemand darin befindet. Kein offenes Fenster, kein Schatten hinter einem Vorhang.

Die Staubwolke, die die Vollbremsung in der Hauseinfahrt verursacht, holt ihn ein, während er aus dem Wagen springt und auf die Tür zuhechtet. Als er sie aufreißen will, renkt er sich fast die Schulter aus. Die Tür ist verschlossen. Hastig tastet er in seiner Manteltasche nach dem Schlüssel, findet ihn, sperrt auf und ruft: »Jonas! Jonas, bist du da?«

Er reibt sich die Schläfen und rennt den Flur auf und ab. »Mann, Mann, denk nach. Sie wollen ihn, wollten ihn von Anfang an. Er war Zeuge eines Mordes, sie wollen ihn kaltmachen. Er reagiert nicht auf die Aufforderung zum Duell, weil ich ja die Warnung versteckt habe. Der Zettel ist ein Hinweis darauf, was gemeint ist. Wohin er kommen soll. Freiwillig. Oder es ist nur Psychoterror. Jonas hat jetzt Schiss. Er hat Gewissensbisse. Er will was gutmachen. Läuft weg. Aber wohin? Wohin, Herrgott noch einmal?«

Annette Lemberg taucht am Treppenaufgang auf. Sie kommt näher. Die beiden sehen sich lange an. Sie sagt: »Herr Trost, es wird dunkel.« Und diese Worte schmerzen fast so sehr, als stecke eine Klinge in Trosts Brust. Wenn es dunkel wird, beginnt das Grauen. Er weiß, was es bedeutet. Er wird wieder dorthin müssen, wo alles begann. An den Ort, wo die Leiche im Wald gefunden wurde. Keine halbe Stunde Fußmarsch von seinem Haus entfernt.

Er nickt. »Ich weiß, gehen Sie schon einmal zum Wagen.«

Er nimmt das Telefon aus der Tasche und wählt eine Nummer. Am anderen Ende der Leitung hebt Schulmeister ab. Trost zupft mit Daumen und Zeigefinger am Verband.

»Johannes, hör mir gut zu.«

»Was denn noch?«

Trost ignoriert den schneidenden Tonfall. »Die Lemberg und ich, wir sind gleich wieder im Wald. Am Tatort des Mordes.«

»Ach, und warum finde ich das nun großartig? Weißt du, wir –«

»Johannes, sei still und hör mir zu! Wir brauchen jeden Mann hier, hörst du?«

»Armin, Scheiße, was hast du vor? Willst du die Lemberg jetzt auch noch hineinreiten? Bleibt, wo ihr seid, und wartet auf mich, verdammt.«

»Keine Zeit. Wir treffen uns am Tatort. Und bring Verstärkung mit. Ich bin mir sicher, ganz sicher, hörst du, dass wir die Bande heute stellen. Heute Nacht geht alles zu Ende.«

Trost wartet, doch am anderen Ende vernimmt er nur ein atmosphärisches Rauschen.

»Johannes?«

»Ja, ich bin da. Was soll das heißen: ›Heute Nacht geht alles zu Ende‹? Willst du mich verscheißern?«

Trost blickt sich mit dem Telefon am Ohr noch einmal im Haus um. »Johannes, ganz genau zuhören jetzt: Das ist ein Befehl. Ein Einsatzbefehl. Polizisten in Gefahr, Einsatzort ist der Tatort des ersten Mordes. Sofort!«

Dann legt er auf, geht hinaus, sperrt wieder die Tür hinter sich zu, dreht sich um und erstarrt.

Nicht er ist im Begriff, allem ein Ende zu machen. Pans Armee ist zu ihm gekommen.

Pans Armee

Ich finde, unser Haus am Waldrand ist genau das, wonach wir immer gesucht haben. Nur: Wie nah das Haus dem Waldrand wirklich ist, wird mir erst jetzt so richtig bewusst.
aus Charlottes Tagebuch

Annette Lemberg steht im Vorgarten und sieht dabei aus wie eine Statue. Sie rührt sich nicht von der Stelle und blickt geradewegs in die Klinge eines Schwerts, das ihr von einer Gestalt mit weißer Gesichtsmaske entgegengestreckt wird.

In diesem Moment sieht Trost, wie drei weitere Gestalten aus dem Unterholz auftauchen. Auch sie haben ihre Gesichter mit weißen Masken verdeckt, die sie wie gefühlskalte, starre Puppen aussehen lassen. Auch diese Leute sind mit Schwertern ausgerüstet. Ihre weiten schwarzen Mäntel streifen beinahe den Boden. Niemand spricht, und doch weiß Trost, was zu tun ist. Jedenfalls verwirft er den Gedanken, in sein Brusthalfter zu greifen und seine Glock zu ziehen, gleich wieder, als er sieht, wie die an den Hals gedrückte Schwertspitze bereits ein blutendes Rinnsal an Annette Lembergs Hals hinterlässt.

Er wartet, bis ihm jemand ein Schwert in den Rücken drückt und ihm so zu verstehen gibt, welchen Weg sie einschlagen werden. Die Gruppe bewegt sich bald schweigend auf den Wald zu und dann sogleich den Hügel bergauf.

Offenbar hat seinen Anruf niemand mitbekommen. Sie gehen zügig, aber ohne allzu große Eile. Immer wieder spürt Trost die Klinge schmerzhaft zwischen seinen Schulterblättern.

Das Dämmerlicht hat schon beinahe den Grad richtiger Finsternis erreicht. Trosts Augen gewöhnen sich nur schwer daran, ständig stolpert er über Wurzeln und Steine. Einmal fällt er, sodass er die Pistole in seiner Brusttasche spürt. Das erinnert ihn daran, dass er noch vor wenigen Tagen ein Messer an derselben

Stelle verborgen hat. Der Schweiß rinnt ihm von der Stirn, und plötzlich jagt rasendes Seitenstechen durch seinen Körper. Er stolpert abermals, fällt hin und bleibt sitzen.

»Eine kleine Pause«, stöhnt er. In der Dunkelheit sieht er den Schlag, der ihn hinter dem rechten Ohr trifft, nicht kommen. Der Geschmack von Nadeln auf kalter Erde ist das Nächste, was er bewusst wahrnimmt.

Einer der Entführer flucht: »Steh auf, Scheißkerl. Dein Sohn wartet schon.«

Trost steht auf. Bei der Erwähnung von Jonas beginnt sein Herz zu rasen. Fieberhaft überlegt er. Wenn er flink ist, könnte er einen der Männer erschießen. Die Schrecksekunde müsste Lemberg reichen, um zumindest einen weiteren in Schach zu halten; blieben noch die anderen beiden Kerle. Und wenn die, die seinen Sohn festhalten, die Schüsse hören? Er verwirft den Gedanken des Widerstands.

Eine weiße Maske nähert sich seinem Gesicht. Trost versucht, in die Augen dahinter zu blicken. Versucht zu erkennen, ob diese Augen irgendeine Spur von Skrupel zeigen, von Unsicherheit. Doch nichts dergleichen ist auszumachen.

Es ist zu dunkel.

Die Maske herrscht ihn an: »Geh weiter!«

Eine halbe Stunde später erreichen sie das Plateau. Hier stehen die Bäume weit genug auseinander, um das blasse Mondlicht durchzulassen. Die Welt besteht nur noch aus den Grautönen zwischen Schwarz und Weiß.

Aus dem Buschwerk schälen sich plötzlich weitere Silhouetten. Drei an der Zahl. Die Gruppe funktioniert wie eine schweigsame Masse, die sich raschelnd durchs Waldgras bewegt, über knackende Äste steigt, bis sie schließlich an einer Weggabelung ankommt. Dort löst sich eine Gestalt aus der Formation und verharrt.

Langsam ist nun auch der Hintergrund zu erkennen. Die Schatten befinden sich auf dem höchsten Punkt des Hügelrückens. Hinter der einzelnen Gestalt erhebt sich ein gewaltiger Baum, vor dem eine Tafel mit einem Schaukasten angebracht ist. Eine Kerze brennt in dem Schaukasten. Es ist eine von den roten, wie man sie vom Friedhof her kennt.

Hinter dem Baum, in nordwestlicher Richtung, keine zwanzig Meter entfernt, kristallisiert sich nun ein weiteres Gebilde aus der Nacht heraus. Eine Art Behausung, ein zu einem Zelt geschichteter Haufen aus Astwerk. In der mondhellen Finsternis schaut es zuerst so aus, als befände sich dort zwischen den Buchen und Fichten ein unheilvolles Lebewesen. Vor seinem inneren Auge sieht Trost noch einmal die Leiche, die er vor ein paar Tagen hier untersucht hat.

Die Gruppen nähern sich einander. Trost und Lemberg werden zu dem einzelnen Schatten geschoben. Er erkennt ihn schon von Weitem an seiner Haltung, den schmalen Schultern und der Art, wie er dazu neigt, die Arme ratlos an den Seiten baumeln zu lassen. Am liebsten wäre er losgerannt, hätte seinen Buben mit bloßen Händen herausgeboxt und wäre mit ihm geflohen.

»Jonas?«, ruft er.

»Papa? Was machst du denn hier?«

»Dich retten.«

Er bekommt keine Antwort. Aber er vermutet, dass sein Sohn soeben alle Hoffnung auf Hilfe aufgegeben hat.

Die sechs Maskenmänner bilden nun einen Kreis um die drei.

»Papa«, hört er Jonas sagen, »stellt euch hinter mich.«

Irgendetwas an der Stimme seines Sohnes macht ihn nervös, aber er hat keine Zeit, sich darüber Gedanken zu machen, denn im selben Moment geht einer der Maskenmänner auf sie los. Er schwingt einen Stab in weitem Bogen um seinen Kopf und lässt die Waffe auf Jonas niederkrachen. Der Bub bewegt sich behände, weicht aus, stolpert, steht wieder auf und weicht auch dem zweiten Schlag aus.

Nun kommt ein zweiter Maskenmann auf ihn zu, zieht ein Schwert aus der Scheide an seiner Hüfte und schlägt ebenfalls auf ihn ein. Jonas packt ihn am Arm, verdreht ihn und reißt ihm das Schwert aus der Hand. Gerade rechtzeitig, um dem durch die Luft sirrenden Stab ein weiteres Mal zu entgehen.

Hinter Trost schreit plötzlich Annette Lemberg auf. Sie wirft einen der Männer über ihre Schulter, stolpert dabei und stürzt. Trost will ihr helfen, bekommt aber einen Stoß in den Rücken und sieht sich unverrichteter Dinge selbst auf dem Boden mit einem Gegner ringen.

Im Augenwinkel bemerkt er, wie noch ein Kämpfer auf Jonas losgeht. Jonas weicht aus, dann hat Trost schon wieder genug damit zu tun, seinen eigenen Gegner abzuschütteln. Er rappelt sich auf und sieht sich einem bulligen, aber kleineren Maskenmann gegenüber. Der Gegner greift nach einem herumliegenden Ast und schlägt Trost damit auf die linke Schulter. Die Bewegung war so rasant, dass er nicht rechtzeitig reagieren konnte. Eine Schmerzwelle jagt durch seinen Körper.

Lemberg geht erneut zu Boden. Sie scheint ernsthaft von irgendetwas getroffen. Jonas stöhnt auf. Ein Geräusch, das Trost aus dem Mund seines Sohnes noch nie gehört hat. Entsetzen macht sich in ihm breit. Was, wenn hier nun wirklich alles endet? Wenn alles schiefgeht?

Trost blickt zu dem Maskenmann ihm gegenüber, brüllt und rennt auf ihn zu. Ihre Körper prallen aufeinander. Sein Gegner fällt, schlägt mit dem Kopf auf einem Stein auf und bleibt liegen. Trost fährt herum, sucht sich sein nächstes Opfer und sieht Annette Lemberg.

Jemand hat ihr die Arme auf den Rücken gedreht und hält ihr eine Klinge an den Hals. Ihr Peiniger schaut ihn an.

Auch Jonas liegt am Boden, niedergedrückt von der Spitze eines Schwerts zwischen seinen Schulterblättern. Auch dieser Maskierte starrt drohend zu Trost herüber. Trost hat seine Waffe in der Brusttasche. Er überlegt hastig. Ziehen, schießen, Opfer in Kauf nehmen? Sich ergeben? Sowieso draufgehen?

In der Finsternis sehen diese weißen Maskenmänner aus wie Boten aus der Unterwelt. Er erkennt, dass manche von ihnen sogar an Schultern und Rücken Panzerungen tragen, die aussehen, als trügen sie Flügel. Es sind Phantasiefiguren, mit denen er es hier zu tun hat, Kreaturen aus einem lächerlichen Spiel, doch in diesem Moment ist Trost alles andere als unbeeindruckt.

»Papa?«

»Jonas, ich bin hier«, keucht Trost. Er spürt sein Gesicht nicht. Die Haut um seine verletzte Nase herum scheint taub zu sein. Er schmeckt Blut.

Und dann hallt ein Lachen durch den Wald, ein schrilles, markerschütterndes, wie man so sagt. Es klingt wie der Schrei einer total irre gewordenen Hexe im Sturzflug mit ihrem Besen. Warum Trost diese Assoziation hat, wird ihm schnell klar, denn aus dem Unterholz ringsherum tauchen plötzlich neue Verkleidete auf. Und trotz des fahlen Lichts erkennt Trost diese Gruppe sofort. Er traut seinen Augen kaum, aber er ist sich ganz sicher. Es ist die dürre Waldfee, die aus dem Dickicht mit einem Leuchtstab in der einen und einer Lanze in der anderen Hand wie von Sinnen auf sie zurennt und dabei ihre furchterregende, waffenschwingende Bande anführt.

An ihrer Seite grölen und schlagen Harkor und seine merkwürdige Haudegentruppe wild um sich. Es ist eine völlig absurde Situation. Und in diesem Moment hat Trost auch ein Aha-Erlebnis. Ihnen muss also das Lager im Wald gehört haben, das er gefunden hat. Nicht irgendwelchen Schaulustigen, sondern Harkors Leuten. Mitten im Wald, mitten in der Nacht befindet sich Trost inmitten einer geradezu epischen Schlachtszene. Wie maßlos der Kampf ist, wird schnell klar. Die Waldfee schleudert ihre Lanze einem Maskenmann durch den Oberschenkel, Harkor trifft einen weiteren so hart, dass dieser durch die Nacht fliegt.

Da kämpfen kalkgesichtige Todesboten, dort eine dürre, bunt bemalte Fee mit ihrer Raubrittertruppe. Jeder brüllt wie am Spieß, alles drischt aufeinander ein. Annette Lemberg ringt wieder am Boden mit ihrem Gegner, nur Jonas bleibt liegen, hält seinen offenbar verletzten Arm.

Genug.

Jetzt ist Schluss.

Trost greift in seine Brusttasche und tastet nach der Pistole. Er weiß nicht, wann er das letzte Mal auf einen Menschen geschossen hat, aber er wird es jetzt wieder tun. Ein Atemzug. Er spürt die Waffe in seinen Fingern.

Er ruft: »Es ist aus!«

Er zieht die Waffe hervor und zielt auf einen der Verkleideten, der nun auf ihn zukommt. Trosts Hand zittert. Ich habe fünfzehn Schuss für sechs Männer. Mehr als zwei für jeden. Das muss reichen.

Trosts ausgestreckter Arm beginnt zu schmerzen. Ein Schweißtropfen rinnt über seine Nase. Und dann streckt ihn ein gewaltiger Hieb nieder.

Jemand ist ihm in den Rücken gesprungen, hat sich auf ihn gesetzt und würgt ihn von hinten. Es ging zu schnell, als dass Trost hätte reagieren können. Er versucht, die Finger um seinen Hals zu lösen, doch es gelingt ihm nicht. Der Arm ist zu lang, als dass Trost den Kopf des Gegners zu fassen kriegen könnte. Mit aller Kraft kratzt er auf dessen Oberarm ein, zu viel mehr ist er jedoch in seiner unmöglichen Bauchlage nicht imstande. Er versucht, wenigstens ein Knie anzuheben und den Gegner abzuwerfen, holt Luft, doch es kommt nichts in seinen Lungen an, und schon beginnt das Bild vor ihm zu verschwimmen.

Seine Pistole ist fort. In seiner Brust breitet sich ein Brennen aus. Er kann es nicht glauben. Er war nie einer von den Schwachen. Judo, Nahkampfausbildung. Ich bin doch Polizist, Herrgott noch mal, denkt er noch. Sein Gesicht schmerzt jetzt wieder. Über seine Nasenwurzel, die Stirn bis unter den Haaransatz breiten sich die Wellen aus. In seinem Inneren macht sich eine erschreckende Erkenntnis breit.

Ist es das, das Ende? Was mach ich jetzt?

Seine Hand tastet ins Leere. Ein Krampf in der Schulter. Jonas, es tut mir leid.

Mit einem Mal verlieren sich die Masken in gleißendem Glanz. Als platze das Mondlicht durch die Wipfel hindurch, um den Kampf zu beleuchten. Dazu kommt der unheilvolle Gesang von Maschinen. Trommelwirbel vor dem Ende. Großartiges Getöse. Und als schüchtere seinen Angreifer dieser pompöse Anblick der Schlacht plötzlich ein, löst er den Griff um Trosts Hals.

Ein gewaltiger Schwall Luft strömt schmerzhaft in seine Lunge. Trost röchelt, ihm ist übel. Und als er aufblickt, erkennt er sofort, was es mit dem Getöse auf sich hat.

Die Sekunden, die er braucht, um wieder auf die Beine zu kommen, reichen aus, um ihm ein unvergessliches Bild einzubrennen. Näher kommende Scheinwerfer, bizarre Schatten über dem Schlachtfeld. Menschen wie Puppen in schwarzen Anzügen, Hexen, riesenhafte Ritter in Märchenrüstungen, rote Augen, verzerrte Lippen, abstruse, starre Gesichter prügeln sich im Idyll einer Waldlichtung.

Die Rotoren eines Hubschraubers, der nun über ihnen schwebt, übertönen alle anderen Geräusche und lassen die Bewegungen der Kämpfer noch surrealer erscheinen. Harkor schleudert einen Gegner soeben über seinen Kopf hinweg, während sich ein zweiter mit bloßen Händen auf ihn stürzt. In diesem Moment fällt ein weiterer zuckender Lichtschein auf die beiden, Männer in schwarzen Overalls brechen aus dem Unterholz hervor und packen sie von hinten. Fast in derselben Sekunde löst sich die Spannung aus den Körpern der Kämpfenden, als zerbreche die Berührung der Einsatzkräfte die Aggression in ihnen, mache sie zu willenlosen Opfern.

Jonas liegt am Boden, ein Maskierter kniet auf ihm und holt mit einem Schwert zum Schlag auf seinen Kopf aus. Trost schreit tonlos und hechtet dorthin, wo er die Pistole fallen gelassen hat. Die Waffe des Maskierten hat den ruhenden Punkt vor dem Niederschmettern erreicht, Jonas hebt die Hände, kriegt seinen Gegner aber nicht zu fassen und schließt die Augen. Trost erreicht seine Pistole, rollt sich in einer fließenden Bewegung über den Boden ab, kommt auf die Knie und zielt dabei auf den Arm des Mannes. Die Klinge saust hinab.

»Nein!«, brüllt Trost. Doch bevor er abdrücken kann, treffen von oben Beine auf den Maskenmann, werfen ihn zurück, das Schwert wird in die Nacht hinausgeschleudert.

Ein halbes Dutzend weiterer Einsatzkräfte seilt sich vom Hubschrauber ab, trennt die Gegner und entwaffnet sie binnen Sekunden. Trost liegt da und atmet schwer. Als er sich mühsam aufrichtet, hört er einen Polizisten in seiner Nähe, wie er dem Hubschrauberpiloten via Funk klarzumachen versucht, dass er die Lage im Griff hat, alles sei gesichert. Der Helikopter verharrt noch eine halbe Minute, dreht sich dann um die eigene Achse und rattert schließlich davon. Als er die Hügelkuppe erreicht, taucht er in die Talsenke ab. Dann wird es wieder still im Wald.

Trost stolpert auf seinen Sohn zu. Die beiden umarmen sich, und es braucht nur wenige Sekunden, um erleichtert festzustellen, dass alles so weit in Ordnung ist. Jonas' linkes Auge macht zwar einen erbärmlichen Eindruck, und er kann seinen linken Arm kaum bewegen, aber angesichts des soeben durchlebten Herr-der-Ringe-Szenarios hätte es wirklich schlimmer kommen können.

Eine weitere Welle von Menschen strömt auf die Lichtung. Uniformierte Polizisten und Rettungsleute sind darunter, Blaulichter streichen über den nächtlichen Wald, und auch Johannes Schulmeister und andere Beamte in Zivil tauchen auf.

In all dem Chaos hat Trost das überwältigende Bedürfnis, seinen Sohn nie mehr loszulassen – schon allein deshalb, weil Jonas ihn umklammert, wie er es seit Jahren nicht mehr getan hat. Wie stark er ist, denkt Trost bei sich, und wie groß. Ein junger Mann.

»Es tut mir leid, Papa«, sagt Jonas. Er schluchzt. »Die ganze Sache war ein riesiger Blödsinn.«

»Dir muss gar nichts leidtun, Joni.« So haben Charlotte und er Jonas früher immer genannt. »Ich bin es, der sich entschuldigen muss. Ich bin zu selten für dich da. Bin mit meinen Gedanken dauernd woanders. Immer nur bei meinen Fällen, nie bei dir. Das wird sich ändern«, verspricht er und nimmt Jonas'

Kopf in seine Hände, legt die Stirn an seine. »Das wird sich ändern.«

Da löst sich Jonas von seinem Griff und schaut ihn lange an, ehe er etwas sagt, das Trost so sehr rührt, dass er sich auf die Unterlippe beißen muss, um nicht loszuheulen.

»Ich will so sein wie du, Papa. Das wollte ich immer.«

Am liebsten hätte er den ganzen Zinnober um sie herum weggezaubert, ihnen allen befohlen, abzuhauen, denn dieses Gespräch hier sei wichtiger als alles andere. Als er die Hand eines Sanitäters auf seiner Schulter spürt und die Bitte hört, seinen Sohn freizugeben, damit er versorgt werden kann, ist Trost dennoch erleichtert. Er verspricht Jonas, bald wieder zurück zu sein, und geht auf eine weitere Gruppe von Rettungskräften zu.

Mitarbeiter des Roten Kreuzes huschen um einen im Gras liegenden Körper herum. Einer versucht, eine Blutung in der Bauchgegend zu stillen, ein anderer, das Opfer mit Sauerstoff zu versorgen. Als Trost näher kommt, erkennt er, dass es sich bei der Verletzten um die Waldfee handelt.

Ihre Augenlider flattern. Sie sieht ihn an, drückt die Sauerstoffmaske zur Seite, stöhnt auf. Trost hat einen metallenen Geschmack im Mund.

»Haben wir sie?«, presst die Waldfee hervor.

»Ja«, erwidert Trost tonlos. Er spürt seinen Herzschlag an der Halsschlagader.

Ihre Wangen scheinen noch eine Spur weiter eingefallen zu sein. Ein Sanitäter sagt: »Scheiße.« Es klingt nicht überrascht. Er ruft es auch nicht aus. Er sagt es einfach. Wie eine Feststellung. Unter dem Gesäß der Waldfee breitet sich, schneller, als der Waldboden sie aufsaugen kann, eine Blutlache aus.

»Mehr Licht!«, schreit jemand. Niemand reagiert.

»Ich nehme an, Ihre Leute waren die Vagabunden, von denen meine Kollegen berichtet haben. Sie haben hier gewartet, bis die Maskenleute wiederauftauchen. Ich habe Ihr Lager gefunden.«

Sie nickt und zwingt sich zu einem Lächeln.

»Und warum haben Sie sich im Wald versteckt? Warum sind Sie nicht zu mir gekommen? Zur Polizei?«

Sie bedeutet ihm, näher zu kommen. Ein Sanitäter nickt. Trost hockt sich neben ihren zerbrechlichen Körper und legt sein Ohr ganz nah an ihre Lippen.

»Rache«, haucht sie. »Das war mein Sohn, den sie hier ermordet haben. Mein Sohn, verstehen Sie? Ich wollte niemandem davon erzählen, keine Polizei. Ich wollte nur Rache für meinen Sohn.«

Trost blickt sie ratlos an.

»Sie verstehen das nicht. Es musste so sein. Wenn sie jemanden in der anderen Welt töten, muss das auch in der anderen Welt gerächt werden. Nicht in dieser Welt gibt es Gerechtigkeit für –« Sie holt Luft, doch ein schreckliches Würgen hindert sie daran. Nach ein paar Sekunden fährt sie fort. »Wir haben dann doch bei der Polizei angerufen. Heute Abend.« Sie hustet.

Trost schaut auf, und sein Blick fällt auf Schulmeister, der nun neben ihnen steht.

Schulmeister nickt. »Drei Anrufe, zuerst Lemberg, dann die Frau und schließlich du. Grund genug für den Einsatz der Kavallerie.«

Trost findet, das klingt wie eine Entschuldigung. Wie bestürzend muss der Aufmarsch hier im Wald für Schulmeister auch tatsächlich gewesen sein, wo er doch seit Tagen behauptete, Trost leide unter verrückten Halluzinationen.

Die Waldfee stöhnt auf, ein neuerliches Lächeln streicht über ihr Gesicht. Und mit diesem Lächeln gleitet sie fort von dieser Welt. Während die Sanitäter noch verzweifelt versuchen, was nicht mehr möglich ist, erhebt sich Trost. Er blickt auf den Leichnam der Waldfee hinab und wünscht ihr im Stillen einen Platz im Feenhimmel. Seine Ratlosigkeit bleibt.

Die Verletzten, sein Sohn, Harkors Leute, die Maskenmänner, sie alle werden längst versorgt. Einige hocken jedoch immer noch auf dem Boden. Ihre Hände wurden mit Handschellen auf dem Rücken fixiert, und als Trost, der selbst notdürftig mit Verbänden zusammengeflickt worden ist, sich nun nähert, machen sie sich steif und starren mit versteinerten Mienen in den Wald. Durchweg junge Männer, die Trost noch nie zuvor gesehen hat. Er geht die Reihe entlang, betrachtet einen jeden eingehend. Ein paar haben sich trotz der weißen Maske noch zusätzlich Farbe ins Gesicht geschmiert, was sie offenbar wie Ureinwohner auf dem Kriegspfad aussehen lassen soll.

Beim letzten Buben hält Trost inne. Der Junge ist von gewaltiger Statur. Kaum achtzehn, neunzehn Jahre alt, ist er mit Sicherheit einen halben Kopf größer als er. Er hat ein rotes pickeliges Antlitz mit kleinen grünen Augen, die so tief in ihren Höhlen liegen wie in Teigmasse gedrückte Schokokugeln. Die Augenbrauen treffen einander über der Nasenwurzel, Sommersprossen strahlen über die Wangen aus, schwarzes verschwitztes Haar klebt an seiner Stirn. Es ist das feiste Gesicht eines trotzigen Menschen, den Trost als jenen Buben wiedererkennt, dessen Foto er in Derlers Wohnung gesehen hat.

Trost wird traurig. »Weißt du bereits, was mit deinem Vater geschehen ist?«

Der Bub erwidert nichts. Jemand hat ihm die weiße Maske auf den Hinterkopf geschoben, sodass er von hinten wie ein unheimliches Wesen mit zwei Gesichtern aussehen muss. Sein Schweigen macht Trost ein wenig hilflos, denn auch in der Mimik des jungen Mannes ist nichts zu erkennen. Keine plötzliche Erkenntnis, kein Zorn, keine Trauer.

»Ich denke, er hat sich für dich geschämt«, setzt Trost nach, und die Worte tun ihm leid, noch bevor das letzte verklungen ist. Er spürt, wie er unter dem Haaransatz zu schwitzen beginnt, während sich die Augen des Buben nun langsam weiter öffnen und ihm direkt entgegenblicken. Sein Ledermantel knirscht unter der Bewegung.

»Geschämt?«, fragt er. Eine zu hohe Stimme für einen Buben seiner Statur. »Das passt zu ihm. So ein schwacher Mensch, wie er war. Da zeigt er mir einmal etwas Großes, da kommen wir endlich einmal heraus aus dem Mief. Kommen weg von der Trauer, und dann schämt er sich. Hat er das gesagt? Hat er das wirklich gesagt? Woher wollen Sie das eigentlich wissen? Sie sind doch selbst ein Verlierer. Was wissen Sie schon? Na? Schauen Sie sich doch an. Wie Sie schon daherkommen. Und Ihre ganze Familie. Wir haben Sie beobachtet in den letzten Tagen. Sie und Ihre Idiotenfamilie. Wir haben alles gesehen, sogar wo Sie essen gehen, wie Ihre Frau duscht, wie Sie auf dem Boden sitzen und ewig lang herumreden. Sie sind so ein Niemand. Niemand! Niemand! Niem–« Das letzte »Niemand« wird von der Ohrfeige verschluckt, die ihm Trost verpasst.

Er spürt, wie die Kollegen ihn beobachten. Was der Armenier jetzt wohl macht?, flüstern sie einander sicher ganz aufgeregt zu. Vielleicht kichern manche. Wird er einfach sinnlos herumprügeln? Gibt's am Ende sogar noch ein Disziplinarverfahren? Wie wird er sich aus der peinlichen Lage herauswinden?

Die Haare stehen dem Jungen in die Stirn, und wenn Blicke töten könnten, dann hätten sie für Trost jetzt schon ein Loch in die Erde buddeln können.

Und natürlich ist es auch so, dass Gewalt selten etwas Gutes hervorbringt. Sie kann ihm gerade nicht einmal ein wenig Erleichterung verschaffen, das Dampfablassen funktioniert nicht. Er fasst nach dem Kinn des Buben und zieht ihn zu sich heran.

»Wo ist er? Wo ist euer Anführer? Wo ist der Pan?«

Der Bub lächelt nur in einem fort, formt seine Lippen und spuckt Trost mitten ins Gesicht.

Erst nach dem dritten Schlag schaffen es die Beamten, Trost zurückzuhalten, Schulmeister ist an seiner Seite und herrscht ihn an, sofort damit aufzuhören, sonst werde er ihn höchstpersönlich in Gewahrsam nehmen. Die beiden funkeln sich an. Trost weiß, welches Vergnügen ihm das bereiten würde.

Der Bub liegt auf dem Boden, aus seiner Nase tropft Blut, und Trost dreht sich im Kreis, ballt die Fäuste und brüllt wie von Sinnen.

»Wo bist du?«

Es gibt kein Echo. Stattdessen vernimmt er das gurgelnde Lachen des Jungen.

»Das ist auch so ein feiger Idiot wie ihr alle. Der Pan, der Teufel, der Anführer, ha, dass ich nicht lache! Alles ein Riesenscheiß! Wenn wir nicht gewesen wären, seine Männer, seine Armee, dann wäre er nichts. Auch so ein Niemand wie im richtigen Leben. Dann würde er immer noch nur im Bus herumfahren und Leuten Holzschwerter schnitzen. So ein Trottel. Wir hätten wer sein können. Ich habe gleich gesagt, bringen wir den Typen um, der uns beobachtet hat. Ihren Sohn, den kleinen Scheißer. Aber nein, der Pan wollte plötzlich nicht mehr. Seit er Wind davon bekommen hat, dass wir in eurem Haus waren, wollte er nicht mehr. Hat den Schwanz eingezogen, unser großer Held. Ist halt auch nur ein schwacher Kerl mit Kostüm. Nicht so wie wir, seine Soldaten. Wir hätten es vollbracht. Hätten uns einen Namen gemacht. Wären berühmt geworden. Endlich richtig berühmt. Endlich, endli–«

Die Tür des Einsatzwagens, die hinter ihm zugeschlagen wurde, beendet seinen aufschlussreichen Monolog. Trost blickt noch lange auf die Stelle, an der der verrückte Kerl gelegen hat.

Als er aufschaut, steht Jonas wieder vor ihm. Zerschunden, aber notdürftig versorgt.

»Weißt du, was ich unbedingt machen möchte?«, fragt Trost. Er wartet die Antwort nicht ab. Macht noch einen Schritt auf seinen Sohn zu und umarmt ihn.

Der Fall der Gottheit

Es ist bestimmt nicht so, dass nur jene recht haben, die alles so machen wie alle anderen auch. Die Dinge laufen manchmal ganz anders. Mitunter sogar richtig aus dem Ruder. Na und?
aus Charlottes Tagebuch

Es ist bezaubernd, über eine Straße zu fahren, die gerade erst vom Schnee bedeckt wurde. Das schon im Oktober zu erleben ist rund um Graz eine Seltenheit – das Weiß wird schon am nächsten Tag wieder verschwunden sein, davon ist Trost überzeugt. Die Scheibenwischer streichen tonlos über die Windschutzscheibe, der Motor des Einsatzwagens brummt friedlich dahin. Der Schnee verschluckt jedes weitere Geräusch. Lullt alles ein. Nimmt den Bewegungen die Hektik. Nur noch das Wesentliche zählt.

Es ist bereits taghell, doch je weiter sie ins Hügelland vordringen, desto heftiger schneit es und desto schlechter ist auch die Sicht. Als sie endlich am Ziel ankommen, ist Trost als Erster im Freien. Schulmeister und Lemberg folgen den schwer bewaffneten Einsatzkräften, die mit ihnen gekommen sind, und verteilen sich in stummem Einvernehmen. Sie verstecken sich zwischen landwirtschaftlichen Maschinen und Bretterstapeln, die die Scheune umgeben.

Als Trost ums schwarze Blockhaus geht, ist alles so wie noch vor ein paar Tagen. Bis auf den Schnee. Und die rasende Aufregung in ihm.

Er schaut hinauf auf das Wappenschild über dem Eingang. Die Blumen auf dem umgedrehten Helm drohen unter der weißen Last zu knicken.

Hinterm Haus herrscht wieder das ohrenbetäubende Gekreische der Kreissäge, und der VW-Bus mit dem Ritter über der Schiebetür steht auch da.

Trost denkt an Charlottes Tagebuch. *Der Blonde steht plötzlich auf, drischt mit der Hand gegen die Buswand, sodass der Ritter, der darauf abgebildet ist, zittert.*

Auch der Bus ist mit Schnee bedeckt. Allerdings nicht so hoch wie seine Umgebung. Die Reifenspuren sind noch zu erkennen. Das Pferd auf der Koppel ist diesmal nirgendwo auszumachen.

Erst als er Vinzenz Moosbichler in der Scheunentür stehen sieht, fällt ihm auf, dass der Lärm der Kreissäge verebbt ist.

Moosbichler trägt das schwarze Kostüm des Pan. Langes Fell, das seinen massigen Körper noch mächtiger erscheinen lässt. Breitbeinig steht er da, in der Hand hält er die eindrucksvolle Maske. Ein Fuß ist in einen Schuh gehüllt, der aussieht wie ein Huf. Sein Haar trägt er zu einem Zopf gebunden. Trost findet, sein Bart macht sein Gesicht länger, das Kinn spitzer. Angriffslustiger. Moosbichler lächelt.

Trost ergreift das Wort. »Unmittelbar bevor die Wahrheit ans Licht kommt, lächeln die Menschen immer. Es ist ein merkwürdiger Reflex. Als lachten sich die Menschen selbst aus. Oder vielleicht versuchen sie, das Ganze auch nur ins Lächerliche zu ziehen, um ihre Taten abzutun. Ich weiß es nicht. Ich weiß nur, dass ich das Lächeln in deinem Fall ganz besonders schlimm finde.«

Moosbichler lächelt immer noch, auch wenn es scheint, als sei es ihm irgendwie im Gesicht festgefroren. Er setzt sich die Maske auf. Obwohl Trost ihn dabei beobachtet, sieht, wie er sich vom Menschen zum Untier verwandelt, erschrickt er. Es scheint, als verändere Moosbichler nicht nur sein Aussehen, sondern auch seinen Charakter. Sobald die Maske auf dem Kopf sitzt, werden seine Bewegungen langsamer. Geschmeidiger. Als wolle er sichergehen, dass jede seiner Regungen gewürdigt wird. Er ist jetzt ganz Pan. Langsam blickt Pan auf und fixiert Trost.

Trosts Herz poltert, er gräbt die Hände noch eine Spur tiefer in die Manteltaschen. Seine Nase rinnt, er zieht auf. »Weißt du«, sagt er, »damals als Kind, da konnte ich mit dir nichts anfangen.

Wir waren nie Freunde gewesen. Du warst mir zu schrullig, zu versponnen. Dieses dauernde Spielen mit dem Schweizer Messer, Schnitzen, Im-Wald-Herumlaufen und so, das kam mir seltsam vor. Erst später, als wir uns wiedersahen, bei diesen Festen, da fand ich, du hättest das ganz gut hingekriegt, den Freiheitsdrang, diese Schwärmereien. Mein Sohn fand das auch großartig. Er hat dich mehr angehimmelt als mich. Ja, ich war auch wirklich überzeugt davon, dass du sogar besser dran warst als die meisten von uns. Du hattest deine Bestimmung gefunden. Aber ich sag dir was: In Wahrheit war das alles ein Blödsinn. Du bist überhaupt nichts Besonderes. Nur ein verrückter Kerl, der zwischen Realität und Phantasie nicht mehr unterscheiden kann. Und in dieser Phantasiewelt bist du auch noch ein eitler Geck geworden, der Niederlagen nicht ertragen kann. Ein gefährlicher Irrer bist du. Das ist alles.«

Trost zieht wieder durch die Nase auf. Über Pans Schulter hinweg erkennt er die Silhouetten der Unmengen an Schwertern und Schilden an der Wand. Die Ausrüstung für eine ganze Armee.

»Die Wahrheit?«, hört er Pans Stimme schließlich durch dessen Maske hindurch, fast so, als käme sie aus einem anderen Raum. »Was weißt du schon davon? Du hast es dir einfach gemacht. Du schlägst dich auf eine Seite, versteckst dich hinter Regeln, und jeder, der sie überschreitet, ist dein Gegner. Egal, wozu er verurteilt wird, wie die Sache ausgeht. Alles egal. Deine Sache ist nur, die Hundlinge zu schnappen und einzubuchten. Fertig. Simpel eigentlich. Ein wirklich simples Leben.« Er lacht. Und dieses Lachen klingt unecht wie aus einem Mikrofon. Als wäre es verstärkt. Als befänden sie sich in einem hohen Saal oder einer Kirche.

»Aber ich mag dich«, ruft Pan. »Ich mochte dich immer schon. Deshalb habe ich dich auch verschont. Ich konnte nicht wissen, dass das dein Sohn war, der uns im Wald beobachtet hat. Das letzte Mal, als ich ihn gesehen habe, da war er noch ein kleiner Bub. Meine Leute haben euch beobachtet, und schließlich habe ich beschlossen, es sei an der Zeit, ihn zu holen. Ich kam mit zu eurem Haus. Als du dann aufgemacht hast, war ich schockiert. Ich wusste nicht, dass wir es mit dir zu tun hatten. Ich hätte dich in Ruhe gelassen, ich hätte es dabei belassen. Du bist harmlos. Auch jetzt noch. Und das sag ich nicht, weil ich eitel bin. Ich sag das, weil es wahr ist. Du stehst da ganz allein vor mir, bist viel zu harmlos für diesen Job. Zu dünn. Die Haut und so, du verstehst? Deshalb mache ich dir jetzt ein allerletztes Angebot: Schließ dich mir an! Drüben in der anderen Welt, da hättest du die Chance, jemand zu werden. Ganz schnell. Du könntest dich auf die Seite der Sieger schlagen. Ich habe schon einmal eine Armee aufgebaut. Sie wurde dann leider irgendwann zu selbstständig, zu wild. Junge, hungrige Soldaten eben. Aber wir beiden, wir könnten besonnener vorgehen. Niemand muss mehr sterben. Und dort, in dieser Welt, da werden sie dich endlich auch achten, mein Freund. Und zu dir aufblicken. Du könntest ein Held sein. Ein richtiger Held.« Seine Stimme verebbt.

Pan scheint kurz auf einen toten Punkt vor Trosts Füßen zu schauen. Als verfolge er einen Gedanken, der weit zurückliegt. Dann nimmt er den Faden wieder auf, und es folgt jener Teil, den Trost herbeigesehnt hat. Seit Tagen schon.

Das Geständnis.

»Es ist etwas schiefgelaufen, weißt du? Ich hatte eine Gruppe um mich geschart, die mich bewunderte. Und dann gewann ich auch noch die Kämpfe. Immer mehr und immer spektakulärer. Das war wunderbar. Traumhaft. Du verstehst das vielleicht, weil du ja auch ein Niemand bist. Versteh mich nicht falsch. Ich mag dich. Aber du bist ein Niemand. So wie die meisten anderen auch. Wir schauen uns ja alle nur im Fernsehen die echten Helden an. In Wirklichkeit haben wir keinen blassen Schimmer mehr, wie das geht: Held sein. Ich hab's herausgefunden. Ehrlich. Ich hab die Kämpfe gewonnen, einen nach dem anderen, und immer mehr Leute haben mich bewundert. Manche haben sich gefürchtet, okay, aber die meisten bewunderten mich. Ich habe mir die Maske zugelegt, diese Figur. Pan ist wunderbar, weißt du? Ein Mythos, unheilvoll. Pan kannte dank mir jeder. Und dann gewinnt dieser blöde Idiot von Minnesänger, weil ich gestolpert bin. Ich kann es immer noch nicht glauben. Die anderen auch nicht. Meine Armee war fassungslos. Da habe ich beschlossen, die Sache unvergessen zu machen und ihn ein wenig – wie sagt man? – einzuschüchtern. Ich wollte ihn nicht gleich töten. Aber meine Armee war da anderer Meinung. Sie haben ihn hingerichtet. Ich hatte es nicht mehr unter Kontrolle.«

Er macht eine Pause. »Aber was geschehen ist, ist geschehen. Es lässt sich nicht mehr ändern. Nur dieser Bube, der uns beobachtet hat ... Da mussten wir etwas machen. Wir sind ihm gefolgt. Er wohnte in der Nähe. Wir sandten ihm eine Warnung, eine Einladung zu einem Duell. Das wäre ihm sicher eine Lehre gewesen, vielleicht hätte er sich uns auch angeschlossen. Aber er reagierte nicht. Dann standst du plötzlich vor mir. Genau hier. Ich war zunächst schockiert. Ich dachte mir, Scheiße, Mann, woher kann der das jetzt wissen?«

Der Pan kichert unpassend. »Dabei hast du gar nichts gewusst. Ich fand das lustig. Du stehst dem Pan gegenüber und weist ihn in alles ein. Da hatte ich die Idee, dich einfach mitzunehmen. Ich wollte dir Pan vorstellen.«

»Aber warum? Du hast mich auf deine Spur gebracht. Warum? Wolltest du mich etwa auch umbringen?«

Pan blickt wieder kurz auf einen toten Punkt, diesmal auf einen hinter Trosts Schulter. »Vielleicht wollte ich es, wer weiß? Ich bin nach der Hinrichtung immerhin berühmter geworden, als ich es als Schaukämpfer für die verkleideten Kasperl jemals hätte werden können. Ich war jemand, verstehst du? Auch in der wirklichen Welt. Danach ging alles sehr schnell. Einer meiner Leute hat sich den Pan aufgesetzt und dir in der Burg einen Schock verpasst. Wir haben sogar euren Polizeidirektor unter unserer Fuchtel. Der hat sich immer schön hübsch rausgehalten, weil der niemandem, nicht einmal seiner Frau, erzählen wollte, dass er sich als Rollenspieler ab und zu gerne als schwuler Diener ausgab und dabei auch so manche Dienstleistung auslebte. Ups, jetzt habe ich es doch verraten. Schon geil. Das musst du jetzt zugeben.«

»Er ist nicht mehr unter eurer Fuchtel. Er hat sich umgebracht.«

»Oh, das tut mir leid. Das kannst du mir aber jetzt nicht wirklich in die Schuhe schieben, Armin. Ich habe auch von dem Überfall auf euer Haus nichts gewusst, das musst du mir glauben. Geht es Charlotte gut? Und was war das überhaupt für ein Fernsehteam, von dem mir die Jungs berichtet haben?«

Trost blinzelt. Moosbichler spricht unbeirrt weiter.

»Ich muss zugeben, ich wollte spätestens nach dieser Aktion eine längere Pause einlegen. Meine Armee nimmt das alles zu ernst. Die wollten deinem Sohn eine Lektion erteilen. Haben sie ihn schon? Das ist nicht meine Schuld, mein Freund. Die Armee wollte es so. Wir könnten uns aber gemeinsam absetzen. Einen neuen Helden kreieren. Was meinst du, Armin? Armin?«

»In der wirklichen Welt darfst du keine Fehler machen. Du darfst nicht in das Haus eines Polizisten einbrechen und seine Familie bedrohen. Du darfst auch keine Gruppe befehligen, die in das Haus eines Polizisten einbricht. Eines Polizisten, der einmal ein Freund war. Typen wie du werden immer geschnappt. Verrückte machen immer Fehler.«

Moosbichler hebt die Maske, spuckt auf den Boden, schiebt die Maske wieder übers Gesicht. »Verrückt? Also, komm schon, du hältst mich doch nicht wirklich für verrückt! Du nicht! Ich habe dir meine Karriere zu verdanken, also verzeihe ich dir, aber sag, dass ich nicht verrückt bin.«

Genug.

Trost möchte dem ein Ende setzen und genau das tun, was Moosbichler zuvor als »so simpel« bezeichnet hat. Er greift an seine Gürtelschnalle. Sein Blick wandert kurz auf den Boden, er tastet weiter über seinen Rücken zum Hosenbund, dorthin, wo die Handschellen angebracht sind – und als er aufblickt, ist Moosbichler fort.

Das Scheunentor ist offen, das Schneetreiben wird immer heftiger, von drinnen rumpelt es. Aus den Augenwinkeln bemerkt Trost die Silhouetten seiner Kollegen, die sich nun rasch der Scheune nähern. Lemberg und Schulmeister sind unter ihnen.

»Vinzenz, komm raus! Vinzenz, ich bitte dich, mach jetzt keinen Scheiß.«

Keine Antwort.

Trost vergisst die Handschellen, greift stattdessen in die Brusttasche und zieht die Pistole, hält sie mit beiden Händen vor das Gesicht und geht auf das Scheunentor zu.

Von drinnen wieder ein Rumpeln. Trost tritt ein.

»Vinzenz«, ruft er noch einmal. Keine Antwort. Stattdessen hebt etwas an, das man nur als infernales Getobe beschreiben kann, als Brüllen außer Rand und Band. Und doch hat es nichts Überirdisches, nichts wirklich Außergewöhnliches. Das macht es umso beängstigender. Es klingt wie ein rasender Mensch, der ein rasendes Tier imitiert. Trost weiß, was jetzt kommt. Aus dem Inneren des Schuppens tritt Pan auf ihn zu, in voller Adjustierung, mit einem Bumerang in der einen und einem Schwert in der anderen Hand.

»Vinzenz, ich bitte dich. Tu das nicht. Reiß dich zusammen und nimm die Maske ab. Du kommst ins Irrenhaus mit so einem Blödsinn. Hör auf!«

Wieder das Brüllen. Trosts Herz poltert. Auch wenn er es sich nicht eingestehen will: Er hat Angst. Nicht Angst um seinen Freund, Angst vor dem, was da von seinem Freund Besitz ergriffen hat. In diesem Moment stürzt Pan auf ihn zu. Seine Muskeln spannen. »Vinzenz!«

Trost schießt.

Die Kugel trifft Moosbichler, reißt dessen behaartes Kostüm auf. Doch der stürmt weiter auf ihn zu, schlägt Trost auf die Schulter, ein Brennen. Trost fällt, sieht, wie Pan hinaus ins Freie rennt.

Aber noch ehe er ins geradezu gleißende Licht des Schneetreibens gelangt, tauchen von links und rechts die Einsatzkräfte auf. Zuerst ist es Schulmeister, der sich dem Pan entgegenstellt. Einen Sekundenbruchteil später bricht Schulmeister jedoch mit schmerzverzerrtem Gesicht zusammen. Er drückt mit beiden Händen auf eine Bauchwunde, Blut quillt zwischen seinen Fingern hervor. Weitere Polizisten der Spezialeinheit stürzen sich auf Moosbichler. Zuerst zwei, dann drei und immer mehr. Es sieht nicht aus wie ein koordinierter Zugriff, vielmehr wie ein Überfall. Sie klammern sich an ihn, zerren an seinem massigen Körper, entwinden ihm die Stichwaffen und sehen dabei selbst so aus wie mystische Wesen.

Zuerst schaut es noch so aus, als mache Moosbichler das nichts aus, als könne er sich mit gleichsam mystischer Kraft befreien, doch dann wankt der Hüne, die Polizisten lassen nicht locker, drücken ihn nieder, drehen ihm die Arme auf den Rücken, jemand zieht an seiner Maske. Sie fällt zu Boden. Moosbichlers Bart ist blutverschmiert. Er brüllt, er jault auf, diesmal wirklich mehr wie ein Tier als wie ein Mensch, und seine Augen funkeln wild.

Trost liegt immer noch vor dem offenen Scheunentor und blickt hinaus auf den schneebedeckten Hof seines einstigen Schulkollegen. Des Zimmerers und Träumers, des Spielers, des Helden – und des Mannes, der allen Ernstes dachte, er sei der leibhaftig gewordene Hirtengott Pan.

Es ist vorbei.

Versprechungen und Verletzungen

Ich bin überzeugt davon, dass Hartnäckigkeit zum Ziel führt. Und wenn nicht, dann kann man sich wenigstens nichts vorwerfen.
aus Charlottes Tagebuch

Eine Glühbirne ohne Lampenschirm erhellte den kahlen Raum, der bis auf den großen Tisch mit dem Zettel in der Mitte leer geräumt war. Armin Trost hatte den Schlüssel für die »Wohnung« in einem Kuvert vorgefunden, das eines Tages in seinem Briefkasten lag. Nun stand er hier und kämpfte gegen ein unsagbar starkes Gefühl von Einsamkeit an.

Tobias Schlierenbaum hatte alles mitgenommen. Sein komplettes Arsenal an skurrilen Instrumenten, seine absurden Kunstwerke, seine Bücher, einfach alles.

Den Zettel auf dem Tisch las Trost nun schon zum wiederholten Male.

Lieber Arminius,
wie du festgestellt hast, bin ich fort. Das hat seine Gründe, und vielleicht werde ich dich eines Tages aufsuchen, um dich zu bitten, mir beizustehen.
Versuche bis dahin nicht, mich zu finden. Es wird dir erstens nicht gelingen und zweitens auch nichts bringen. Was ich mache, werde ich allein tun. Genauso wie ich dich allein lassen will, damit du deinen eigenen Weg gehen kannst. Ich will, dass du wirst, was aus dir zu werden hat. Denn alles ist vorherbestimmt. Alles hat seinen Grund.
Kämpfe du gegen deine Götter, ich kämpfe gegen meine. Sei mir nicht böse. Ich muss mich für eine Weile in Luft auflösen.
Auf bald!
T.

An Briefen wie diesen gab es nichts zu verstehen. Schlierenbaum war fortgegangen, der alte Freund seines Vaters war weg. Was Trost blieb, war, zu warten, ob er sich tatsächlich eines Tages wieder melden würde.

Unterdessen hatten viele Leute eine ganze Menge zu tun. Der Fall brachte es als »Krampus-Mord« in die Schlagzeilen und bescherte Journalisten einige hektische Tage.

Das Krankenhauspersonal flickte Schulmeister, Trost und Charlotte wieder zusammen – ihre Verletzungen stellten sich allesamt als nicht so tragisch heraus wie zunächst befürchtet.

Und dann hatte natürlich Trost selbst alle Hände voll zu tun. Er und seine Abteilung mussten seitenweise Berichte schreiben, damit die Staatsanwaltschaft ihre Anklage gegen Vinzenz Moosbichler und seine Bande vorbereiten konnte.

Moosbichler alias Pan fristete indes in einer Einrichtung in Straßgang sein Dasein, die damals für einige Jahre »Landesnervenklinik Sigmund Freud« genannt wurde, in ganz Graz aber unter der Bezeichnung »Feldhof« bekannt war. Er drosch immer wieder auf die Wände ein und brüllte wie ein Mantra, dass er eines Tages zurückkehren werde. Trost werde seinen Zorn noch zu spüren bekommen.

Eines Tages.

Charlotte und die Blumenwiese

Liebes Tagebuch, du hast mir mehr Glück gebracht als alle Gewinnspiele und Rabattmarken zusammen.
aus Charlottes Tagebuch

Trost stand vor der Zeitungsbox und musterte die Blumenwiese. Morgendliche Nebelschwaden krochen übers Feld, und seine Atemwolken verzogen sich rasch in Richtung Wald. Ihm fiel ein Gedanke ein, den er vor gar nicht allzu langer Zeit gedacht hatte: Krempel weg und lüften.

Ein Zittern fuhr durch seinen Körper, und er konnte nicht sagen, ob es nur die Kälte war, die es verursachte. Erst Charlottes Hand auf seiner Schulter beruhigte ihn.

»Ich wollte kündigen. Aus und vorbei, alles hinschmeißen. Schon vor dieser Pan-Sache.«

»Du *wolltest*?«

»Ich habe euch in Gefahr gebracht. Dich fast verloren.«

Sie nahm sein Gesicht in ihre Hände. Erst jetzt bemerkte er, wie kalt auch ihr sein musste. »Aber ich weiß, wer du bist. Ich wusste es von Anfang an. Wenn du eine Entscheidung triffst, dann also nicht meinetwegen.«

»Ich soll weitermachen?«

»Nein, das sage ich nicht. Aber du sollst jetzt einmal mit mir das Baby kriegen. Lass dir Zeit.«

Zeit.

»Lisa, also wenn es ein Mädchen wird, dann Lisa. Alles Einser. Sehr direkt, gar nicht schüchtern, Schulsprecherin, Jurastudentin, Mitarbeiterin in einer Anwaltskanzlei, eigene Kanzlei, politische Karriere, Staatssekretärin, großes Haus, viele Kinder, wandert aus nach Kanada ...«

Charlotte lächelte. »Du Träumer, und wir wandern dann sicher auch aus.«

»Natürlich. Da muss ja für uns auch was rausspringen.«

»Vielleicht wird es ein Junge. Ein Frederik. Musiker, langhaarig, Mädchenschwarm, komponiert und singt, spielt Klavier, volle Konzerthallen, CD-Produktionen, auf dem Cover von Zeitschriften …«

Die Blumenwiese bot einen unspektakulären Anblick. Gefrorener Tau bildete eine weiße Schicht darüber. In ein paar Monaten würden sie wieder darauf liegen. Mit einer Decke, zwei Gläsern und einer Flasche Wein. Und zwischen ihnen das Baby, das alles werden durfte, nur kein Gott auf Erden.

Dank

»Der Tod ist ein Spieler aus Graz« erschien 2011 als »Trost und Spiele« im Verlag federfrei. Ursprünglich hätte daraus ein Märchen werden sollen. Geworden ist es aber ein Krimi – und noch dazu der erste einer langen, damals noch nicht geplanten Reihe.

Bei einem derart wechselvollen Werdegang hatte die Geschichte natürlich viele Begleiter, denen ich danken möchte.

Mein größter Antrieb beim Schreiben ist es stets, meine Frau Kerstin zu beeindrucken. Leider bekommt sie in all den Jahren aber auch immer als Erste die Rohfassungen meiner Bücher zu lesen. Für ihre Geduld damit und die raffinierte Art, Kritik zu üben und mich dennoch immer wieder zu motivieren, bin ich ihr unendlich dankbar.

Ich werde nicht aufhören zu versuchen, sie zu beeindrucken.

Großen Anteil an der Urfassung des Romans hatten damals auch Markus Mörth, Georg Lamprecht, Waltraud Wetzlmair-Zechner und Christine Wiesenhofer. Ihre wertvollen Hinweise haben mir und dem Text unendlich gutgetan.

Dass daraus nun aber »Der Tod ist ein Spieler aus Graz« wurde, ist der großartigen Lektorin Jana Budde zu verdanken, die den Text noch einmal überarbeitet hat. Mit ihrer Hilfe ist es gelungen, die Geschichte nach all den Jahren doch noch perfekt in die Krimireihe rund um Chefermittler Armin Trost einzubetten.

Sosehr ich dem Emons Verlag danke, dass er sich entschlossen hat, nun auch den Ursprungsband in die Reihe aufzunehmen – abschließend möchte ich auch Wolfgang Mayr vom federfrei Verlag danken. Er hat den Startschuss gegeben und mir als einer der Ersten sein Vertrauen geschenkt. Dafür mein ewiger Dank.

Wie damals möchte ich auch diese Neuauflage Clara, Emil und Otto widmen. 2011 hatte ich ein schlechtes Gewissen. Denn wie gesagt: Eigentlich hätte diese Geschichte ja ein Märchen werden sollen … Heute sind die drei aus dem Alter für Märchen draußen – dafür genau im richtigen für Krimis …

Robert Preis
GRAZ IM DUNKELN
Broschur, 288 Seiten
ISBN 978-3-95451-180-0

»Ein einsamer Held, der einem mit seiner trockenen Art schon bei seinem zweiten Fall irgendwie ans Herz gewachsen ist.«
Austria Presse Agentur

Robert Preis
DIE GEISTER VON GRAZ
Broschur, 272 Seiten
ISBN 978-3-95451-446-5

»Düsteres Lokalkolorit, Graz mit ganz anderen Augen sehen, Spukhaftes, Unerklärliches, dazu eine mysteriöse Mordserie und exzellente Typen – Robert Preis gehört zur subtilen Krimi-Oberliga.«
Kleine Zeitung

www.emons-verlag.de

Robert Preis
GRAZER WUT
Broschur, 272 Seiten
ISBN 978-3-7408-0204-2

»Düster, gespenstisch, reich an schwarzem Humor. Robert Preis trumpft auf.« Kleine Zeitung

Robert Preis
DER FALL DES GRAZER KÖNIGS
Broschur, 304 Seiten
ISBN 978-3-7408-1142-6

Ein ehemaliger Richter kommt auf der A9 ums Leben, getötet durch einen zweitausend Jahre alten Pfeil in seiner Brust. Armin Trost vermutet einen Zusammenhang mit den umstrittenen Ausbauplänen der Autobahn, gegen die sich massiver Protest formiert. Als er auf Parallelen zu einer geheimnisvollen Keltenlegende stößt, aus deren Zeit die Tatwaffe zu stammen scheint, nimmt der Fall eine spektakuläre Wendung.

www.emons-verlag.de

Robert Preis
111 SCHAURIGE ORTE IN DER STEIERMARK, DIE MAN GESEHEN HABEN MUSS
Mit Fotografien von Niki Schreinlechner
Broschur, 240 Seiten
ISBN 978-3-7408-0445-9

Schlachtfelder, Spukgestalten, Mordsgeschichten und entsetzliche Gräueltaten. Mit diesem Blick in die schaurige Vergangenheit der Steiermark eröffnet sich dem Leser ein Panoptikum menschlicher Abgründe. Schreibt Robert Preis seit Jahren düstere Krimis aus dem Steirerland, hat er jetzt dem Bösen endgültig seinen Stempel aufgedrückt. Seine 111 düsteren Geschichten liefern eine faszinierende Reise auf die dunkle Seite eines der schönsten Landstriche der Welt.

»Folgen Sie zu den düstersten Orten der Steiermark – wenn Sie den Mut dazu haben!« Süd-Ost Journal